U0889608

决胜毫厘

大国工匠郑志明

廖献红◎著

广西民族出版社
Gvangjsih Minzcuz Cuzbanjse

图书在版编目（CIP）数据

决胜毫厘：大国工匠郑志明 / 廖献红著 .—南宁：广西民族出版社，2024.1（2024.5 重印）

ISBN 978-7-5363-7763-9

Ⅰ . ①决… Ⅱ . ①廖… Ⅲ . ①报告文学—中国—当代 Ⅳ . ① I25

中国国家版本馆 CIP 数据核字（2024）第 002408 号

JUESHENG HAOLI——DA GUO GONGJIANG ZHENG ZHIMING

决胜毫厘——大国工匠郑志明

廖献红 著

出 版 人：石朝雄
策划组稿：吴柏强
责任编辑：卢悦宁　韦秀美
装帧设计：林武圣
责任校对：庞丽明　黄淋冬
责任印制：梁海彪
出版发行：广西民族出版社
地址：广西南宁市青秀区桂春路 3 号　　邮编：530028
电话：0771-5523216　　传真：0771-5523225
电子邮箱：bws@gxmzbook.com
印　　刷：广西壮族自治区地质印刷厂
规　　格：787 毫米 × 1092 毫米　1/16
印　　张：23
字　　数：240 千字
版　　次：2024 年 1 月第 1 版
印　　次：2024 年 5 月第 2 次印刷
书　　号：ISBN 978-7-5363-7763-9
定　　价：80.00 元

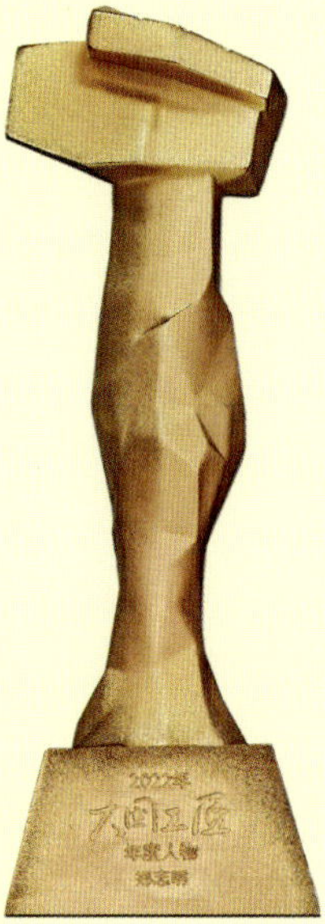
大国工匠
年度人物

目　录

序章一

真诚对话

首都北京。

2022年10月17日，党的二十大广西代表团在驻地召开全体会议，讨论二十大报告。会场内，一幅大型国画居中挂着，画面是层叠起伏的群山。两侧分别挂着“自力更生”和“艰苦奋斗”书法作品，笔力雄健，行云流水。书画均用实木装裱，端庄典雅。

习近平总书记以广西代表团代表的身份，参加了讨论。

1977年出生的郑志明，系广西汽车集团有限公司（以下简称“广西汽车集团”）首席技能专家、党的二十大代表。前往北京前，他刚理了一个板寸，更显精干和帅气。此时，他一身蓝色工装，坐在代表席前排中间偏右的位置。会议开始了，按照会议安排，每位代表的发言时间不超过五分钟，郑志明是第五个发言，也是最后一个发言。轮到他时，他镇定、从容，扶了扶话筒后，向习近平总书记汇报自己的工作和想法。

“……去年，总书记您亲临柳州视察，强调‘要坚定不移走自主创新发展道路，把创新发展的主动权牢牢掌握在自己手中’。

您的重要指示激励着我们奋发向上、创新创造。‘五菱 Air ev’迷你纯电动车是我们最新的创新成果，这款车已在印度尼西亚上市，被指定为印度尼西亚 G20 峰会[①]的官方用车。我们将努力把它打造成为全国人民最喜爱的代步车、最便利世界人民的代步车。这款车的机械零部件已经 100% 国产化，核心部分芯片的国产化率达 86%，整车有 14 项自主创新技术。它的‘心脏’电驱桥生产线，是我们自主研制的，成本比从外国引进节省 2/3，制造用时比原来缩短 2/3……”

“你们这款车是一款什么样的车？”听到这里，习近平总书记和蔼地问。

“这是一款后驱的新能源汽车，它有两座的和四座的。”郑志明自豪地回答。

“我们这款车已经在印度尼西亚投产并上市，还被指定为官方用车？”

“是的，被指定为 11 月召开的 G20 峰会官方用车。”

“我们这款车不能白给，一定要收钱。”习近平总书记面带微笑地说。

郑志明万万没想到，习近平总书记的话语如此亲切和平实，自己也更加从容笃定了。头天晚上，郑志明和其他代表们还在讨

① G20 峰会，即二十国集团领导人峰会，是一个国际经济合作论坛。2022 年 11 月，二十国集团领导人第十七次峰会在印度尼西亚举行。

论："习近平总书记来参加我们的讨论，我们会不会激动、紧张得说不出话呀，会不会怯场啊？"没想到，现在向习近平总书记汇报，就像唠家常一样自然、亲切。

在习近平总书记和郑志明的一问一答之间，郑志明讲述了关于五菱汽车发展变迁的一个故事。

五菱汽车起步于学习。老一辈五菱人将一台日本车拆成5500多个零部件，通过手工测绘、制模，用普通机床和手工敲打，造出了我国第一台微型汽车。如今，"剧情反转"了，以前我们研究日本的车，现在日本研究我们的车，我们从"引进模仿"变成"赶超输出"。有媒体报道，日本名古屋大学的团队对"五菱宏光"迷你纯电动车进行拆解，结果让日本人难以置信：这款中国产的纯电动汽车，没有使用任何日本零部件。这款车上市以来，连续23个月销量排名全国第一，七度登顶全球销量排行榜，被誉为"五菱神车"。

次日的《人民日报》头版文章《"既是最难的，也是最伟大的"（微镜头·习近平总书记参加党的二十大广西代表团讨论）》中，生动记录了这感人的一幕。

"你的职称走的是哪个序列？"

习近平总书记询问的，是坐在他对面、身着车间工服的郑志明。郑师傅来自广西汽车集团，在一线干了20多年，说起车、刨、焊、铣来头头是道。

郑志明（中）在党的二十大广西代表团全体会议上发言

他竹筒倒豆子般，详细向总书记汇报说："咱们国家出台了打破天花板的政策，我刚评上特级技师，还评上了高级工程师。党的政策让我们职高毕业的工人，也有了好出路。这是过去想都没有想到的。"

"现在收入怎么样？"

听到这个问题，郑师傅高声答："很好！我是年薪制，和公司的中层干部一个级别。"

从钳工学徒成长为大国工匠的这些年，也正是中国发展成为制造大国、加快迈向制造强国的时代。无数个像郑志明一样的产业工人，在浩浩荡荡的时代大潮中，心中怀有梦想，脚下充满力量。

习近平总书记由此想到党的二十大报告中的两句话。

一句，关于工人阶级：“我国是工人阶级领导的、以工农联盟为基础的人民民主专政的社会主义国家。”

抚今追昔，总书记说：“工人阶级的阶级基础扩大了。现在，知识分子也是工人阶级的一部分，是靠劳动致富的。百年前的工人，是受剥削最严重的，也是在中国革命中最英勇的。”

一句，关于制造业和实体经济：“坚持把发展经济的着力点放在实体经济上。”

这时总书记进一步阐释说，中国式现代化是人口规模巨大的现代化，我们不同于几十万人、几百万人、几千万人的现代化，而是十四亿多人口的现代化。“我们的现代化既是最难的，也是最伟大的。从这个角度看，紧紧依靠工人阶级是必不可少的，工人阶级代表先进生产力。”

征途漫漫，必须靠自力更生奋斗。会场内，挂着“自力更生”和“艰苦奋斗”两幅字，也正是中国从筚路蓝缕的昨天到欣欣向荣的今天，一脉相承的坚守。

郑师傅讲述了制造业发展变迁的一个故事。过去，他们学别人，拆了零部件去研究；而现在，“当年的领先者有的反过来学我们，拆了我们的零部件去研究”。

一席话，习近平总书记也想起了自己在福建工作的往事。当年他带队去国外考察产业发展；几十年过去了，中国制造远销海外。“曾几何时啊！这就是中国的发展变化。”

总书记语重心长地说：“工人阶级也要不断提高自己的素质和觉悟。过去码头都是人拉肩扛，现在是智能化操作集装箱。要重视发展职业技术教育。不能瞧不起产业工人，一定要看实际贡献！我们这些年一步一个脚印，真正在添砖加瓦建设中国特色社会主义现代化强国大厦的人，他们都是值得我们尊敬的。而且我们要思考和研究怎么去培养他们、发挥他们的作用，这个才是重要的。”

不知不觉，郑志明和习近平总书记交流了半个小时。会场内气氛热烈，郑志明更是心潮澎湃。他从一名普通钳工，成长为一名高级工程师、特级技师，再到成为智能装备研发专家的这些年，也正是中国发展成为制造大国、加快迈向制造强国的关键时期。千千万万个“郑志明”，在浩浩荡荡的时代大潮中，心中怀有梦想，脚下充满力量。

序章二

大国工匠

古都南京。

2023 年 2 月 28 日，晚上 8 时，这座因历史底蕴和人文气息一直被人们钟爱的城市，又一次迎来了高光时刻。

伴随着扬子江的春潮声，在这个新中国多项工业“第一”的诞生地和重要的工业基地，科技感十足、令人感动不已的 2022 年“大国工匠年度人物”发布仪式正在扬子江国际会议中心举行。

舞台深处，一个身影阔步走来。当他举起“大国工匠年度人物”奖杯向观众致谢时，聚光灯亮起，一张朴实且充满智慧的脸庞映入人们眼帘，让广西汽车人深感自豪。他，就是广西首位大国工匠，广西汽车集团首席专家——郑志明。

20 多年前，郑志明怎么也不会想到，他一个普普通通的钳工，一步一个脚印，竟然走到了这里，捧起了这个含金量十足的奖杯。

仪式现场，6 分多钟的视频向人们简单介绍了郑志明的成长历程。

之所以敢啃自主创新的硬骨头，是因为郑志明 20 多年磨一剑，有着丰富的技艺和经验积累。1997 年，郑志明进入柳州五菱汽车有限责任公司（以下简称“柳州五菱”），成为一名钳工学徒。研磨、锉削、画线、钻削，年复一年，郑志明在与钢铁的对话中练就了炉火纯青的技艺，能将零部件的尺寸误差控制在 0.002 毫米以内，这相当于头发丝直径的 1/40。郑志明达到了“人刀合一”的境界。正是这些技艺，在最考验钳工功力的设备装配和调试中，让郑志明能够得心应手。他潜心雕琢手中的每一个零件，一直在创造更多的可能，技艺越来越精湛。大到机器人工作站，小到工装夹具，公司里几乎每个生产环节，都有属于郑志明的发明创造。

郑志明有着特殊的经历：自主研发的微型汽车后桥壳自动化焊接生产线填补国内空白，171 个小时改造好柔性生产 120S 尾门和发动机盖产品的生产线……他通过一次次圆满完成紧急任务，承担一个个科研项目，一步一个脚印，践行着工匠精神，推动着技术创新。他 28 岁被评为高级技师，33 岁享受国务院政府特殊津贴，37 岁成为广西汽车集团首席技能专家，45 岁成为“大国工匠年度人物”并荣获中华技能大奖……

郑志明的手是一双普通得不能再普通的手，在聚光灯的照耀下，像许多人的手一样，泛着健康的红色。这是一双平常的手，手指粗而长，手掌厚而宽，指关节和桡腕关节都生得十分结实。

唯一不同的是，左手大拇指的指肚看不清指纹，还有个小坑。这是主人长期练习锉削留下的。

他锉削时的手与平时其实是不一样的。但凡一接触到钢铁，一碰到锉刀，那双手就仿佛通了电，瞬间完成切换。

刚入行时，第一次听说“人刀合一”，郑志明觉得那太难了，也太遥远了，那是不可能的。他用锉刀锉削一个零件，久而久之，便分不清是刀在削，还是自己的手指在削。然后，削着削着，他会不由自主地把零件举起来，移到胸口，移到离心脏最近的地方，这时他突然明白，他是用自己的身体在削，这便是真正的“人刀合一”了。

“人刀合一”让郑志明在当下看到未来，向手上的每一个锉削件注入自己全部的心血。只问耕耘，不问收获。于他来说，“人刀合一”，心无旁骛，便是道。冬练三九，夏练三伏，亦是道。每天不厌其烦地埋头锉削，不计得失，是离他最近的道。如此，钳工的手感，就是跟生命一样宝贵的东西，他要用一生的勤奋、追求来呵护它。而它对钳工最好的回报，就是钳工能通过它使整个制造装备更精良，让一条条生产线更顺畅、更自洽地制造出汽车零部件。

这还是一双灵巧的手，一双让世界同行敬畏的中国特级技师、高级工程师的手。这双手的主人在与钢铁和机械打交道的20多年中，接过各类荣誉证书和奖状。此时此刻，这双手捧着“大国工匠年度人物”的奖杯，奖杯底座刻着南京长江大桥、秦淮河、鸡鸣寺、扬子江国际会议中心等地标元素。这是郑志明第二次来到南京。第一次是多年前，他研发出第一台汽车后桥壳自动化环焊专机，在公司获得年度优秀“合理化建议”奖。公司安排他来南京旅游作为奖励。此时，他不由自主地想起第一次来南京时读过著名爱国将领、南宋诗人文天祥写下的那首著名的《扬子江》：

几日随风北海游，回从扬子大江头。
臣心一片磁针石，不指南方不肯休。

文天祥在37岁时辞去官职，在国家危难之际又挺身而出。这首题为《扬子江》的诗，如黄钟大吕，一直回响在中华民族历史的天空，仿佛每时每刻都在告诫着每一个中国人。700多年来，中国人没有忘记文天祥用一生去诠释的“生，亦我所欲也；义，亦我所欲也。二者不可得兼，舍生而取义者也”。

郑志明生在新中国，长在春风里，当然不需要“舍生”，他要“取义”，需要的是一股子“拼劲”，还有一种不甘落后于人的“狠劲”。是啊，在新中国工业自主创新的道路上，无数个“郑志明”的这种“劲”，正是对多年前毛主席“广西工业发展慢了，要加快！”那一声殷切嘱托的一次次响应。

这一刻，电视机前的观众看见这位大国工匠的双眼，透着一种闪亮晶莹的东西。

谭林科师傅早早地坐在电视机前，他眼里同样也闪着泪光。郑志明是他带过的10个徒弟中，现在唯一还与机械制造打交道

郑志明（右）在 2022 年“大国工匠年度人物”发布仪式上发表感言

的。在他的钳工生涯就要画上句号时，郑志明成为组织分派给他带的徒弟。他们以师徒相称，朝夕相处了 7 年，这也是谭林科钳工生涯最愉快的 7 年。尤其是在后面几年，很难说谁是谁的师傅了。

当看到郑志明出现在屏幕上，谭林科直起腰，打量着这小子，又将目光移开，扭头看着窗外，扫了一眼不远处的五菱公园和五菱大厦。公园里，一棵高大的樟树正在吐出新芽。他常常在树下下棋，有落棋无悔的时候，也有举棋不定的时候。他的工作生涯，像闪电般在记忆里迅速地闪过。他在这个工厂工作了 30 多年，厂名从“柳州拖拉机厂”到“柳州微型汽车厂”，再到“柳州五菱”，一次次变更，眼瞅着工厂变成集团，眼瞅着跟在他身后的小年轻从学徒工、工段长到高级工程师、特级技师、首席专家，现在又成了大国工匠……有时，他也觉得恍惚。他明明见那些刚进厂的孩子，穿着他顶不待见的牛仔裤，裤腿还破了几个洞，上工时显得那么青涩和无措，怎么一下子就长大了？还有，他退休不到20年时间，这个摊子却越铺越大，公司变成了集团，集团下面又有众多分公司和分厂。生意都做到全世界了，国内也建立了桂林、青岛、重庆、荆门南北联动的汽车制造基地。他原来干活的厂子也迁到了柳州河西高新技术产业开发区。厂房也越来越气派了，比他家乡的县城还大，如果步行绕工业园区转一圈，没有一天时间怕是转不完。

回望柳州五菱一路走来经过的那一道道坎，谭林科师傅至今仍记忆犹新。他的思绪常会从眼前的事物上迁移，生发出一些风马牛不相及的联想。但现在，他的联想，全是以前在车桥厂时，与郑志明在一起工作的情景。自己年轻时的许多抱负，如今徒弟都已经实现了，他感到十分欣慰。

“瞧，这个仔捧着奖杯，活脱脱一派为国担当的大国工匠气度呢。”他对坐在身边一起看电视的老伴儿说。

郑志明站在舞台上，一直用双手捧着这个金光闪闪的奖杯。奖杯在他心中的分量太重，太重了。2018年，郑志明已入围“大国工匠”提名人选了，但最后还是与之擦肩而过。此后4年，他在创新创造这条江河里深潜，所发明创造的一个又一个专利填补了国内空白，为中国从制造大国迈进制造强国的工程添砖加瓦。

五菱大厦
机动车

五菱大厦

2023年，他终于将这个奖杯揽入怀中。它属于郑志明，属于师傅，属于郑志明国家级技能大师工作室的全体伙伴，属于走在自主研发这条大道上的所有产业工人们！

是的，郑志明的背后，站着一个叫柳州的城市。柳，柔软，摇曳多姿；而汽车、钢铁，坚硬，宁折不弯。一群从事汽车制造业的人和一座工业城市相遇，一群敢想会干的产业工人与一个时代之间产生了联系。在柳州，在过去的柳州五菱，在现在的广西汽车集团，很多像谭林科这样的老工人们闻所未闻的事，实实在在地发生了。

如果说科学家的作用，在于他在某一领域有独创的理论或发现的话，那么一名高级工程师或一名特级技师的作用，则是将一堆理论和设计付诸现实。所以，特级技能大师对于工业制造领域，对于一家企业，更具有非凡的意义。

广西汽车集团这家“百年老店”，在时代的更迭中历经多次更名，遭遇重重磨难仍生生不息，得益于一拨拨忠直勤勉的高级工程师、特级技师，以及一代又一代默默无闻的产业工人。他们在真理、科技、“智”造、创新的长河中千锤百炼，为制造业的发展贡献出金子般宝贵的劳动和智慧。他们自己则更像一粒粒金子，历经制造业的更新换代，以及市场经济浪潮的淘洗和席卷，成为一个时代、一个企业无比珍贵的一部分。

让我们把镜头切换到工业重镇——柳州，一起走进故事的发生地。

第一章

我们的工厂

1997年8月，柳州五菱车桥厂实训车间，一场招聘会正在举行。

宽大的屋子里，天花板上的吊扇开足马力转动，试图送出凉风，却无论如何也无法驱散闷热的空气。老中青三代考官坐在会议桌边，表情严肃，像一个个淘金者，想要挑选能让自己眼前一亮的“金子”。

另一间屋子里，几十个年轻人在候场，他们都是柳州微型汽车厂中等职业技术学校的应届毕业生。他们通过了技能理论考试，今天参加的是面试。有的考生表情紧张，默默地坐在一角做思索状，抓紧时间再温习一下，待会好答题；有的考生却表情放松，愉快地与同学开着无关紧要的玩笑；有的考生仰着头，让吊扇送来的风吹着自己的面部，让脑瓜子更清醒些。上了三年技校，他们都期待着能进厂当工人挣工资。

“下一位，郑志明，请做好准备！”工作人员喊话。

郑志明听到自己的名字，站了起来，整理了一下上衣。走廊的另一头，前面进去的同学已走出考场。郑志明跟随着工作人员穿过长长的走廊，进入了考场。

“这个小子我认识，不就是上次在市里组织的钳工技能大赛中获得第一名的郑志明吗？不用面试了，我知道他的能耐，直接上岗！”

说话的人是坐在中间的主考官，车桥厂厂长陈建基。这是一名 40 多岁的技术型领导，在行业内素有“多面手”的美名。全体考官听到主考官这样说，便认真打量起眼前这个稚气未脱的柳州仔：还真与其他考生不同，理着板寸，穿着翻领的白衬衣，长睫毛下面有一双像沉在水潭之下的黑宝石一样的眸子。

真是机灵！这是郑志明留给在场考官的第一印象。

陈建基厂长提到的这场技能大赛，是郑志明在 1996 年 12 月，也就是毕业前参加的全市职业学校操作技能大赛。在比赛中，他获得钳工类第一名，毫无争议的第一名。作为评委，陈建基目睹了郑志明在比赛中的表现——锯削、锉削、钻孔、錾削、扩孔、铰孔、攻螺纹、套螺纹、矫正、弯曲、铆接、刮削与研磨、刮刀刃磨与简单的热处理，技术娴熟得就像一个老师傅。当然，陈建基没有看到的是，赛前一个月，郑志明为了参加比赛，跑遍整个柳州的五金市场，寻找比赛需要的工具——游标卡尺、双头开口扳手、锉刀、锯弓、手锤、台虎钳和卡规。拿到比赛资料后，他第一时间找班主任彭夏洁，向她请教有关比赛的技术知识。他整日整夜地泡在学校的实训室里，在实习车间的钳台上反复练习。班主任见他这么认真和执着，担心他太耗费精力和体力，便心疼地劝说他，一次比赛不会决定人一辈子的发展。郑志明却像一个痴迷的孩子，认真地对班主任说：“我不想错过每一个机会。”郑志明硬是凭着自己的执着和认真，凭着扎实的钳工技艺，毫无悬念地夺得技能大赛钳工类第一名。作为评委的陈建基对郑志明印象很深刻，他实在太喜欢这个小青年了。他的车桥厂急需这样的人才啊！

陈建基看到郑志明出现在考场上，不由得动了惜才之心。他在考场上的“大手一挥”，便将郑志明引到了与汽车结缘的一条崎岖而又宽阔的人生道路上，成就了一名“大国工匠”。

郑志明没想到，自己初出茅庐，就能得到厂长这样的“大人物”垂青，不由得心头一热。他更没想到的是，毕业前的那场比赛中，自己所做出的努力，所遇到的人和事，会对未来的职场生涯产生深远的影响。

春风沉醉，岁月不居。20 多年过去，岁月的车轮滚滚向前，越来越多人享受到了汽车带来的便利，却很少有人会关注汽车背后的人。

彼时，小汽车已开始走进中国老百姓的家庭。随着市场经济不断发展，汽车工业迎来一个快速发展的时代。有这样一组数据可以证明柳州五菱生产的微型汽车供不应求：

1988 年，生产微型汽车 8319 辆；

1990 年，被列为免检产品；2 月 12 日，首批 15 辆 LZ110 型车出口泰国，实现五菱汽车出口零的突破；

1991 年，提前实现年产五菱汽车超万辆的目标，累计销售

5 万辆；

1995 年 12 月 28 日，当年第 5 万辆五菱汽车下线；

1996 年 2 月 28 日，柳州五菱成立，柳州机械厂并入；

1997 年 11 月 18 日，五菱汽车订货会在柳州召开，订货量突破 10 万辆。

这是一个个令人叹为观止的奇迹，业界无不佩服“五菱速度”。中国汽车工业史必定会永远铭记这样一组数据，记住柳州五菱及其前身柳州微型汽车厂。

生产线一条又一条地增加，产能迅速提高了，工程量和工程难度不是增长了 10 倍，而是增长了百倍都不止。产业工人和技术员甩开膀子苦干加巧干，换来了数据节节攀升。生产微型汽车主要零部件的车桥厂，更是 24 小时三班倒，开足马力生产。作为厂长的陈建基日夜督战，鼓励大家，却还是没能按质按量将车桥交付给总装部，他能不着急吗？

人才难得啊！那天全市职业学校操作技能大赛的情景，陈建基还历历在目，像郑志明这样钳工技艺熟稔的技校生，正像蓄力待发的勇士啊，如果放到车桥厂好好培养，三五年时间就能够独当一面了。

这是陈建基当时的真实想法。

“什么？陈厂长免试让你进柳州五菱的车桥厂？”

郑志明郑重其事地告诉家人这一消息时，全家人都很惊讶。

刚成为钳工时的郑志明

“他怎么会看上你的？你是不是在他面前吹牛了？”

“有没有说工资多少？”

“哇，得去柳州五菱上班啊，太好了！弟弟，厂里会给你发一辆五菱车开吗？”

短暂的惊讶之后，父亲、母亲和哥哥分别从不同的角度提出了问题。郑志明满脸的得意，耐心地一个一个回答：自己没有吹牛，在去年的全市职业学校操作技能大赛获得钳工类第一名，这点本事，没晓得怎么就让陈厂长看中了；进厂先见习半年，见习期满成为正式员工后，工资会多一些；至于五菱车嘛，等我学会开车了，挣到工资后自己买一辆。

父亲郑桂福高兴地说：“瞧瞧，咱们一家四口人，都是光荣的产业工人，小到一根棉线、一双袜子，大到一台发动机、一辆汽车，我们都能制造出来，哈哈……”全家人跟着笑了起来。

这一幕，发生在柳州市第二棉纺厂职工宿舍。白炽灯的灯光下，郑桂福一家四口正围桌吃晚饭，桌上摆有三菜一汤。这是一家人最快乐的时光。

郑志明属于典型的工厂子弟。他从小生活在棉纺厂宿舍大院。这是一个小社会，里面有形形色色的人。工厂有工厂的文化，它既不同于机关大院，也不同于农村；既像一个现代化社区，又带有很强的传统。工厂里有师徒关系，这和领导与下属之间的关系是不一样的。郑桂福和妻子练伟萍在各自的工厂里都做过徒弟，也当过师傅。曾经的徒弟和师傅，至今还像亲戚一样走动。

大儿子郑志强一年前已入职发动机厂，如今小儿子又进了柳州五菱，郑桂福顿时觉得卸下了人生重担，轻松起来。高兴之余，他忍不住又将酒杯满上。酒过三巡，点上一支烟，他不忘对两个儿子敲打敲打：在厂里，要跟师傅好好学习，勤学肯钻，机械工艺要懂，手艺要精。在老一辈的工人们看来，踏踏实实工作是做工人最重要的品质。

“只要在厂里本本分分做，勤于钻研技术，我们郑家这艘大船就会朝向安居乐业驶去。”郑桂福仰脖喝干杯中的酒总结道。

随后，他吸了一口手里夹着的烟，享受地张大嘴，慢慢将烟圈吐出来。

郑桂福这种笃定的想法，来源于当时柳州五菱红红火火的生产局面。同在一座城市，同是国有企业谋生活的产业工人，他当然知道，柳州五菱意味着什么。

五菱汽车走的一直是低成本、低投入、高产出的微型汽车制造之路。它造的是深受老百姓喜爱的车，被老百姓亲切地称为“高顶篷”“面包车”，是老百姓创业致富的好帮手。20 世纪 90 年代，五菱微型汽车品牌在国内几乎家喻户晓。五菱汽车的产量和产值年年攀升，眼下在广西所有国企中，甚至在全国同类企业中，都是佼佼者。1997 年，柳州五菱晋升为国家大型一档企业，产销量达 10 多万辆，所生产的微型汽车连续 3 年在全国微型汽车排行榜中排名第一。车间里机声隆隆，新下线的五菱汽车源源不断地流向销售单位。该厂不断向汽车行业的高峰迈进，创造了微型汽车行业产销两旺的奇迹。

由此水涨船高的是工人们的薪资。工人们逛街买个菜都愿意穿着有柳州五菱厂徽的工作服，都因为自己身为五菱人而感到脸上有光。尤其是在 20 世纪 90 年代的一次特大洪灾中，柳州五菱慷慨地捐出 100 万元现金和价值 100 万元的微型货车。这一义举彰显着企业的实力和社会担当，被人们津津乐道。这些事情，郑桂福夫妇都十分清楚。当听到技校毕业的小儿子这么顺利就能进柳州五菱当工人，他们不免感慨了一番。

20 世纪 50—60 年代，国家投入大量财力、物力、人力，在柳州建造了众多门类齐全的工厂，使柳州迅速成为中国南方重要的工业基地。20 世纪 70—80 年代，柳州工业走向辉煌。在改革开放之初，国有企业是社会地位和收入较高的单位，国企工人是最让人羡慕的职业之一。只是各家企业内部的情况又不尽相同。到了 20 世纪 90 年代末，市场情况发生变化，柳州众多工厂或因环保问题，或因产品滞销，资不抵债，纷纷关门倒闭，尤其是国营纺织企业。这是经济市场化浪潮中的一个缩影。

郑桂福所在的棉纺厂，前身是上海恒业帆布厂。20 世纪 60 年代，该厂从上海迁至柳州，经过 20 多年发展，成为全国知名的大型纺织综合企业。此时的棉纺厂虽还没有轰然倒下，但也是摇摇欲坠了。郑桂福的妻子练伟萍所供职的袜厂，也是 20 世纪 60 年代从上海迁到柳州的。它曾是广西最大的袜厂，甚至曾经是全国最大的袜厂。鼎盛时期，全厂拥有织袜机 600 多台。20 世纪 80 年代，其袜子年产量和产值在同行中遥遥领先，生产的尼龙男袜、女袜、童袜畅销全国。就这样一家大型企业，也说倒就倒了。未满 50 岁却不得不办了内退的练伟萍为了补贴家用，在二棉菜市场支了个摊卖螺蛳煲和螺蛳粉。郑桂福所在的棉纺厂，勉强撑到 21 世纪初，但还是逃不掉关门的厄运，也跟着倒闭了。

好在，他们夫妇俩办的是内退手续，不属于下岗，但每月也是入不敷出。两个儿子，一个上小学，一个上初中。夫妇俩整天为生计奔忙，自然无暇管教儿子的学业。郑志明又贪玩，学习并不上心，打小喜欢鼓捣手工。他每天放学后到小摊打下手，帮母亲剪螺蛳屁股。螺蛳剪完了，他就到废品厂淘来马达，加些泡沫做电动小船，切、割、打孔，做得像模像样。他还去柳江边砍竹子回来，剖呀，削呀，刮呀，一只栩栩如生的竹孔雀就摆在家里显眼的位置上。有时，他拆下报废的自行车链条，弯几根铁丝，再用胶皮、铆钉固定，组装火柴枪。扣动扳机，“啪”，打出一串火光。小伙伴们都很羡慕，那种满足感不亚于今天的孩子拥有遥控飞机。母亲每每帮郑志明拾掇沾满铁腥、浆汁的衣服，或者见到他被铁钉划破的手臂，都要抱怨说，郑志明似乎不是一个孩子，而是一部机器。

有一次，郑桂福在儿子的作业本上发现了一个秘密。原来，郑志明在自己的名字后面写上了“师傅”二字。郑桂福拿起来看了看，笑了起来，又翻到另一个作业本，发现儿子的名字后加上了“工程师”三个字。显然，这是他在家里耳濡目染的结果。在懵懂的年岁里，成长环境的影响一定渗透进了郑志明的血液和意识里。比如，他认定自己总有一天会成为一名师傅，成为一名工程师。郑桂福对儿子的表现和爱好很是赞赏，不断加以鼓励，有时还手把手地教他做一些手工，一心希望他学会一身本事，将来养家糊口。

似乎应验了那句老话：上帝为你关上一扇门，也会为你打开一扇窗。1994 年，初中毕业的郑志明感觉升高中考大学无望，便给自己做了一回主，报读了离家较近的柳州微型汽车厂中等职业技术学校。他的想法很实在：上不了高中，自己又喜欢手工，读个技校学门手艺，总能混碗饭吃。而在选填专业时，郑志明则随意填报了机械制造类的钳工专业。

以前是学了车、钳、刨，走遍天下都不怕。如今世道慢慢在变，尤其是看到一些工厂纷纷倒闭，周围一些熟悉的人都在想方设法让他们的孩子考高中上大学，哪怕当个小学老师，说不定还可以改行进党政机关呢。现在，儿子执意要学机械制造，今后会不会有用武之地？郑桂福犹豫了。他们夫妇俩都是普通工人，都十分清楚其中的利弊。但儿子既然选择了，他们就只有支持的份儿，走一步算一步了。郑桂福夫妇俩没料到的是，在这样一所对动手能力要求极高的技工学校，儿子竟然如鱼得水，老师在课堂上教的机械原理、机械制图等知识，他一学就会，而且学得兴致勃勃。

很快，两年的理论课学习就结束了，第三年要进厂实习了。郑志明在工作台上量具、画线、加工、装配、连接与传动、装配与调试等，他的手如有神助，表现出少有的天赋。他动手能力强，带着隐秘的匠心与谋生的希冀，摇身一变成了“学霸”。

郑桂福夫妇看到这，皱了多日的眉头渐渐舒展开了，也不求儿子今后能当官或发财，只要他掌握一门手艺，哪怕今后自己开店修汽车，也总会有饭吃。如今，他们夫妇俩总算如愿了，儿子进了那么好的工厂，有了正式工作，也算安了身，立了命。现在回头看，郑志明今天在发明创造领域所取得的成就，放在 20 年前，就算再怎么给这对工人夫妇一双想象的翅膀，他们也无法想象得到。他们的儿子，小时候喜欢动手鼓捣小玩意儿的特长，竟然成为一粒拥有巨大能量的种子，在柳州五菱这片土地上，遇到合适的温度和湿度，迅速破土而出，冒出芽尖，长出根须和枝叶，然后渐渐成长为一棵参天大树。

几天后，郑志明成为柳州五菱车桥厂的一名见习工人，被分配到后桥装配工段机修工装车间。

当天上午，郑志明成了罗经纬师傅的小跟班。罗师傅领着几个新工人在车桥厂走了一遍。郑志明对庞大的厂房、搭着足手架的大建筑并不陌生。以前，他也跟着父母到他们的厂房看过。但转动的机床、火花四射的焊枪，长长的吊臂有力地抓起钢板，这种朝气蓬勃的生产场面，他在父母的工厂里似乎没有看见过。不远处，三名老工人对着工艺图纸，给毛坯工件装上了夹具，然后，由一名师傅主持操作，一名车工和一名钳工在一旁辅助。电机呜呜地响了起来，工件在夹具的推送下缓缓前进，铣刀飞速地旋转着，从毛坯件的表面削下一片片细小的切屑。另一张车床上，工件在飞转，车刀从工件上切下长长的切屑，在空中弯曲成螺旋状的金属卷，看上去颇有工业的美感。

“真好看！”郑志明忍不住发出赞叹。在他眼里，所谓的工业之美，应该在这里得到了诠释吧。在他心目中，车间是神圣的地方，不是公园，不是动物园，更不是游玩的地方。冰冷的钢铁机器似乎在热情地向他发出召唤。想到从今往后，自己将要在这里开启职业生涯，他有些抑制不住地兴奋。

当然，也并不是每个技校生都像郑志明一样，对工厂感到新鲜，充满着期待。比如，此时和郑志明一起跟着罗经纬师傅的同班同学，刚听到郑志明的一声“真好看”时，嫌弃地朝他努了努嘴：“又臭又脏，哪有什么好看的？”

这个同学不喜欢，所以说不好看。但他没有办法，父母逼着他进厂上班，他也需要一份工作养活自己。作为一名技校生，他的选择机会实在太少。他只会做钳工，和郑志明分在同一个班组，跟着不同的师傅。每天上班，他提不起兴趣，一副置身事外的样子，得过且过。我们暂且叫他“躺平生”吧。一个钳工，如果仅停留在按部就班地应付工作，其结果是可以预见的。他将永远是一个钳工，每天混日子罢了。

参观结束，走出车间，罗经纬对郑志明这几个小年轻说：“假如我三天闻不到车间机油的味道，就会有失落感，浑身就没力。”

大家都会心地笑了起来。师傅说得很认真，看不出半点玩笑的样子。其实，车间的机油味，又何止是机油味？这是工人们的衣食父母啊。像罗经纬这一辈的老工人，都是从艰苦岁月走过来的，他们知道这气味意味着什么。

多年过去，郑志明仍记得罗经纬师傅说过的这句话。遗憾的是，罗经纬只带了郑志明的见习期。郑志明见习期满后，罗经纬调离了这个班组。

1998 年 3 月，郑志明见习期满，考核合格，成为车桥厂的一名正式员工。

这一天，郑志明和其他几个同时入职的年轻工人在师傅的允许下，就地取材，用木头、钢管、角铁这些边角料，给自己做了一只工具箱。结果，几个工具箱一溜摆在车间的长条凳上，郑志明做的是最精致的。

在车间的安排下，郑志明又拜了另一位钳工谭林科为师。厂里虽然没有特地安排拜师仪式，但已经在车间里见习了几个月的郑志明，知道师傅传帮带的重要性。班长将郑志明带到谭林科师傅跟前，说："今后，你就跟着谭师傅学习。"郑志明落落大方地向谭林科师傅深深地鞠了一躬，喊了一声："师傅好！"谭林科师傅见状，也赶忙向郑志明弯了腰，回了礼。这一拜，两人便缔结了一辈子的师徒关系。

53 岁的谭林科师傅个头矮小，但干起活来很有力。他是 1965 年进入柳州动力机械厂的。他的老家在河池市环江毛南族自治县的一个小山村。那年，初中毕业回到家，他已做好了到生产队务农的一切准备，包括突击学会了用耕牛犁地、耙田，用竹篾编撮箕，上山砍和手臂一样粗的树，然后用刨子把它刨得溜光做锄头把。

某一天，生产队队长敲响了村头那口大钟，转发上级通知，说金城江新开办了一家兵工厂，到环江招工，有初中学历的都可

青年时期的郑志明（右）与师傅

以报名考试。谭林科抱着试一试的心理到县城报名，接着参加了简单的面试，没想到被录用了。当年，与金城江的兵工厂相隔 150 多公里的柳州动力机械厂，堪称行业老大哥。兵工厂刚开办，新招的工人急需学习入门技术，于是，厂里紧急选派新工人到柳州动力机械厂进行岗前培训，时间为半年。谭林科与新招录的 40 多名青年来到柳州。半年后，培训结束了，教他们的师傅却被派到了金城江继续指导，同来的新工人大部分也回到了金城江，谭林科却阴差阳错地被安排留下来。没想到的是，这一留便是一辈子。1968 年，动力机械厂改为拖拉机厂，后来，拖拉机厂又生产汽车，他又被安排到了微型汽车厂。不管厂名如何变更，谭林科都是干着钳工本行，勤勤恳恳地在车间里与钢铁打交道，把每一条生产线的脾性都摸得清清楚楚，钻研维修机械原理，熬成了受人尊重的八级钳工。28 岁那年，他娶了柳州本地女子为妻，后来又有了两个女儿，在柳州总算安身立命了。他时常感慨，不知自己上辈子修了什么样的福分，今生得到了命运之神如此眷顾，让他能留在宜居的柳州，而且还留在这样一家好工厂。

确实是一家好工厂啊。为了能够存活下去，工厂总能顺势而为，找到新的发展之路。“要不，我们早就下岗，被打回老家啰。”谭林科感慨道。

1980 年，农村大集体宣布解散，大马力的拖拉机不再由政府包销。拖拉机滞销，已销出去的也无法追回欠款，拖拉机厂遭遇了建厂以来的第一次寒冬，不得不转型，另谋出路。至此，拖拉机厂的黄金时代结束了。

工厂利用生产拖拉机的生产线，分成若干个小组，分头制造织布机、缝纫机，还有一些诸如钥匙扣、挂锁之类的小用品。这是不得已而为之的“以杂养专”策略。然而，这种“小、散、乱”的局面，就像一条条小溪，各自奔突。各分厂各司其职，像纵横交错的细流，形不成滔滔江水，毕竟不是长久之计。

直到厂里决定主攻微型汽车研发，转型生产汽车后，这一条条细流，才终于有了统一的流向。所有的技术力量，都朝着生产汽车集结，最终汇聚成一条汽车工业的滔滔大河。

与罗经纬和谭林科师傅一样，柳州这群原本制造拖拉机的钳工、电工、铣工，用饱满的热情，在原来生产拖拉机，后来生产织布机、缝纫机的专机上，叮叮当当地敲打，做着自己的汽车梦。

那个年代的钳工，离不开直尺和圆规。他们每天都要画线、画圆和打孔。线条要绝对准，圆要足够圆，孔才能不偏不倚地对位，这样生产出的零部件才是精良的。厂里给每个工人发了一个从市面上买回的圆规。谭林科把圆规拿在手里，感觉它既笨重又不耐用，好几次，用它画的圆、打的孔都有那么一点点偏移，好端端的一块钢材就这样废掉了。谭林科这个从大山深处走出来的毛南族汉子，既心疼被浪费掉的钢材，又心疼花费的时间。于是，他决定自己做一些工具。他找来一些边角料，在工余时间零敲碎打，锉削、打磨，制作了一把精巧的圆规，笔尖用硬质合金打制，能在坚硬的钢板上流畅地画线。这把圆规用起来非常顺手，画出的线条平滑，打出的孔圆润、精度高，简直就是一个工艺品。这样的圆规他一共做了三个，一个放在车间，一个放在家里，一个随身携带。任何时候需要圆规，他都能拿出来使用。时间久了，这三个圆规俨然成了他的好朋友。把圆规拿在手上，他慢慢地也悟出了心得：圆规画圆，不离圆心；钳工这行，不忘初心。

谭林科师傅后来之所以能使车、铣、刨、磨、钻、镗达到极高的加工精度，并使三面钻、三面镗、半轴多钻等多项工艺达到炉火纯青的程度，让工友们佩服，既得益于圆规本身，更得益于他扎实地践行着圆规所蕴含的寓意。随着机加工的产品不断更新换代，车间里的很多设备，都是他和工友们共同研究后改造成功的。他是厂里少有的八级钳工，很受人尊敬。遇到棘手的问题时，车间主任都会火急火燎地跑来请他去帮忙：“谭师傅，这个难题，非得让您这个老师傅出手才搞得定啊！”

“不敢当，不敢当，我一介老朽，已是快退休的人了……”谭林科总是边说边背起工具包疾步向现场奔去。

谭林科师傅总是这么谦和，脚踏实地，即便有一手绝活，也从不显摆和自吹自擂，这让郑志明发自内心地敬佩。他觉得自己是个幸运儿，跟着这么一位厉害的师傅，一定要好好学。师傅的厉害，还体现在他拿着高薪。谭林科告诉郑志明，改革开放初期，他一个月领的工资是 99 元，当时在全厂排第二。工资最高的，是谭林科的师傅、郑志明的师爷、高级技师谢宏幸，每月工资是 101 元。在当时，这样的收入让工人师傅很有尊严。人们衡量收入是高还是低，喜欢用猪肉价格来比照。那时，一等猪肉的价格是每斤 0.9 元，最贵也就是 1.2 元。

“书上不是写着吗？工人阶级是国家的主人。现在是新社会，我们工人成了国家的主人，我们也要把企业当成自己的家。是不是？”说到这，谭林科师傅将他不高的身子挺一挺。

“当钳工不难，能将研磨、锉削、画线、钻削这些机加工技术汇集一身、融会贯通，才是大本事。”师傅如是说。一日为师，终身为父。他要对徒弟负责，不能让其走偏了。所以，他时不时要敲打敲打郑志明。

师傅与徒弟每天的交流内容，除了有工程机械、钳工技术、职称、工资之类的，还有工厂的创业史。有时候，碰着生产线正常运转，不需要检修时，师傅也会说一说大柳州的工业史，利用工间歇息，跟身边的小子们摆摆“古仔”。他点上一支烟，说出童话故事里最常用的开篇语：“在很久很久以前……”

是的，有关柳州，有关这片孕育广西工业的土地，用得上这句“在很久很久以前……”柳州古为百越之地，战国时属楚，秦时为桂林郡辖地。汉武帝元鼎六年，即公元前 111 年，在此设立潭中县，是为建城之始。西晋时为桂林郡治所。南北朝时设马平郡。隋朝时曾改名桂林县。唐朝时在此设昆州、南昆州。贞观八年，即公元 634 年，始称柳州。此后历代多沿用柳州之名。

“那时的柳州，是什么样的呢？”

郑志明是土生土长的柳州仔，他对这片土地既熟悉又陌生。他熟知今天柳州的每一条街道和每一家工厂的位置，但不知道柳州的过去。每当听师傅“摆古”时，他都会竖起耳朵听。父母早出晚归，很少说起老柳州的故事。

师傅说起老柳州的故事就会关不住话匣子，这也为郑志明打开了另一扇窗。他看到师傅在厂里受人尊敬，技术又好，还天南地北都能侃，觉得有技术的工人的社会地位真是了不起。从那时起，他就暗暗定下目标，向师傅看齐，把钳工这行做到极致。

“那时的柳州啊——”

师傅接过郑志明递过来的水杯，喝一口，继续说道，那时的柳州啊，是一片森林与荒原，有溪流与湖沼夹杂其间。年年岁岁，有雄鹿在水草丰茂的开阔平地上以角相撞，争夺配偶；有肥硕的兔子在奔跑；有蟒蛇缠绕在大榕树上，伸出长长的舌头。这里是动物的自由世界，更是草木疯长的蛮荒之地。令人生畏的是，这样的蛮荒之地太过辽阔，一望无际。公元 815 年，柳宗元到柳州当刺史，开始在这里广植黄柑，造福这里的人们。柳江从云贵高原奔腾到柳州，也许是太留恋此地，于是，围着这座城盘旋了一圈，把这座古城勾勒成了一个天然的宝壶。所以，柳州也叫壶城。

民国十四年（1925 年），以李宗仁、白崇禧为代表的新桂系军阀统一广西后，把发展新式工业作为振兴经济、加强军事实力的重要举措，致力于建设广西。

“怎么画图纸？怎么建厂房？怎么造机器？怎么让一间间厂房拔地而起？以当时的生产条件，真是难啊！”

谭林科师傅说到这，放下水杯，吸了一口烟，在烟圈中继续侃侃而谈。那时，李宗仁的一个指令，让柳州人开始了工业创业史。工厂是建起来了，但工程师、机械设备又在哪里？李宗仁也是蛮拼的，他很快从南宁、梧州等地调集各种机械设备，还从美国、加拿大高薪聘请了史蒂芬、哈硕两人担任总工程师，迅速搭起了广西机械厂的全套班子。当工人们正要甩开膀子大干一场的时候，战争爆发了，广西机械厂被迫停工，停战后才再次开工。起初，厂子里也就是生产些枪炮类的普通军工产品供应给军队，可随着中原大战的失败，李宗仁逐渐失去了问鼎中原的雄心壮志。

广西机械厂制造的第一辆车是一台由木炭提供动力的汽车。这辆车的创造者们将车从柳州开到了南宁，一路上引来不少人围观赞叹。李宗仁在南宁听取了技术人员的汇报后非常高兴，叫人拿来纸笔，写了“木炭车”三个大字贴在车上，兴高采烈地与白崇禧坐上车，一同在市区巡游。结果，浓重的烟味呛得他俩直咳嗽，于是赶忙下车，大口大口地呼吸新鲜空气。

后来，郑志明在柳州工业发展史的相关书籍中读到，木炭车的工作原理，就是把煤炭揉成鸡蛋形状，利用燃烧煤炭产生的煤气带动汽车。使用汽油之前，一氧化碳作为燃料，木炭车用固定在汽车车厢上的炉子烧木炭，开车前摇风生火，借助产生的煤气驱动，开动 20 公里后，需掏出炉灰再把木炭放进去。

尽管当年试制的工程师费尽心思、呕心沥血地研发，但并没有掌握汽车制造的核心技术。一只只单独的铁器虽然锉削细腻，但仍是冰冷和僵死的，产生不了机械能。热热闹闹制造汽车的设想，不可避免地伴随着木炭车沉郁的命运一起销声匿迹了。木炭车终究没有得到批量生产，但这台木炭车开创了广西造车的历史，成为广西汽车工业的开端。

谭林科师傅说到这里，吸一口烟，慢慢地吐出烟圈，不自觉地表露出一种优越感。能不优越吗？他所在的企业，可是柳州拖拉机厂啊，这是一个成长型的企业。早在20世纪70年代，党的十一届三中全会明确提出把党和国家的工作重点转移到社会主义现代化建设上来，实行改革开放。柳州拖拉机厂紧紧抓住这千载难逢的历史机遇，取得了不俗的成绩。随着拖拉机的产量与质量不断提升，产品深受广大农民的喜爱，柳州拖拉机厂很快从一个地方性的小拖拉机厂，一跃成为全国八大拖拉机厂之一，极大地增强了广西机械工业的实力。

分田到户后，大型农机不再适应农业生产，拖拉机彻底退出了包销市场。若是只抱着拖拉机不放，就会走进一条死胡同。彼时的柳州拖拉机厂，又转型生产缝纫机、织布机、电风扇、自行车变速器甚至童车等产品。几年后，工厂又渐渐被市场湮没，走向边缘化，再一次面临生与死的考验。如果不能马上调整转型，6000多人的饭碗将全部丢掉，这并非危言耸听。

可是，出路在哪里？好的产品类型是什么？市场又在哪里？

厂领导着急，谭林科这一拨从农村山区招工进城的工人们更着急。他们正值年富力强，一身的力气，一手的技艺啊。如果工厂生产出的产品卖不出去，工资就发不出，他们上有老下有小，上哪找活路去？

再骁勇的将军，也有被困沙场的无奈。这就是20世纪70

年代末 80 年代初柳州拖拉机厂的窘境。“这是一段极其痛苦的历史。”谭林科师傅这样说。

新中国成立之初，中国和苏联合作，开始实施著名的“156 项工程”。这些重点工程中，有生产汽车和拖拉机的，有炼铁、炼钢的，还有制造飞机的。这些工业项目以重工业为主，让新中国工业从无到有。

“156 项工程”当年没能覆盖地处岭南的柳州，但所引进的世界先进技术，在中国其他地方得到发展，中国人有了自己的科技工业。几年后，北京、上海、天津的一大批工程师、高级技师和产业工人，在组织的号召下纷纷南下，支援柳州工业建设。各方力量汇集起来，形成了一条滔滔的工业技术长河。柳州 800 多家国有企业迅速成长，如日中天，风生水起。800 多个“柳州制造”品牌的产品，如蒲公英般地吹撒到全国各地。

站在 1979 年的门槛上，中国刚刚开放国门没有多久，引进外资激活企业工作的进展非常缓慢。柳州拖拉机厂，这家名不见经传的地方制造企业，更不可能迎来外资激活这池快死的水。一棵树在冬天里落了叶，不管怎样，第二年开春，它还会长出新的枝叶。而一家企业的发展却不尽然。不得不承认，这些利润微薄的产业，在高消耗、低产出的粗放型经济增长方式上，遇到了资源和环境的瓶颈，可持续发展面临着严重挑战。

到了 20 世纪 80 年代末 90 年代初，在改革开放的春风和市场经济大潮中，柳州本土一批应该发展壮大、市场前景看好的产业，比如以都乐牌冰箱、冰柜和双马牌电扇为龙头的家电行业及纺织行业等，却到了“大江东去浪淘尽”之地步。由于体制等种种原因，这些产业最终走向了衰败，有的甚至全军覆没。

柳州拖拉机厂也不可避免地迎来了严酷的寒冬。他们开始沉思，努力突围。然而，路径又在哪里？

柳州拖拉机厂在等待一次机缘。工人们又何尝不在等候一声召唤？

当时间大踏步来到 1980 年，空气里弥漫着一种大地复苏的气息，让人想到的是树枝上的芽苞正在拱出表皮，青草正在冒出地面，小虫子从冬眠的洞穴里伸出自己的触须。中国大地上拉开了改革大幕，国有企业面临自主经营、自主调控市场的重大变革。柳州拖拉机厂又一次站在时代的风口浪尖，将又一次做出重大抉择。

当时，我国汽车工业的状况是“缺重少轻微空白”（即缺重型汽车、少轻型汽车、微型汽车完全空白），卡车仅有粗笨的 4 吨“解放”和 5 号的“东风”，轿车只有一汽的“红旗”和上汽的“上海”，而微型汽车则是一片空白。城镇大量轻载运输不得不借助手扶拖拉机和一些人力、畜力拉载的运输工具，市场迫切需要一种安全可靠、机动灵活、耗油少、污染小的微型汽车。未来社会的大发展和人民生活质量的提高，必将使人们对微型汽车的需求越来越大。

从生产条件看，微型汽车与拖拉机生产的工艺特点、技术要求等方面有很多相似性，生产拖拉机的厂房、机床、工艺装备等各种设施经过改造后，可以生产微型汽车。拖拉机厂转产微型汽车，天时地利已然具备了。工厂领导得到消息后眼前一亮，紧急研究后，立马从香港买回一辆日产微型汽车，决定自行进行技术攻关，并下决心赶在其他厂家前面，拿出真正的样车。工厂领导还专程去了上海，请来具有丰富的制造汽车经验的马新楼师傅任总工程师。马新楼带领着柳州拖拉机厂的工人，在叮叮当当的敲打声中做起了广西的汽车梦。

试制就这样开始了，厂里充满着一种让人兴奋的、一环紧扣一环的节奏，看不见聊天的、溜达的、躲在工具箱后面睡觉的工人了。工人们都有一种热血沸腾的激情，而且这种激情一直燃烧了几十年。为了赶时间、抢速度，工厂试制小组在总工程师马新楼的带领下，夜以继日地研究攻关。他们把这辆微型汽车的所有零部件拆卸，一一清点后，发现有 2500 多种、5500 多件。工人们就这样一件件手工测量、绘图，把零部件一一仿制出来。

厂里没有制作汽车钣金件的模具。当时，工人们是悄悄地试制微型汽车，也不方便外购汽车零部件模具，怎么办？这当然难不倒柳州拖拉机厂众人。工程师们碰到一起，很快便想出了采用低熔点合金材料来做模具的办法：先用砖砌好模具底座，倒入合金热熔后，放入样车的钣金件，再把合金溶液盖在钣金件上，冷

柳州拖拉机厂旧照

却后，取出钣金件，一副凹模和凸模就成型了。成型的零部件边角有些棱角，便用手工加工，如锉削、敲打、抛光等。虽然是小打小闹，其中却有可贵的创业精神，有一批熟悉机械制造技术的工人在发挥作用。

时间就在这敲打声中流走。改革开放之初，柳州拖拉机厂的人们在这敲打声中跌跌撞撞地试探。

有人说，中国汽车工业的发展，近乎老牛拖破车，停滞在 20 世纪 50 年代的时光隧道里。现在回头看，中国的汽车工业在 20 世纪 80 年代以前还处于落后的境地。1982 年的新年钟声敲响之际，柳州拖拉机厂试制的第一辆 LZ110 微型汽车总算顺利下线。两年了，这辆载入史册的微型汽车与新年的钟声一起，敲开了在黑暗中摸索的设计师、工程师和产业工人们的心门。

1982 年 1 月 20 日，这一天被记录在工厂大事记中。此后，柳州拖拉机厂开始转产微型汽车。紧接着，他们又成功试制了第一辆 LZ100K 微型厢式车。第一批微型汽车完成了 5 万公里的路试，各项技术指标达到设计要求。

这，无疑让柳州拖拉机厂众人欢欣鼓舞。

几经周折，柳州拖拉机厂成为全国第一个生产出微型汽车的地方性企业。局面总算打开了，好事一波接着一波来。1985 年 2 月 14 日，柳州拖拉机厂这个曾经创造光荣的名字，正在柳州人的记忆中渐渐远去，取而代之的是另外一个继续创造光荣的名字：柳州微型汽车厂。

毋庸讳言，在那个火热的年代，柳州微型汽车厂由于工业基础薄弱，注定先天发育不足。然而，她却用孱弱的小手，吱呀吱呀地推开了中国微型汽车工业史的大门，因而才有了后面的“五菱之光”“五菱宏光”“五菱宏光 S”“五菱宏光 S3”“五菱荣光”“五菱征程”……

1983 年，武汉工学院（今武汉理工大学）汽车设计与制造专业毕业的韦宏文，被分配到第二汽车制造厂（今东风汽车集团有限公司），1985 年开始在柳州微型汽车厂工作。才思敏捷的他初来乍到，第一眼看到崭新的微型汽车时，脑海里立即构思起徽

柳州微型汽车厂旧照

标造型。他随即手工画图，用五个正菱形组成 W 状，“W”是“微”字的声母，又与五菱的“五”字的声母吻合。他看着这个图形，仿佛看到柳州五菱在传承中发展，有鲲鹏之志，奋力腾飞。后来，已升任广西汽车集团党委书记、董事长的韦宏文，带领着柳州五菱开辟出一番新的天地。五菱汽车慢慢地走向全国，走向世界。

在 1987 年的中国，从事汽车制造业的人都知道，新一轮“汽车热”，更确切地说是“轿车热”，正在中国大地上兴起。全国车企一窝蜂地生产轿车，柳州五菱仍坚持生产微型汽车。这一年，110VH 厢式车下线，厂里正式注册启用了新五菱徽标，并一直沿用至今。柳州五菱，由此演绎了国内微型汽车市场一个又一个传奇。

“总把新桃换旧符”，这是新陈代谢，也是顺势而为。就好像到了深秋，绿色的树叶会变暗、发黄，最后还会脱落。但是来年的春天，树木又会长出鲜绿的嫩叶，却不是在同一个枝节和枝丫上。生产线上的工人干得勤勤恳恳，每擦一次汗，脸上就陡添几道油污。当工人们领到一沓不薄的钞票时，有人流下眼泪。也有人摇头，有人质疑，但工人到手的钞票，企业上缴国库的税金，是实实在在的真金白银啊！作为企业里最普通的工人，他们的个人命运和家庭命运，是与企业的命运和国家的命运紧紧联系在一起的。他们为柳州拖拉机厂自豪过，也曾与柳州拖拉机厂一起深陷无奈的困境。他们知道转型后的局面来之不易，能否维系一家人的生活，尚是未知数。

“用老祖宗的话说，这叫‘大河涨水小河满，大河落水小河干’。当然，理是这个理，实际上却是，大河涨水了，小河会不会满倒是不一定的；大河落水了，首先干涸的却肯定是小河。”谭林科师傅说出了这句颇有哲理的话。他虽只是个钳工，但长期在生产一线，不管是当年的柳州拖拉机厂、柳州微型汽车厂，还是现在的柳州五菱，创业史中都有他的名字。而那些励志的故事，一传十，十传百。说到这，挺过来的工人们总会感慨万千：没有共产党的好政策，没有工厂领导班子的团结一心，没有他们的敏锐嗅觉，结局肯定会是另一番模样。

以前，厂子一旦遇到危机，他们就担心自己会下岗，好几次亲历艰难的处境，真觉得这道坎儿是过不去的了。但实际上，迈过那一道又一道的坎，厂子还是硬生生地挺过来了，而且就像一只飞越无数火山的不死鸟，每飞过一座山，翅膀就变得更硬一些，经验也随之增长。说到这，谭林科师傅挥一挥手，指着车间外面几乎看不到边儿的广场，一辆辆崭新的、准备开出厂的微型汽车，排列得整整齐齐，像列队的新战士穿着刚发的新军装，很有一种排山倒海的气势。

何止是谭林科啊，所有工人都是那么喜欢这一列列威武的“战士”啊。像谭林科这样的老工人，最美好的年华都在工厂里度过。从柳江吹来的风将一位风华正茂的钳工吹成了半老之躯，他所有的心血都融进了工厂里的车床与钢板之中。这是中国工业，老去的永远是一代代工人，留下来的一定是越来越精密的机械零部件，还有越来越先进的生产线。

郑志明每次听到这些陈年往事，都能感觉到扑面而来的风是暖和的、温馨的。他也能感觉到这风里有一股催人奋进的力量，让他保持清醒和方向感。

从柳州五菱汽车制造发展历程上看，20 世纪 80—90 年代是一个苦练内功的时期，新型产品的研制进度缓慢，出品的只有三款车型，让人感觉工厂的发展似乎陷入了停滞。而事实上，各个零部件分厂在这段时间里都全面地提升了自己的工艺水平。进入

21 世纪之后，微型汽车、消防车、救护车、小型货车以及各种专用车层出不穷，而且只要首条生产线试投产成功，就能具备批量生产的能力。

也许是骨子里天生的热爱使然，一般人觉得冷冰冰的钢铁和机床，在郑志明眼里却是一张张熟悉又亲切的面孔。他觉得自己也能像维管束一样，源源不断地给柳州五菱这棵大树输送养料。

每天上班，一进到车间，置身于机油味中，郑志明的内心就会异常沉静。谭林科师傅给他布置了当天的工作，简单地画个草图，说了几点要注意的事项，自己便忙去了。师傅有丰富的经验，知道尺寸该如何把握。平日里，师傅讲“人刀合一”的原理，讲夹具的试制，一字一句，像珠子落到盘子里。不过，他只讲一次。小个子的他，有时举起那重重的轴承，以一种貌似不对等的力量，准确地套进齿轮里，像一颗子弹击中目标，非常轻盈而精准；又如重器出击，刚猛有加。郑志明突然想到一个词——举重若轻。事实上，师傅的动作非常快捷，而正在套进齿轮的那一瞬间，有稳如泰山的凝重。这个过程，大约在一秒钟里完成。

郑志明跟在师傅身边打下手，总是对师傅的精湛技艺叹为观止，暗想自己什么时候也能像师傅一样出色。这一时期，柳州五菱各个工段的车间里，处处洋溢的“艰苦创业、自强不息”的五菱精神，就这样影响着郑志明的职场生涯。

当年，工厂提出五菱精神时，有人曾担忧，担心有“精神万能”之嫌。甚至有人提出了反对意见——“中央有中央精神，工业有大庆精神，你们提出这个五菱精神干什么？”

负责意识形态工作的领导回答：“五菱精神是中央精神、革命精神、民族精神在柳州五菱的具体体现，是充满时代气息的主人翁精神，艰苦创业、自强不息是五菱宝贵的精神财富。”

后来，五菱精神在公司里被广为宣传，最初的反对者，也变成了积极的支持者和践行者。

五菱精神像空气一样在公司蔓延开时，郑志明刚刚入职柳州五菱。它像一根准绳，像一座灯塔，时时矫正着郑志明及所有五菱人的思想航线，使之在市场经济大潮中始终紧盯目标，破浪前行。

郑桂福没有想到的是，10 多年后，他这个顽皮机灵的小儿子在柳州五菱如鱼得水。从单个自动化工作站做到了全线自动化生产，从早期的模仿设计到后来的自主研制，小到工装夹具、大到机器人工作站，柳州五菱几乎每一个生产环节，都有郑志明的发明创造。父亲不知道儿子怎么就具备了这样的能力，可以肯定的是，儿子有一颗勇于挑战和乐于探究未知领域的心。

其实，郑桂福夫妇看不到的地方还有很多。比如，儿子在钳台前的绝活：手工锉削平面，用锉刀来回研磨几下就消除了零部件存在的微米级误差。在整个锉削过程中，他仅凭眼看、耳听和手感，就能使零部件的尺寸误差控制在 0.002 毫米以内，相当于一根头发丝直径的 1/40；手工画线钻孔，能把孔的位置精度误差控制在 0.05 毫米以内，相当于一根头发丝直径的 1/16。这项技术达到了国内同工种的最高水平。

如此一来，误差每减少 0.001 毫米，就有可能多出一个技术指标，而这 0.001 毫米，就有可能成为一道难以攻克的技术难题。郑志明夜以继日，心摹手追。苦练 3 年后，这样的难题，终于被他给攻克下来了。

这是在赞美锉削件吗？没有钳工的手感，它不就是一块冰冷的钢坯吗？它只有被一双有灵性的手摆弄，才具有机床零部件意义上的精度。

回过头来讲，锉削件对一双巧手的成全与回报，有人想到过吗？锉削件不会说话，但它以自己的存在，让一个庞大、复杂的机床运转顺畅，从而生产出精良的汽车零部件。它是在用这样的方式，对钳工默默致谢。钳工对锉削件的作用，靠的是手感与功力。年轻的郑志明在师傅的指点下，通过苦练达到了“人刀合一”的境界，这是他向师傅的致谢和对岁月的致敬。

生活中的郑志明，是一个纯纯的理工男，显然没有这么文艺。每次工友们赞叹他的钳工、锉配功夫厉害时，他总是谦卑地笑一下，说道：“也没什么……惟手熟尔。”这是《卖油翁》的典故了。卖油翁用一个铜钱盖着油壶，通过铜钱中间的孔向油壶里倒油。油自钱孔入，而钱却没有湿。众人称赞他技艺高超，他说：“我亦无他，惟手熟尔。”

郑志明的话说得谦虚，但事实上，师傅平日里跟他讲的那些机械理论，他听着，用心记着，像挖掘宝藏一样，一寸一寸地深入进去。师傅每讲完一个环节，他听后便反复琢磨，并动手练习。这也是他多年后，在大学里给莘莘学子常讲的“肌肉记忆”。

他明白，师傅退休后，往后的这台戏，自己有机会和责任来担纲主角继续唱下去。他被柳州五菱汽车制造的光辉历史，以及机械制造内里蕴含的巨大乾坤深深吸引。

第二章

小试牛刀

随风潜入夜，润物细无声。跟在师傅的身后，在机械技艺与零部件的生产流程中，郑志明很快领悟到了钳工技艺的全部精髓。他青春蓬勃的心被滋养着、浸润着。在飘散着机油味的车间里，他领略到了钳工技艺的奥秘和魅力。懂得越多，他越清醒地意识到，要成为一名优秀的产业工人，要成为像师傅一样优秀的特级技师、八级钳工，不但需要有出色的技艺，还得有端正的品行。这也是师傅常挂在嘴边的“吹糠见米，刀下见菜”的硬功夫和软实力。与机械打交道的时间越长，他对这句话就越有心得。

是的，不是所有的工人最后都能从技工升级成为技师，再到大国工匠的，只有极少数人能站在塔尖上。

艰难吗？苦闷吗？

事实上，所有的练习，都是为了让肌肉有记忆。越是精密度高的零部件，越需要依靠手工干预，这样才能实现对精度的超高要求。练习多了，身体就会有一种感觉，会有一种肌肉记忆，慢慢地就可以随心所欲，想达到什么精度就能达到什么精度。正所谓“艺痴者技必良”。郑志明就是这样的痴迷者。

当时间大踏步迈进 21 世纪，郑志明从一名青涩的小钳工，

郑志明在操作机床

摇身变成了已有 3 年工龄的技术骨干。他每天跟在师傅身边，行走在车间的设备丛林中，一旦生产线上出现故障，生产受阻，他和师傅们便随时跑步进场抢修。日积月累，他也从刚进厂时的懵懂无知到渐渐熟练，再到触类旁通。他似乎有一种魔力，能将机床上的零部件变成一个个精灵，还能将这些精灵变成五菱汽车生产所需的“专机”。

这种变化的过程，想必是极其枯燥也极其艰辛的。如果没有深入骨髓里的热爱，一般人看上去冷冰冰的零部件，怎么能变成精灵呢？一个个技术难关攻克下来，一台台“专机”研制成功，已成为大国工匠的郑志明跟笔者说了句很浪漫的话："其实，我们是在享受研发制造的这个过程，我觉得冰冷的机械对我，全是温情脉脉的。"

郑志明与前文介绍的"躺平生"主攻方向同是钳工，但他们又不完全一样。郑志明的工作内容外延很大，大到一台汽车生产的每一个环节都有他的发明创造。勤奋肯钻研的他，不但对主业精通，而且对汽车构造原理、机械工艺、生产流程设计、装配调试等知识也都了然于胸。很快，他成为一名可以独当一面的技术能手。在他的眼里，汽车已经不仅仅是汽车了，机床也不仅仅是机床了。一堆由一个个精灵组合起来的钢铁，使生产线旁的工人心情欢畅。

笔者愿意相信，郑志明和钢铁的关系，永远保持热恋般的炽烈。

公司开始推行"精益生产"的那一年，郑志明有了更广阔的舞台。

"精益生产"的第一项措施就是撤销返修场地，减少人工、时间和原料的浪费。据说，这是从国外引进的生产方式，能生产出更多更为价廉物美的产品，这也是日本、德国、美国等国家工业腾飞的秘密武器。以往柳州五菱的生产方式是粗放型的，需要大量的库存和备用设备，以防万一，确保产品达到一定的质量水准。眼下，柳州五菱发展成为国内外知名的微型汽车企业，但也暴露出快速扩张、粗放经营的发展短板。而实施"精益生产"，则要求库存量为零，形象的说法就是“瘦身减肥”。它要求每一个步骤都是精准的，符合生产规律的，假如出现了问题，这个问题就会成为必须改进提升的一个工作点。它改变了传统的在制品堆放和库存的概念，对产值、产能、产品质量提出了挑战。第二项措施就是降成本，提产能，促增效。

这样的生产策略，使郑志明这类爱钻研、爱探索的年轻人迎来了一个千载难逢的机遇。

每个分厂、每个工段都选取一两道工序进行提升改进。每个工段长、班组长都要学习、理解、参与“精益生产”的各个环节，找到提升零部件质量的方法。这种生产方式对产品质量的过程控制达到了严苛的程度，为的是不让不合格产品有机会经过所有的工序而成为成品。

这个时期，郑志明因出色的工作表现，已升任工装工段钳工班班长。年轻的他，全身上下每一个细胞里都饱含为工作而奋斗的激情。他像海绵，吮吸着“精益生产”的知识和理念，时刻关注厂里每一个工段每一条生产线的工序，看有没有可以提升和改进的工作点。

五菱汽车的生产和销售，可谓月月刷新，曾创下年产 220 万台车的纪录，平均 15 秒钟就有 1 台车下线。业内业外无不对“五菱速度”啧啧称奇。

快节奏的生产线，不允许机械出现半点故障，检修、抢修、提升产能的压力非常大。因设备故障停产一分钟，值勤班组就要被处罚 300 元。严格的考核制度，可观的工资待遇，让整个工厂洋溢着一种“比、赶、超”的干事创业的气氛。这让郑志明和工友们不得不有一种苦练技艺的紧迫感。

大家都知道，五菱微型汽车走的是低端亲民路线，它皮实，耐用，可载客，能拉货，深受老百姓的喜欢。再加上价格较低，五菱微型汽车在市场上供不应求。虽然产量和销量看上去非常可观，但与国内同款汽车相比，五菱微型汽车的品质也有不尽如人意的地方。由于历史原因，五菱微型汽车是由制造拖拉机的工艺装备制造的。工艺落后可以去学习赶上，但制造零部件的生产线落后，工艺装备就得花大力气来提升改进了，甚至需要重新设计制造。整车的质量，主要还是体现在零部件的质量上。零部件的质量，又与生产的工艺装备紧密相连。只有制造零部件的工艺装备是标准的、精良的，孔对孔，铆对铆，零部件的质量才有保证。齿轮的主齿和被齿哪怕有毫厘偏差，则造出来的零部件也是不精良的，整车的质量自然也就没有保障了。这个逻辑关系，包括郑志明在内的每一位汽车人都了然于胸。

虽然，这个时期，柳州五菱制造出的产品和销售成绩都十分耀眼，但内行人都清楚，各种问题仍无法回避。其中，相当一部分零部件成本高、制造效率低、质量不稳定，最后造成许多费尽力气研制出来的装备被束之高阁，一部分从国外进口的生产线因无人会维修，没有发挥其应有的功能，局面有些尴尬。

某一天，郑志明与朋友小聚。有人问：“郑志明啊，你是在柳州五菱上班？”

郑志明点点头答：“是呀，怎么啦？”

朋友毫不留情面地大声说：“五菱五菱，走走停停，哈哈……”在场的所有人都跟着笑了起来。

郑志明嘴里打着哈哈，心里却往外冒着苦味，再看一桌子的酒菜，顿时觉得全都是黄连。他眼前浮现出近段时间与师傅试制的工装夹具，它们完全是靠纯手工敲的笨办法试制出来的，没有精准的量具，没有样板，零部件边缘尽是棱角，毛毛糙糙，成品出来后再用手工这敲敲、那捶捶，修边刮角。这样制造出的工艺装备能好到哪里去？这样的工艺装备造出的零部件又能精良到哪里去？这样的零部件组装出来的汽车自然就好不到哪里去了。惭愧啊！

有时，他也想不明白，这样一家国有企业，为何产品质量就是提不上去呢？朋友的这句玩笑话，从表面上看，与郑志明关联不大，毕竟他是进厂才 3 年的小钳工。在这个拥有 6000 多名员工的大型国有企业，他只是一颗边缘的、小小的螺丝钉而已，五菱汽车再怎么“走走停停”，他似乎也无能为力。

话虽这么说，但郑志明爱厂如爱家，自尊心又极强，还是硬生生地被刺激了一下。众所周知，汽车厂是流水线生产，一辆汽车的零部件往往是由各分厂供应的，各分厂的情况不一，不能按照统一的质量要求提供配件。

假若自己能将车桥厂的工艺装备的工艺搞懂、搞通，使工艺装备达到高精度，不说可以对每个生产环节的设备进行监控，但至少可以对核心零部件的生产线进行改良，该统一标准的统一标准，要求更精密的可以更精密，使散兵游勇式的生产具有更强大的生命力和竞争力，整车的质量势必会有所提升。没想到，这次朋友小聚，竟然让郑志明的心底生发出这样的雄心壮志。

郑志明常听谭林科师傅提起五菱微型汽车的开拓者、奠基人姜公望老先生，全厂人都亲切地叫他丁叔。丁叔当年立下过宏愿：日本有三菱，中国有五菱，五菱更比三菱强。

丁叔生于 1927 年。1946 年，19 岁的他考入了清华大学物理系。新中国成立前夕，他光荣地加入了中国共产党，从此将自己的人生梦想与新中国的工业发展紧密地联系在了一起。丁叔也将他最宝贵的年华，奉献给了柳州拖拉机厂。

是啊，五菱汽车是以丁叔为代表的老一辈五菱人开荒辟土、砥砺奋进，用辛勤的汗水和无数次的试制制造出来的。1982 年，丁叔亲自带队将第一辆 LZ110 微型汽车开到北京。那时还没有高速公路，2000 多公里的路程，一路颠簸，汽车竟然没出什么毛病。据说，中国汽车总公司的领导一开始并不同意柳州拖拉机厂生产汽车，当他们看到柳州产的微型汽车一路风尘仆仆，安全抵达北京时，纷纷刮目相看，十分感动地竖起了大拇指。刮目相看的结果是，柳州拖拉机厂破格成为当时全国三家微型汽车定点生产单位之一。于是，柳州拖拉机厂才有了华丽转型的机会。从此，柳州开始了生产汽车的历史。

柳州拖拉机厂转型生产汽车，这在20世纪80年代初是一件非常轰动的事情，同时也是机械制造行业津津乐道的一个传奇。从此，一辆又一辆中国式的微型汽车，就在这一张张浸满苦汗与甜蜜的“母床”上呱呱坠地。一代又一代包括20多种型号的新车产品，也从这里启程，运往全国各地。

郑志明是见过丁叔的。公司但凡有重要的庆典活动，必定会邀请丁叔到现场。他年事已高，精力和体力都不如从前，不能再为汽车制造业孜孜不倦地奋斗了，但精神矍铄的他仍不忘向年轻人传递“艰苦创业，自强不息”的五菱精神。接过丁叔“二次创业”接力棒的领头人金振华厂长，郑志明也听说过，金厂长的建树堪称大手笔。他在丁叔这一代老工人创下的基业上，再进一步，让五菱的徽标闪烁在埃及、约旦、叙利亚、泰国、越南、老挝等国家的公路上。

市场带给人的不仅有机遇与成功，也有忧患意识和紧迫感。尽管柳州五菱当时的业绩值得骄傲，为人所津津乐道，给公司换来了真金白银，但在用户那里，被调侃成“五菱五菱，走走停停”的现实也必须正视。想到这，郑志明就觉得像喝了机油一样难受。

总之，郑志明突然对柳州五菱有种说不出的滋味。

某一天，柳州五菱给车桥厂下达生产任务：在一周内试制出一批“都市清风”系列微型汽车的制动支架，以配合该系列新车

五菱“都市清风”系列微型汽车

到北京做试车试验。

由于是刚试制的新产品，厂里没有冲压用的模具，也没有任何专用的工艺装备，甚至没有样板，有的只是一张“都市清风”系列微型汽车的制动支架图纸。

当任务摆在面前时，车桥厂工人发出一阵抱怨声。许多老师傅都摇头，认为这是不可能完成得了的事。的确，机械试制是有一定的技术难度的。

“要完成任务，除非太阳从西边出来。”所有人都这么认为。

大家看着图纸，开动脑筋，纷纷往自己熟悉的零部件上去联想。微型汽车车架制动夹具的零部件，没有上千种，也有好几百

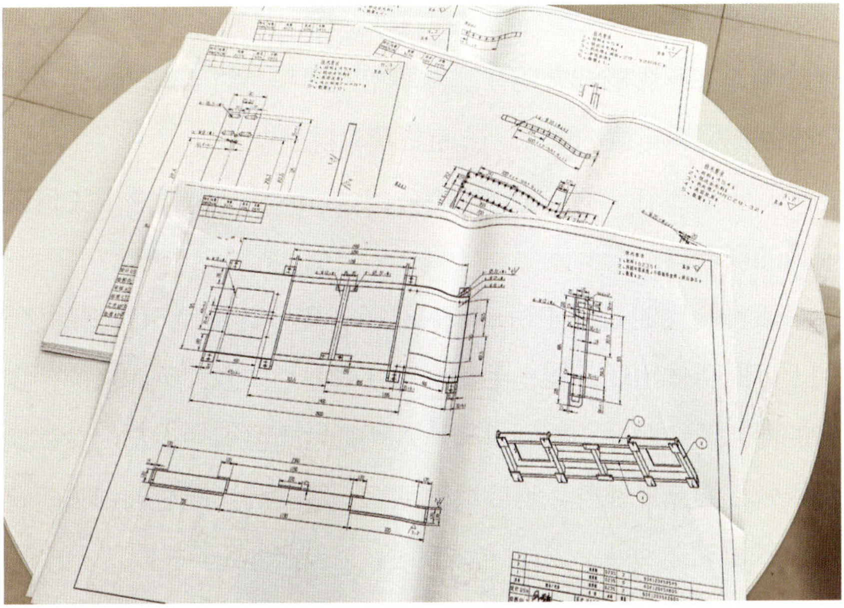

郑志明的设计图纸

种，光是重量就有好几百公斤。单凭这一张图纸，就要想象并制造出空间结构复杂、轿梁弯曲的车辆制动支架总拼焊接夹具，班组里每一个工人都觉得难于上青天。最要紧的是，给的时间还那么短。在没有适合的精密量具和样板的情况下，仅有一张图纸是远远不够的。

这天上午，厂里组织召开了一个试制协调会。印象中，那是郑志明第一次参与试制协调会。当然，说“参与”实在是高抬他了，他的身份只是一个小钳工而已，在刚才那一刻之前，来布置任务的总工程师甚至没有正眼看过他一次。

但这并不影响郑志明在这件事上的思考。对他来说，连老师傅们都觉得有难度的试制，一定更具有挑战性。

郑志明坐在谭林科师傅身边，小声问："师傅，这个夹具试制真的很难吗？"

谭林科当时是钳工班班长，还有一年多时间就可以退休了，加上近期身体出现一些小毛病，深感精力和体力大不如从前，少有的倦怠环绕着他。看到仅有一张图纸，同班组的工友们又都连连叹气，要完成任务，难度系数不是一般的高。但看到郑志明有种跃跃欲试的劲头，谭林科又不忍心打击他，于是换了一个语气，说："你想试试也不是不可以。"

郑志明见师傅虽说得勉强，但至少在表面上是支持他的，骨子里的那种爱挑战、不服输的性格，让他鬼使神差地说出一句："那我想试一试！"

他有信心试制成功吗？不是有没有的问题，而是必须有！朋友那一句不经意的"五菱五菱，走走停停"严重地刺痛了他的心。他要从这一刻开始，不放过每一个机会，对生产零部件的工艺装备进行深入细致的研究，并进行相应的改善。现在机会来到了眼前，他若躲开，或许今后真的就没有他什么事了。

以往，遇到类似的试制工作，工人们领到任务后，便开始不停地设计，再设计；推翻之前的设计，又重新进行新设计……但设计好以后，还得试验，试验必然只有一种结果：成功或失败。

失败了等于白辛苦，但成功了也未必就能通过。所以，有时候老工人们的工作是一场没有结果也无法结束的战斗。

参与过无数个机械试制项目的老工人们有时也实在没辙，厂里的任务下达了，硬着头皮也要接下。谁让咱是柳州五菱的一分子呢！但是这一次有了年轻的郑志明在前面挑头，他们比之前任何一次领任务都轻松多了，至于结束任务嘛，似乎跟他们的关系不是挺大了。

他们原先只知道郑志明有一定的钳工技艺，没想到，这个执着、认真的小钳工，还有着一种内秀。他这一副老成稳重的神色，与工厂里那些三四十岁的中层干部相比，也不遑多让。更重要的是，他对机械图纸的领悟能力，远远优于那些在机械制造业摸爬滚打了几十年的老师傅。

但凡从事机械试制的工人都知道，技艺上的高低，体现在对图纸的领悟能力上。涉及尺寸、位置和形状的精细活，不仅需要钳工对整个机械构件的空间结构、尺寸、位置、形状了然于胸，还要精准计算，画出机械构件的具体位置、尺寸和方向。钳工之间水平高低的比试，往往是无声的。这一行就是这样，别人只需比你高明一点点，就能把你比下去。有时候，输赢就在画线、打孔、锉削上，你得把这些做到刚刚好，才能把完美的手感传递到工件上。这需要很强的空间想象能力，考验着钳工、车工、铣工的素质。如果悟性不够，即便做一辈子的钳工、车工、铣工，也成不了技师，更不可能成为特级技师。

设计制造一台机床，调试它的精度，并将其纳入顶级精度的序列，生产出精密的汽车零部件，何尝不是一个优秀技师内心的神圣理想？你在整个工人生涯中可以从不将这一理想说出口，但是，你内心必须时时刻刻惦记着它。

有些人，可能天性使然，一旦钻进某个世界里去，就越来越会钻，并钻出名堂来。鲁迅先生说过："第一次吃螃蟹的人是很可佩服的，不是勇士谁敢去吃它呢？"郑志明眼前的情形便是如此。年长的、工作多年且很有经验的老工人，起初都认为郑志明要试制这样一个"都市清风"系列微型汽车的制动支架，简直是天方夜谭，是无法完成的。厂里没有人干过，书上也没有教过，你郑志明为什么非要去碰呢？敢接下这个任务的，要么是真正的智者，要么就是个愣头青。在这些老工人的心里，郑志明属于后者的可能性更大一些。

郑志明何其聪明。从老工人们不易觉察到的表情中，他能准确地捕捉到一些信息，从而更坚定了自己一定要试制出来的信心。多年后，他获得中华技能大奖和被评为全国技术能手时，在国务院新闻办公室举行的中外记者见面会上，他准确地给自己定义——我的特质就是不服输。

此时，他像个老师傅一样，说："我们先来研究一下图纸。"

班组里另一位班长罗师傅便将图纸递到郑志明面前，说："你要试一试，那就由你来牵头啰。"言辞中有激将的成分，也有"看你郑志明有多大的能耐，到底有几把刷子，能搞出什么名堂来”的意思。

郑志明似乎没有注意到大家投向他的异样目光，而是平静地接过图纸并默默地摊开，用镇纸压在绘图桌上，与工人师傅们先从理解图纸着手，随即用铅笔在图纸上做了一些标识，脑海里计算着板材的下料量。

时年24岁的郑志明，年轻，有想法，有干劲，但在摊开图纸的那一瞬间，他心里还是情不自禁地咯噔了一下：自己真的准备好了吗？能冲上这复杂而汹涌的试制潮头吗？但似乎又没有退路了。当他将目光转向谭林科师傅的时候，看到的是同样的迷茫。既然已当着这么多老工人的面领了任务，只好硬着头皮想办法完成它。他表面上不动声色，心灵深处却暗暗地较上了劲。从那一刻起，在郑志明的人生字典里，产业工人的法宝只有两个字——“干”和“赶”。

他从自己的工具箱里取出笔记本和笔，翻到一张空白页，根据自己对图纸的理解，用笔画起夹具零部件草图，给老师傅们来个看图说话。他边画边说这个夹具试制的设想。焊接，是汽车制造的四大工艺之一，车身的试制离不开焊接工艺及其配套的夹具。而郑志明他们要做一套低成本、短周期的车身试制夹具，需要从柔性化、结构轻量化、标准化设计等方面进行考量。显然，仅有热情是不够的，还需要丰富的实战经验。

画草图的同时，郑志明的脑子在快速飞转。画完后，他补充道：“师傅们，大家看看，还有没有什么可以更优化的地方？工艺装备试制前的设计自然是很重要的，但如果生产过程的控制不合理，同样会出现质量问题。”

老工人们没想到的是，郑志明的话让他们都无法反驳，而且其中有些道理还让他们觉得很受触动。谭林科师傅是个心态开放的人，对于自己服气的人，他一向是礼敬有加的，何况这个人还是自己带的徒弟呢！有技术，肯学习，勤钻研，工作态度又认真，这就是谭林科眼里优秀工人的标准。但他也有一些担心，生怕这戏让嘴上没毛的小徒弟唱不下去。

郑志明在这之前，的确没有多少实战经验。他敢牵这个“大单”的头，除了凭一股子的义气和满腔的热情，还有那句“五菱五菱，走走停停”。估计他在家里常受父亲郑桂福说的那句“不蒸馒头争口气”的影响，听多了，耳朵起了茧，骨头也变得坚硬起来。

以前，微型汽车的制动车架是分装的，并不要求焊接的夹具有车身那么大，而现在要推出公司最近研发出的新产品，生产一款新型的“五菱之光”，就得有一条配套的新生产线。车架不能拼装，那就得有一个整车焊接支架，而这个焊接支架需要一个整车的工装夹具。

当制造业发展到 2023 年，以今天的眼光看昨天，当年试制这个普通微型汽车的车辆制动支架总拼焊接夹具，似乎并没有什么难度。然而，时间往回倒推 22 年，站在新世纪的门槛上，当时的研制环境和条件却是相当艰苦的。国内模具企业主要生产重型卡车制动支架和厢式轿车后桥制动支架，微型汽车的制动支架只处在模仿制造的初级水平。郑志明所在的柳州五菱旗下的车桥厂，当时的生产能力也仅限于生产部件的分焊夹具和部分总成夹具。

研制就这么开始了。24 岁的郑志明与一拨中青年师傅们一道，从理解图纸着手，相互启发，认真测算板材的用料量，手工画线，裁割，敲打，拼凑，焊接，每天累得直不起腰。

在研制的那几天，郑志明即使回到家里，那些机械零部件也像他热恋着的情人，不肯从他的脑海里退去。3 天时间很快过去，他仍没有多少头绪。入职以来，他第一次感到如此焦虑。他把这种焦虑变成执着和耐心。连续几个深夜，他爬起来画图，涂涂改改。一抬头，窗外变白了。又是一个完完整整的通宵。无疑，他是一个优秀的钳工，师傅的得意门生。前段日子的表现，已让老师傅们看到了这小子有着不一般的机械制造才华。眼下，此时此刻，他还是有点心烦意乱。如果不能在规定的时间里研制出一台微型汽车的制动支架夹具，其后果，说严重也严重，说不严重也不严重。说严重，是因为这会拖公司的后腿，影响公司一系列新车的开发和试验；说不严重，是因为他刚入职不久，既不是车间主任，也不是工段长，这笔账怎么也算不到他头上。

2001 年 7 月 13 日晚上，郑志明下班回到家，脱去工作服，吃过晚饭，跨上自行车就往柳堤骑去。在一处稍微开阔的地带，他扭动着腰板，将自行车的前轮抬起时，后轮稳稳地在他的掌控下弹起又落下。弹跳趋停后，他的脑子开了一会儿小差，跳到试制问题上——方箱、齿轮、定位、机构，怎样的夹具才能将它们夹紧，合成一台机床？

天有点热，但晚风清凉，天上和水里都有星星。他骑着车来到河堤的一家夜宵店，要了一瓶啤酒和一碗螺蛳粉。冰凉的酒喝到胃里，舒爽充满整个心胸。这时，一张熟悉的面孔出现在店面，定睛一看，原来是车间里的张师傅。郑志明热情地招呼张师傅过来坐，一起喝两杯。张师傅看到喊他的人是郑志明，也觉得太巧了。两人高兴地坐到一起，酒杯相碰后，谈的话题自然离不开“都市清风”系列微型汽车制动车架夹具的试制。

啤酒醇厚，但他们只能浅尝辄止。厂里 24 小时三班倒，随时都可能有抢修任务。作为一名维修工人，郑志明随时都可能要跑步进场。因为经常中途离场，应酬里的声色味道也就淡了，会扫别人的兴。扫兴也好，三朋四友喝大酒的招呼少了，酒桌上的聚会也就跟着少了，这正适合郑志明。后来的他喜欢喝茶，身心静下来，在茶多酚的作用下，思维容易跳到机械制造工艺上，自然就跟工装界的缘分越来越深，慢慢有能力沉到那些枯燥又实用的理论中了。

此时，两人在柳江边，边喝边聊。郑志明向张师傅请教：“工件为框架薄壁零件，老是装卡不稳，怎么办？”张师傅是个老师傅，经历过由制造拖拉机转为制造微型汽车的历史，他端起啤酒杯，说：“小郑啊，你真是三句不离本行啊！”他拿着酒杯碰了碰郑志明的酒杯，又说，“按我的经验看，毛坯为铸件，加工处余量不均匀，刀具切削轻快，避免产生振纹……”

郑志明和张师傅碰了一下酒杯，待张师傅说完后喝尽杯中的酒，他赶紧也抿了两口，跟着张师傅说到的去思考。经张师傅这一点拨，他纠结了多日的参数似乎一下清晰了起来。它们像小精灵似的出现在他的眼前。他和张师傅在夜宵店里不期而遇、相谈甚欢后，各自骑车回家。

郑志明从书柜取出那本翻了无数次的《图解机械原理与构造》。书中说，夹具由底部框架、三维焊接平台作支撑，再通过支撑角铁、定位支柱、U 形方箱、定位机构、90 度压紧件、45 度压紧件、非标定位及夹紧装置组合而成……

郑志明又是何其的聪明啊，他非常善于将这些书本上的技术概念消化吸收，并为其所用。就是这样的组合！他高兴地蹦到书桌前，在纸上画了整个制动车架工件草图。卡了数日的问题终于迎刃而解了！

制动支架总拼焊接夹具的优化设计及制作精度，在汽车制造过程中十分重要，柔性组合工装夹具的合理使用，更能节省夹具的资金投入。这一点，郑志明相当清楚。他要朝着柔性组合方向走，这样才可以生产不同种类的产品。

次日上班，他一到厂里就迫不及待地把想法向谭林科师傅复述了一遍。于是，师傅一声召唤，大伙儿围了上来，听郑志明一番讲解后，便动手开始制造了。“都市清风”系列微型汽车，也就是后来人们熟悉的第一代“五菱之光”，其车辆制动支架总拼焊接夹具，就是这样在郑志明设想的基础上，大伙儿齐心协力“敲打”出来的。

但这还不算完成任务。一台新的工艺装备在工厂下线，仅仅是研制完成的第一步。接下来，工艺装备要送到工作现场去进行试运行，检验装备是否适合实际需要，这个过程叫作工艺装备试验。只有完成试验并达到指标要求，通过验收后，这种新装备才能正式制造产品。

在郑志明主导下，“都市清风”系列微型汽车的车辆制动支架总拼焊接夹具，经技术中心验收后，顺利进入了正式生产环节。这让车桥厂具备了从底盘总成四门、侧围总成到白车身主焊线的生产能力，并且，其主要技术已接近当时国内先进水平。这种一举多得的好事由市电视台宣传报道，引起了一定反响。

这是中国汽车工业史上的第一辆趋于成熟的微型汽车。

这天，郑志明回到家，吃过晚饭，躺在沙发上看电视。市电视台《新播报》此时播的正是关于“都市清风”系列微型汽车生产线的报道，新闻用了“首创”“填补国内微型汽车制造空白”这样的话语。他不禁发出感慨：人的潜能还是要逼一逼才能出来。因为在此之前，车桥厂还没有哪个钳工尝试过如此庞大的整车车架制动夹具试制。郑志明只有 3 年工龄，初生牛犊不怕虎，第一次主导研制项目竟然大获成功了。他眼盯着电视，心里由衷地感到快慰。

就在今天的白班，车架批量生产正式下线了。谭林科师傅像以往一样拥着郑志明的肩，说：“小郑，不简单啊，第一次主导研发试制的工装夹具，就做得这么好。以后每一次的试制，都要当作第一次打仗，稳扎稳打，才能做得更好！”谭林科师傅很少将对人的好感和肯定溢于言表。但郑志明这次主导的项目，令他不得不竖起大拇指，并用他有力的大手，紧紧地拥住徒弟的肩。

郑志明现在的许多想法，都已超出了谭林科师傅的认知范围了，有些甚至与他一贯的理念有些格格不入。但谭林科师傅能够感觉得到，徒弟对机械制造的理解已达到一定高度，他愿意给这个年轻人鼓励，并提供一些机会。

“师傅，这没有什么的呀，不成功才是不正常的嘛！”郑志明也许是太激动了，也许是受到师傅的话激励，竟然也将手臂环绕了过去，与师傅搭起了肩，笑呵呵地重复说：“嘿嘿，搞不成功才不正常嘛！”

谭林科被气笑了。不过，他不得不承认，这正是他欣赏郑志明的地方。换成其他年轻人，做出了这样的成绩，要么就是飘飘然不知所以，要么就是赶紧装出一副谦虚谨慎的样子，以博领导或者师傅的欢心。唯有郑志明，在这个时候，还能说出这样的俏皮话，说明他的确没把这些成绩看得太重，这种境界才能算是宠辱不惊了。

这一次的成功，对郑志明及车桥厂来说极其重要，因为这是他们第一次挑战比较有难度的试制。这个项目虽不算大，却是日后研发大项目的必经之路。往往一次小小的成功，就会让人树立起自信心。这样的自信心，对于做每一件事，又是那么重要。在未来的日子里，郑志明之所以没有被任何一个项目难题所降服，也是得益于拥有这样一种自信心。

郑志明记住那一晚，并非因为偶遇张师傅一起喝啤酒，也并非因为那一晚他想出了“都市清风”系列微型汽车制动支架夹具试制技巧，而是因为当天晚上，夜宵店的电视正在直播，看2008年奥运会的举办权将花落谁家。2001年7月13日，北京时间22：08，在莫斯科，时任国际奥委会主席的萨马兰奇站在麦克风前，向全世界宣布，北京成为第29届奥运会的举办城市。郑志明眼见他所生活和工作的柳州也沸腾起来。夜宵店老板捧着一只大酒杯，逐个敬每一桌客人，说：“各位，放开喝，今晚打五折，还送一碗螺蛳粉。”

一个是申奥成功，一个是试制瓶颈被打破，两件事看上去毫不相干，却都让郑志明心中感到振奋。无疑，这个沸腾之夜深刻地影响了他。奥运会的目标之一是弘扬体育精神。而体育精神所包含的拼搏精神，各个领域、各个行业都需要。摔倒了，爬起来，因为坚持就是胜利。而具体到一台机床、一个制动夹具的试制，坚持、再坚持尤为重要。亲手实践和现场经验，是一名优秀技术工人的“荷枪实弹”，离开了它们，所有的理论都可能是花架子。

22年后，郑志明和笔者慢慢回忆起那个晚上的情景。他打着手势，像在转动一个地球仪。笔者能理解郑志明此时的心情，在笔者启发式的提问下，过去刚刚涉足造设备的日子，慢慢来到眼前。郑志明能成长为一名大国工匠并非偶然，执着和热爱是首要条件，深耕细探也是必不可少的。他对机械制造工艺有着前瞻性的眼光，其内里所蕴藏的巨大乾坤，像一块磁铁，从一开始便将他牢牢地吸引住了。他也迅速从众多技校毕业的同伴中脱颖而出，成为一个优秀的技术工人。

郑志明逐渐找到了门道，他遇到技术难题不绕道，而是去向师傅请教，去书中寻找方法。慢慢地，读书和思考成了他钳工工作之外的日常。他越来越喜欢将一个个乱如麻团的障碍理清，也喜欢像坦克那样将坎坷崎岖的道路压平。汽车工艺装备出现故障时，很多让别人感到束手无策的疑难杂症，郑志明往往能够快速解决。渐渐地，他的名声开始在柳州五菱响亮起来。他置身于机械丛林中，可以自如地让一只只钢铁猛兽静默或咆哮。他用软件绘就的一张张工件图，绘出了汽车制造界日益辽阔的“疆土”。无数个电路、机组各就各位，相互牵引、带动，配合得天衣无缝，没有出现一点异常。想必，这就是制造工艺的最高境界吧！

郑志明时常感慨自己是幸运的，遇上的陈建基、罗经纬、谭林科这样的领导和师傅，都像关爱自己的子侄一样扶持他、培养他，给他机会。他知道，在做所有这些事情的时候，这些前辈并没有夹杂着自己的私心，他们非常单纯地把他看成了柳州五菱事业的继承者，愿意把这样的年轻人扶植起来。

“把每一次都当成第一次”成了郑志明的行动方向和指针，并成为车桥厂的试制文化理念。

正是靠着这种信念和要求，从 2002 年 3 月拉开研制“都市清风”系列微型汽车制动支架总拼焊接夹具的帷幕之后，郑志明及其团队攻克了各式各样的技术难题，慢慢地支撑起“五菱神车”的产量和质量。他对“质量是制造出来的”这句话又多了一份心得。

就这样，郑志明开始了自己的创新创造之路。

第三章

初露锋芒

迈进 21 世纪的门槛，中国汽车自主品牌迎来了一个前所未有的寒冬。柳州拖拉机厂转型生产五菱微型汽车已近 20 年。20 年，足以使一个呱呱坠地的婴儿长成意气风发的青年，但中国汽车自主品牌却仍像一个未长大的孩子。可以说，是 WTO（世界贸易组织）把中国从汽车自主品牌的美梦中惊醒了。

根据 WTO 的原则，中国加入 WTO 以后，关税壁垒将随着时间的推移“土崩瓦解”，汽车整车进口关税将由之前的 80% ～ 100%，降低至 25%；汽车零部件平均关税降低至 10%，同时取消轿车产品的进口配额。

这意味着，中国的汽车工业进入了全球化竞争时代，这无疑是一场非常难打的硬仗，血雨腥风。

谁回避，谁犹豫，谁迟缓，谁就将被淘汰出局！

这些年来，中国的汽车市场这块蛋糕几乎已被瓜分殆尽。各种品牌的低端车逐渐多了起来，毕竟消费者需求量大。产自柳州的五菱微型汽车，凭借着它的皮实耐用，既可拉货又可载客的实用性，还有油耗低的优点，再加上价格与中国普通消费者的承受能力契合，在市场上稳稳地占据着一席之地。然而，核心技术根基原本就不扎实的柳州五菱，未来的市场份额能有多少？国内另一家生产微型汽车的厂家扬言，要抢占全国微型汽车市场，并将销售点设在柳州，大有饭店门前摆粥摊的意味。同行已在觊觎，柳州五菱如果没有新的技术，将不可避免地与其他自主品牌一样，前途茫茫。

柳州五菱的领导们在煎熬中思考未来。历史的脚步往往是毫不留情的，会把千千万万人筑起的一座座里程碑抛在后头，使它们很快就变得模糊不清。

龟兔赛跑的故事的确鼓励了许多盲目自信的热血志士。但是，乌龟要想赢得比赛，前提是兔子必须骄傲自满地在中途美美地睡上一觉。乌龟能赢，其实只是侥幸罢了。

然而，在市场经济大潮中，哪有那么多侥幸的乌龟呢？放眼望去，都是争得你死我活的比赛。再说，现在的每一只兔子都精神百倍，而且谦虚谨慎，谁也不敢粗心大意地半道而眠。因此，乌龟要想跑赢兔子，就必须把自己练成一只兔子，练成一只跑得更快的兔子。自己是乌龟还是兔子，柳州五菱当然心里有数。

这就是柳州五菱，时常内省的柳州五菱。当微型汽车在1998年达到10万辆的产量高峰后，由于市场竞争越来越激烈，柳州五菱的销售量开始下滑。当时，全国四大微型汽车厂中的昌河、哈飞、长安都实力雄厚，他们先后通过股份制改造，引进外资合作，实力有所增强，在市场上逐渐显现优势。

这不，远的不说，在柳州的街头和乡村道路上，出现了越来越多昌河、哈飞、长安的身影。原来的王牌领域则被长安和哈飞开始蚕食，五菱人开始有了危机感。

柳州五菱的领导们清醒地认识到，柳州微型汽车公司 10 年来基本没有什么大投入。设备、技术、车型都落后了，生产成本也偏高，产品质量达不到市场要求，照这样下去，被淘汰的厄运迟早会到来。

壮大自己，引进外资，势在必行，否则柳州五菱就会成为那只乌龟。正是在这种考量下，柳州五菱寻寻觅觅，选择了“三方合作”：三方利益挂钩，风险共担。最关键的是，要引进先进技术，尽快实现设备的更新换代和工厂的现代化改造。

用自身积累下来的优势资产和技术，与能人合作，这是业界资产重组的模式，即所谓的“以资源换股份”“以市场换股份”“以市场换技术”。但具体到每一家企业，情况又不尽相同。

于是，柳州五菱开启了从优化资源重组到建立健全汽车后市场产业链一系列的改革，出台了《企业改革整顿工作实施方案》，严格配件质量管理，并决定暂停 12 家机构的外购外协配套资格。

这次的大手笔，恰似花骨朵儿含苞待放。

历史，是由无数个重要瞬间组成的。

2002 年 6 月 4 日，是广西汽车工业史上的一个重要瞬间。那一天风清气朗，阳光灿烂。三年的谈判，终于结下了三方都满意的果实。从这一天开始，广西的汽车工业进入了与国外合资办厂的新时代。

对于柳州五菱的每个员工来说，这同样是命运攸关的一天。广西汽车工业也在期盼着这一天，它意味着柳州五菱脱胎换骨的希望。

翻阅《峥嵘岁月——广西汽车集团发展六十年（1958—2018）》这本厚重的书，第二章的开篇是韦宏文的《解放思想促开放　自强不息得发展——广西汽车集团从传统工厂走向现代化大型企业纪实》。他深情地记下了这个瞬间及其背后的故事：

2002年6月4日，广西首府绿城南宁，一场汽车业界强强联合的签约仪式正在举行。现场镁光灯交相闪耀，瞬间定格下一个个精彩的镜头，业界盛传已久的“三强”，全球最大的汽车公司——美国通用[①]、国内最大的汽车集团——上海汽车集团[②]，以及广西最大的也是国内微型汽车产销量均居首位的汽车企业——柳州五菱正式携手，终于紧紧拥抱在一起。当三双有力的手紧紧握在一块，中国汽车工业进行了最大的一次资产重组，中外合资公司——上汽通用五菱[③]正式诞生。

现场掌声四起，大幕终于落下，一场政商大戏礼成。作为柳州五菱与上海汽车集团和美国通用“三方合作”的柳州五菱主谈

① 美国通用：全称“美国通用汽车公司”。

② 上海汽车集团：全称“上海汽车集团股份有限公司”。

③ 上汽通用五菱：全称“上汽通用五菱汽车股份有限公司”。

代表之一，此时此刻，我静静地注视着会场，内心很激动，因为我知道这一刻来之不易。

“三方合作”，从1999年到2002年，历经了3年多时间，从20世纪末到21世纪初。3年时光，却横跨两个世纪，也昭示着“三方合作”走的是一条曲折艰辛而又充满希望之路。作为亲历者，我更喜欢用8个字来概括这3年：风云际会，有惊有险。

美国通用，这个全球汽车业的巨头，1999年销售轿车和卡车880万辆，占全球汽车总销量的16%，销售总额达1766亿美元，位居全球500强企业之首。美国通用在中国获得上海通用、金杯通用两个项目后，再次将目光投向了中国微型汽车市场。它对中国微型汽车市场有着自己深刻而独到的理解。

当时身居中国南方的柳州五菱，1998年微型汽车产销双超10万辆，占国内微型汽车市场的25%。柳州五菱一直走的是低成本、低投入、高产出的微型汽车制造之路，造的是深受老百姓喜爱的车，被老百姓亲切地称作创业和发家致富的好帮手，在国内几乎家喻户晓。

基于其汽车发展战略及结构的调整，美国通用一心进军中国微型汽车市场。而柳州五菱在多年的滚动式发展中，深深认识到依靠自身发展的局限性，也在谋求更大的发展。经政府牵线搭桥，美国通用与柳州五菱开启了“两方合作”之路。1999年7月，柳州五菱挂牌成立，推动B股国内上市，美国通用拟以购买上市股票并成为战略投资者的方式加盟柳州五菱。

21 世纪初的五菱微型汽车

因美国通用在中国已有两家合资公司，不符合国家关于外资企业在华合资不得超过两家的有关规定，“两方合作”方案在上报国家相关部门审批时没有得到批准。“两方合作”不得不就此搁浅，在国家相关政策前止步。

但美国通用谋求合作的决心丝毫未减，采取了“曲线合作”的措施，把上海汽车集团给拉了进来，“两方”一下子变成了“三方”。

广西壮族自治区党委、政府一直关心“三方合作”的进展，多次给予具体指导。自治区主要领导更是对我们柳州五菱领导班子殷殷嘱咐：“遇到困难时，要做到平心静气，要有进有退，广西实在太落后了，广西才更需要改革开放，你们要善于站在广西工业发展和改革开放的高度上来看‘三方合作’中遇到的各种困难和问题，又要有所牺牲，换来广西汽车工业的更大发展。”

山重水复疑无路，柳暗花明又一村。记得在谈判中，上海汽车集团相关人员也不止一次地对我说：“我们是在一个平台上对话，来商谈合作的；五菱人是有一种谋求发展的精神的，柳州五菱有艰苦创业、自强不息的企业文化。而我方也展示了我们把最优良的资产划拨给这次合作，是为了谋求共同发展……”三方商谈在谋求共同发展的共识中终于落下帷幕，开启了“三方合作”的旅程。

“三方合作”对柳州五菱来说，与其说是“舍得”，倒不如说是勇敢的抉择，是自强不息谋发展的精神的升华。

在当时，全国有110多家整车企业长期处于“散、乱、差、低”的状态，汽车产量不到200万辆。汽车企业要进行战略性结构调整及重组空喊了多年，很少有厂家迈出实质性的一步，像柳州五菱与上海汽车集团、美国通用“强强联合”式的重组尚属首次。广大五菱人敢为人先，在追求迈向现代企业做大做强的道路上跨出了关键的一步。

……

2002 年 6 月 4 日，柳州五菱与上海汽车集团、美国通用“三方合作”签字仪式，成立上汽通用五菱

在铿锵的鼓点声中，“三方合作”终于热热闹闹地开始了。

从谈判桌前的剑拔弩张的气氛，到签约台上的真诚友善，三双大手紧紧地握到了一起。

曾经为柳州微型汽车厂和柳州五菱呕心沥血的老干部们，得知消息后都十分兴奋。他们说，终于圆梦了，而且引进的是美国通用和上海汽车集团，真让人扬眉吐气。

沧桑巨变，感慨万千。

在上文中，韦宏文提道：“与其说是‘舍得’，倒不如说是勇敢的抉择，是自强不息谋发展的精神的升华。”这个“舍得”是真正的“大舍得”：舍得将这 20 年来打拼出的生产、总装、管理以及市场等优势资产划给新组建的上汽通用五菱，其他部分则进了柳州五菱，属于联合发展公司，等于原来柳州五菱的部分零部件分厂变成了供应商。柳州五菱失去了整车制造能力，盈利微乎其微，数千名员工将面临又一次的艰苦创业。

从表面上看，上海汽车集团、美国通用、柳州五菱的合作是“三强”合作，但也有人把这样的合作看成弱肉强食。

在任何时候，市场都有可能瞬息万变，唯有拥有始终走在时代潮头的技术才能让自己越来越强大。像《桃花扇》所描述的“眼见他起高楼，眼见他宴宾客，眼见他楼塌了”的那种境况，在制造业太平常了。

显然，“三方合作”一旦失败，柳州五菱跌入深渊也不是没有可能。

全厂上下个个瞪大了眼睛，密切关注着厂里的风吹草动，暗暗猜测着自己的命运——分到上汽通用五菱，工资待遇水涨船高；留在柳州五菱，前途未卜。

要知道，上汽通用五菱继承了上海汽车集团和美国通用先进的技术、优秀的管理理念，同时又享用着柳州五菱优良的资产、成熟的微型汽车产品和优质的人力资源，这预示着它不凡的命运。但在热闹的舞台背后，仍不免有一些让人辛酸的地方。留给柳州五菱的是相对落后的零部件体系，以及众多退休员工，这令每一个继任者都感到使命沉沉。

无论如何，留在柳州五菱的职工总是愤愤不平的大多数。这无疑是个一触即发的火药桶，万一被引爆，后果将不堪设想。

谁都明白，如果因为分立方案不当，引起众人不满，柳州五菱领导班子将难辞其咎。如今，时间已给出答案，“三方合作”使柳州五菱与上汽通用五菱实现了共同发展，其关键标志是双方共同打造了“五菱”这一核心品牌并使其不断升值。

当时谈判的艰难可想而知。正如上文所述：“‘三方合作’，从 1999 年到 2002 年，历经了 3 年多时间，从 20 世纪末到 21 世纪初。”

还是回到本书的主人公郑志明身上吧。他所在的柳州五菱旗下的车桥厂，按照“三方合作”协议，没有划入上汽通用五菱。也就是说，他留在车桥厂继续从事钳工这一行。但他隐隐约约感觉到，“三方合作”之后，技术和资金会跟着引进来，新五菱——上汽通用五菱与老五菱必定是一盘棋，只要勤于钻研，有过硬的技术，还愁没有广阔的舞台施展自己的才华吗?

然而，并不是所有的青年工人都能有这样的想法。在“三方合作”最初的日子里，一些工人感觉看不到未来，上班时混日子，下班后迷恋上赌博，期待一夜暴富，有的则跑去开出租车、摩托车拉客。

机遇总是垂青早有准备的人，这句话在任何时候都不会过时，在郑志明身上，更是体现得淋漓尽致。

6：30，床头柜上的闹钟骤然响起。因工作性质使然，这个点，数以万计的产业工人已经起床工作几个小时了。当时，柳州市区总人口不过是 200 多万，产业工人却有 60 多万，这是一个庞大的群体。他们每天穿梭在各个工厂和车间中，在流水线旁挥汗如雨，为中国的制造强国大厦添砖加瓦。

也许是因为在汽车制造厂工作，在这纷至沓来的市井声中，郑志明对汽车的声音尤其敏感。现在，他几乎能从汽车行驶的各种声音中，分辨出是载重汽车、小轿车、越野车还是五菱微型汽车。

“三方合作”已正式敲定了，郑志明已是有 4 年工龄的产业工人，他并不知道这样合作的结果会是“1 + 1 + 1 = 1”，还是“1 + 1 + 1 > 3”。那些“以资源换股份”“以市场换股份”“以市场换技术”的概念，郑志明不清楚，也没有办法去研究，但他知道，企业要前行，应进行必要的改革。此前的柳州五菱，近似于手工作坊式的传统工厂，要迈进现代化企业的序列，必须进行变革。公司原来以生产微型汽车为主，零部件只是其附属产品，其生产部门可以用来安置职工家属，为他们提供就业岗位。零部件生产纯属小打小闹，产品零零散散，规模小，难成气候，更没有形成支柱产业和规模。在专用车领域，柳州五菱则是一片空白。整车，尤其是发动机的开发能力薄弱，基本上还处于拿着螺丝刀组装产品的阶段。

美国通用，那可是全球汽车业的巨头啊。资料显示，1999 年，美国通用销售轿车和卡车 880 万辆，占全球汽车总销量的

16%，销售总额达 1766 亿美元，位居全球 500 强企业之首。

虽然昌河、长安、哈飞都有机会与美国通用合作，但它们都是老企业，包袱重、背景复杂；而柳州五菱的地方资源丰富，结构简单。再加上当时中国的汽车产业政策有规定：一家外商在中国只能有两个合资项目。美国通用已在上海、沈阳有两个项目，再与柳州五菱合作，在当时的政策上受限了。于是，美国通用决定通过购买股票的方式进入管理层。

“三方合作”，三方满意。协议签署后，各项工作有条不紊地进行着。柳州五菱旗下的各零部件分厂就像一条条小溪，迎着春天，迎着朝阳，汩汩东流，就这样流成了两个五菱：一个是原柳州五菱的优势资产划归给合资公司——上汽通用五菱，另一个是原柳州五菱的主要厂区、厂房、产品、生产设备和 6000 多名在岗和离退休职工留给老公司——柳州五菱。无疑，这是一次巨大的跨越，更是一次大胆的探索。

2002 年下半年是柳州五菱二次创业的关键节点，一场脱胎换骨的大改造轰轰烈烈地开始了。

公司领导着手对原来的格局进行一系列的调整和优化。对原来的四个分厂，即五菱第一汽车配件厂、五菱实业公司、五菱第三汽车配件厂、五菱汽车冲压件厂进行整合，成立柳州五菱汽车联合发展有限公司，形成车桥、冲焊件、制动、车身附件、塑料件、座椅等产品模块。也就是说，五菱零部件的生产等于傍上了世界汽车制造业的这艘“航母”，那么，产品就得上质量、上批量。公司领导在各种会议上常说：“唯有提档升级，广西汽车工业才能有更大的发展。”

在经历一段时间的磨合、适应之后，诸如郑志明这样在各分厂的一线工人已明显感受到了，公司从上到下都在铆足劲儿提高汽车零部件的质量和产量。公司每个月、每个季度、每年都进行工段技术评比，公司选出最优秀的分厂，分厂选出最优秀的工段，工段选出最优秀的班组。压力层层传导。在生产制造中，每一个细小问题，都要追根溯源。

一时间，上汽通用五菱整车总装部的产量逐月增多，郑志明所供职的车桥厂生产任务剧增。原来，几场大型订货会后，销售量噌噌往上蹿。客户交了订金后，往往要等上两三个月才能提车，最快的也要 50 天。

市场的迫切需求终于被激发了。

“五菱之光” N100 微型汽车一时间供不应求，郑志明心中暗喜。他知道，其中肯定少不了自己去年主导的，以最快速度试制出第一个车辆制动支架总拼焊接夹具所做出的贡献。

有一件小事可以证明“五菱之光”深受百姓喜爱。某一天，高级工程师张金荣被公司派到湖南解决售后服务问题。在湖南的一家 4S 店，他亲眼看到一辆大货车运载着 20 辆“五菱之光”到达店面。大货车司机正在卸车，店老板以为 20 台车中至少有 10 台是放在自己店面，由他出售，他手上可是拿了一沓的订货单。结果只能卸下 3 台。而交了订金的买主今天可来了好几个，大家都把车款准备好了，都想尽快将车提走。当第一台五菱微型汽车缓缓地从大拖车上开到地面，还没完全停稳，一个买主就冲了上去，狠狠地朝着崭新的车门踹了一脚。车门随即凹下去一小块，还显现出一道划痕。该买主坏坏地笑着说："这个车已伤了，你们还要吗？不要我就开走了哦。"

在场的几个买主面面相觑，对这个买主使用"下三烂"手段抢购的行为极为不满。但事已至此，店老板不可能再留下这辆带"伤"的车了，而其他买主也不肯再买这辆车，只能眼睁睁地看着他补齐车款，开车走人。关上车门那一刻，该买主笑着对站在一旁围观的张金荣说："早一天将车提走，我就可以早一天拉货，我店铺里的生意就可以早一天开张，这点'伤'算什么？"

即便五菱微型汽车有不尽如人意的地方，仍是"皇帝女不愁嫁"。它皮实、耐用、省油，正如流传在车主间的顺口溜："可以跋山涉水，还可以翻山越岭；上得了高速，走得了烂路；扛得起重物，拉得走动物。"张金荣回到公司，不无感慨地对工友们说起这个见闻："咱们生产的汽车啊，成了老百姓致富的得力助手，我们有什么理由不把这个车造得更好呢？"

事实也正是如此。这个产销两旺的黄金时代来之不易。越是这样，车的品质越要提升，这样才能让自己永远立于不败之地。

公司从上到下强力推行的"精益生产"，亦是让柳州五菱永远立于不败之地的举措。于是，"提升产品研发水平，打造零部件产业旗舰队，提高产品市场竞争力"成为柳州五菱当时最热门的口号。

这些极具鼓动性的句子，出现在工厂最显眼的墙壁上。郑志明与工友们每天上班，一抬头就能看到它。

振奋人心的标语挂起来了，声震屋瓦的口号喊起来了，车桥厂所有人员的干劲，就像航船上的风帆一样，鼓得满满的。这是一次重新出发，开始了再创业之路。

郑志明为了追上队伍，提升自己的技能，每天下班后留在公司练习，锉削、研磨到夜里十一二点，第二天照常上班，下班后继续练习。他怕如果自己不练习，就没办法找到那个手感。

在装配调试高精度的工艺装备时，有很多需要人工干预的地方，这对钳工锉削、研磨的水平要求甚高。日积月累，毫厘之间的分寸，是郑志明与钢铁之间默契的对话。没有人比他更熟悉这些精密的零部件了。每一个轴承的姿态，每一个机构的位置，每一个齿轮的咬合，都在他的一次次研磨、锉削、调试中，得到了更精准、更清晰的指令。

“我的手可以给你，但我的脑子无法安在你的脖颈上。”这是一些老师傅对他们恨铁不成钢的徒弟说得最多的一句话。这里的手，指的就是锉削、研磨的规矩和方法。而最灵巧的手还是要听脑子的使唤。脑子要是不够灵光，会让好手艺流于平庸，难以使工件达到精良。

师傅反复提到“手感”这个关键词。很多人都会好奇，它到底是个什么东西？有的钳工说，熟能生巧，手感就是那一股巧劲；还有人说，那是一种通过修炼得来的最佳状态。

而在郑志明这里，做，就会有手感；不做，就什么都没有。只有天天都做，不做就难受，才会有手感。还有就是一种对使命感的追求，精密的零部件，只有磨得足够精确，组装出来的工艺装备才会足够好。唯有这样，汽车的质量才有保障。

一台汽车由 5500 个大大小小的零部件组成，它们之间的吻合度，尺寸的大小，里里外外的各种关系，用文字来表达，会显得烦琐而不够耐读。一个高级技师、汽车工程师的耐心，在试制时便经受了一些考验。反复地，一遍一遍地让零部件们咬合，然后让它们相互带动，相互牵引，你中有我，我中有你。零部件的严丝合缝，是要把加工零部件成品缝隙的收缩率算进去的，多一分则卡壳，转动起来不顺溜，或者发出噪声；少一厘则咬合不准，会引起机械故障。

说起来容易，做起来却很难。如何让每一个齿轮的主齿和备齿恰到好处地咬合，然后转动通畅？并不是咬得越紧越好，如何把握微微离合的那一点点？

这是郑志明一直在思考和探索的。

那些年，公司、市里、自治区、全国总工会、人力资源和社会保障部，常常举办技能大赛，层层选拔人才。每次郑志明都踊跃报名参赛，可谓身经百战。他每次获得的不是一等奖就是二等奖，从未空手而归。这样的技能大赛，对于一个钳工技术的提高，乃至全国工业行业的技术提高来说，都会有很大的促进作用。汽车制造界的一大拨业内行家，拿起郑志明的工件，再看他设计制作的工艺装备时，连眼珠子都要凸出来了：这个小年轻，到底得到了什么样的高人指点啊，技能、技术功底如此扎实，悟性还这样超群呢。

以前上技校时，老师说过，工艺装备夹具设备，到底是拿来制作零部件的。工艺装备与零部件的吻合，以零部件的精准为前提。老师主张在严丝合缝的前提下，给出一点点余地，让零部件在加工中有一个宽而不松的环境。

这里的宽而不松是谁也教不了的，得靠自己慢慢悟。几年后，有了一定的实战经验的郑志明越来越明白一个道理：机械制造的每一个设计，都不能简单化；理解创新和实施创新，一定要科学严谨。

年轻的郑志明当年听老师的教诲时，思想根本延伸不到这一点，他的想法或许更直接、单纯而务实。他得找到这个宽而不松的尺度，后来他悟到了，这里的宽而不松，相当于头发丝直径的几十分之一的距离。试想，若是没有对这门技艺的精钻深研，若是没有长久而深刻的热爱与执着，又怎能悟得出呢？

想必，“五菱神车”背后的牛人就牛在这里吧。

多少年来，“艰苦创业，自强不息”已深入到柳州五菱每一个员工的骨髓里。在五菱人的观念里，只有自己能够造出产品来，才是最让人踏实的。然而，当他们把自己的产品与其他同类企业横向比较后，才发现自己这么多年来引以为豪的东西与同行的差距不是一般的大。照着这样的道路走下去，自己只会被别人越甩越远，根本谈不上有追上别人的希望。

2003 年，是“三方合作”后的第一年。之前在狠抓质量管理的过程中，出现的很多问题被忽视，这有技术力量不足的原因，也有现有的生产条件无法解决问题的原因。“三方合作”之后，这些问题便要提上议事日程了。

在此之前，由于缺乏质量控制体系，许多应当在最初环节就被发现的质量问题，往往要到最终的装配环节才会暴露出来。甚至于如果质量缺陷不影响装配，产品就会带着缺陷下线出厂，直接影响用户的使用。这种现象，在以往是司空见惯的。因为，要解决一个问题，就会滋生出许多新的问题。不仅是柳州五菱，许多其他厂家都如此。在问题解决不了的情况下，就只能先用别的办法应付过去，等着未来时机成熟再来解决。久而久之，积累下来的问题越来越多，而新的任务又越逼越紧。公司领导不是不知道，而是早就已经有一种无助的感觉了。

眼下暴露出来的质量问题，是不容忽视的了。整个公司都进入了发展的快车道，车桥厂的操纵机构总成装配遇到的生产瓶颈也越来越明显。“五菱之光”前轴焊接总成的试制过程中也出现了许多问题。比如，冲压件的尺寸很难达到要求，焊接总成的变形使尺寸和形状存在偏差，严重制约了零部件的正常生产，无法达到“精益生产”的要求。

起初，钳工班的师傅们都以为是焊接夹具的问题。他们反复、细致地按照机加工的方法调整焊具，仍然没能解决问题。他们又改为按照图纸要求来调整，但调整焊具后生产出的产品还是达不到图纸要求。

“焊具要尽快调整，不然我的老脸没地方放了。给你们三天时间，竖床板也要调好来！”分管副厂长又发话了。钳工班所有工人，你望望我，我望望你，一阵苦笑。

这道难题让分管副厂长揪心，整个钳工班的工人们又何尝不想战胜它？工人们能理解副厂长的难处，他所负责的生产线的产品不能老出质量问题呀。脸上无光不要紧，整个工厂要生存下去呀。再说，哪一个五菱人的骨子里没有一种不甘落后于人的心理？大家根本就不怕什么竖床板，通宵达旦，熬他个三天六夜又有什么打紧？只要能把问题解决了，都是值得的。

关键是，要找到问题的症结呀。

“这个难题还得请郑志明来试试！”当碰到棘手的问题，工段长很自然地想到郑志明。

因为，除了之前“都市清风”系列微型汽车制动支架试制成功的实战经验，郑志明还成功地对多条生产线进行了小革新，大大提高了工作效率，节约了时间成本。各班组的班组长一旦遇到问题，就喜欢找他，就像当年别人找谭林科师傅一样。大家都知道，这小子有几把刷子。于是，他也成了四处扑火的“消防队长”了。一次次到现场“扑火”，他仿佛都在敲开一扇扇沉重的铁门。其间，郑志明也常常挠破头皮，挠着挠着，有时自己都会听见身体里“咯噔”一声。

生产现场，好几个技术员在认真察看冲压件，研究尺寸不符的原因。郑志明被请了过来。他仔细对整条生产线检查了一遍，很快便看出了问题所在。他一开始没有把自己知道的东西说出来，是想探探老师傅们的底。

“你又不是我们工段的，就不来凑热闹了吧。”人群中，老师傅们没有开口，却出来一个愣头青。

郑志明循声望去，说话的是另一个“躺平生”。郑志明听得出，他话里话外嘲笑他不要再充什么“大头菜”。郑志明听了，不急不躁，微笑着望了望围拢过来的工人们。工段长瞪了一眼刚才说话的“躺平生”，热情地对郑志明说：“小郑师傅，你看看，这个问题到底出在哪里？”

郑志明来到机床旁边，认真检查机床，身体里的那“咯噔”一声很快响起来了。于是，他用浅显的语言表达出来：“有间隙作用力和反作用力不在一条线上，产生力矩都会造成误差。换句话说，就是凸凹模间隙过大，或者凹模刃口带有反锥度时，顶出器与工件接触面积太小，就会产生翘曲变形，从而导致冲压件精度降低、尺寸变化。”

说到这，郑志明停了停。他抬起头，环视一下人群，发现所有人都在认真听。于是，他继续讲下去。大家都是搞技术的人，是能够听出深浅的。

郑志明清了清嗓子，在脑子里组织着自己的语言，继续说道："原因有三点。一是定位销、挡料销等的位置发生变化或磨损太大；二是操作者疏忽大意，送料时左右前后偏移；三是条料的尺寸精度较低，过窄或者过宽送料，都会使其难以送到指定地点。条料在导料板内前后只要发生头发丝粗细那么一点偏移，冲出的工件内孔与外形前后位置就会发生很大的偏差。"

"不错，还是年轻人脑瓜子灵光。"老师傅们竖起大拇指，对郑志明赞赏有加。郑志明能够迅速找到问题所在，并准确地分析出产生问题的原因，就证明了他的实力。要知道，"三方合作"后，大部分的优秀技术人才资源输送到了上汽通用五菱，留下的员工大多是只有初中或技校学历的，技术人员中也不是谁都能够说出这个道理的。

这一丁点偏差，如果放在"三方合作"之前，对于技术员来说，属于被允许的范围。因为偏差问题并不受到重视，所以许多技术员并不清楚这一点，或者没有深入研究过这方面的问题。

"三方合作"之后，公司明确"不接受缺陷、不制造缺陷、不传递缺陷"，要提升整车质量。作为生产零部件的车桥厂，这一丁点偏差，就可能"传递缺陷"。所以，厂领导下了死命令，要求必须解决这个问题。

"就算你知道产生问题的源头，那解决的办法呢？""躺平生"想再编造出一个理由来挤兑郑志明。工段长打断了他的话，将脸转向郑志明，说道："小郑，你刚才说，条料的尺寸精度较低，过窄或者过宽送料，都会使其难以送到指定地点，条料导料板内前后，只要发生头发丝粗细那么一点偏移，冲出的工件内孔与外形前后位置会发生很大偏差，那怎么能够解决工件的偏差问题呢？”

郑志明一时也找不到解决的办法，道：“这个嘛，我得再查查资料，再研究一下……”

“好，那你赶紧再想想。”工段长眼里充满赞许。时下，很多年轻人都不愿意学技术，有些技术还过得去的人也不够踏实。郑志明是一个能够沉下心认真钻研，而且能够用心去做事的人，这一点和工段长是一样的。

“大家先散了吧！”工段长大手一挥，众人便回到各自的岗位。

为了尽快找到解决办法，郑志明查找了有关冲压方面的书籍和焊接方面的很多资料。他在一本工具书里看到一句话：“在调整焊具时，把焊接时的实际变形方面的数据考虑到调整范围内……”

读到这，他脑海里有个想法一闪而过，一个鲤鱼打挺从办公室往车间跑。推门那一刻，一轮红日正从河西的龙泉山方向缓缓升起。

这天上午，谭林科和其他几位师傅也被这个工段长请到了他们车间。郑志明拉过工作台上的一张图纸，又拿起图纸上放着的铅笔，给众人画起了示意图，来了个看图说话：“夹具在设计的时候没有考虑到焊接的变形量，用这样的夹具加工零部件，做出的产品因为焊接变形总是不合格。”

“妙啊！”工段长拍着大腿兴奋地说。

郑志明继续说：“根据这个结论，我们要把冲压变形的各个因素考虑进去，再把所有的焊具调整好，这样冲压出来的产品才符合图纸要求。”

“的确很妙，只需要在调整焊具时，把焊接时的实际变形方面的数据考虑到调整范围内。哎呀，我们怎么就没想到呢！”工段长又是欣喜又是懊恼地说道。他此前也想到了是图纸和焊具不匹配的原因。此时，再听郑志明一说，他才恍然大悟，原来这个问题竟有如此简单的解决方案。

这就是柳州五菱技师们共有的胸襟与情操：不固守自己的经验，也不贬低他人所长，实事求是，忠于职守，勤奋努力。毕竟，类似前面提到的“躺平生”也只是极个别人。

师徒之间的心意总是相通的。谭林科师傅声称郑志明是他最好的徒弟，而郑志明则很好地发扬了师傅的技艺。师徒两人与班组一干人进行了两天的技术磋商，达成了一些共识。到了生产现场，郑志明把自己想到的问题与班组长又一说，两人立即动起手来，随即班组的所有工人也跟着动起手来。改进版的夹具便正式开始生产了。

这就是柳州五菱的技师们，他们既有满脑子知识，又有一双能干的手。钳工是个很全面的工种，许多钳工都能操作一下机

朝气蓬勃的柳州五菱工人

床，有时候一些零部件存在瑕疵，需要到机床上稍微返工一下，有些钳工便自己动手。车桥厂的钳工开铣床，并不是什么奇怪的事情，郑志明的铣床操作和车床操作比很多老工人更为熟练，即便在整个柳州五菱的铣工和车工面前，他的技术也是毫不逊色的。

经过多次实验后，他们认为要把焊接变形的各个因素考虑进去。如，要把所有的焊具调好，而且焊出的产品都符合图纸要求；冲压间隙要合理选择；在模具结构上应增加压料板材，模具与压料板平面接触会产生一定的压力；等等。

如此一来，用调整后的工艺装备所生产出来的零部件尺寸，终于与图纸一模一样了。

事实上，郑志明所提出来的思路，是将工艺装备试制的目标由一味满足总装部门的要求，转向注重自身的技术发展。说直接点，就是一切为了做出更好的工艺装备，一改以往那些应付差事的一锤子买卖。

改进后的生产线正式运行那天，年过花甲的谭林科师傅伸出手，一定要跟徒弟握一下，不为自己，而是为他带过的所有徒弟。手握完后，他习惯用他那粗短的手臂拥一拥郑志明的肩膀，用力地按一按，再轻轻地拍一拍，说："小郑，你这个仔，好样的！"

郑志明谦虚地说："全靠师傅之前的教导和这次的配合，要不，不可能完成得了。"

郑志明可没有因为师傅的一两句夸奖和表扬就昏了头脑。要想提升五菱整车质量，每个零部件都得精密、再精密。经过这些年的实践经验的积累，他逐渐懂得了制作工艺装备的精髓。

在柳州五菱，如果将"从管理设备到改装设备，再到自制设备"这个发展历程看成一个圆球，那么第一次推动了这个圆球，使它滚动起来的人，无疑是郑志明。

这天傍晚下班回家，郑志明看见母亲正在厨房准备晚餐，煎荷包蛋。他走过去搭把手。母亲平日煎的荷包蛋，郑志明都嫌煎得没有外形，要么煎得散烂，要么粘锅不易铲动。他一直想煎一个漂亮、完整又好吃的荷包蛋，不仅外形固定，而且蛋清和蛋黄要分明、好看。今天回来正好赶上，他决定试一试。

煎第一个蛋时，他将火拧到最小。家里的锅是平底锅，他先将锅烧热，往锅里倒了一层薄薄的油，直到油将锅底铺满，烧至冒烟，才将鸡蛋敲进锅里。油温不够热，煎出的荷包蛋蛋清是散烂的，无法成形，不理想，再来。

接着煎第二个。他采取大火煎，蛋清、蛋黄分离清晰。大火快煎，是为了让锅里的油一直保持在高温状态，让蛋清迅速凝结、熟透、定形，外层的蛋清熟透了，蛋黄还是溏心呢！

“有颜值，蛋清还焦脆可口。”郑志明在起锅时高兴地说。

不承想，他突然得到一个启示，我们做的工艺装备，不正与煎荷包蛋的器具一样吗？

生产一种产品的方法，称之为工艺。比如，荷包蛋是企业的产品，提出荷包蛋这种概念，属于产品设计。荷包蛋应该有多大，放盐还是放糖，煎到七分熟还是九分熟，都属于产品设计的范畴。公司里有一支技术团队，他们一直在做产品设计的活儿，而且做得还不错。

但一个荷包蛋仅仅设计出来是远远不够的，还需要有一套正确的烹调方法，才能够完美地实现设计要求。这套方法，就属于工艺的范畴。

一个好的厨师，能够恰到好处地选择火力，控制油温，掌握煎蛋的时间，确定放盐或者放糖的时机，最后煎出美味的荷包蛋。而一个蹩脚的厨师则会手忙脚乱，不是把蛋煎煳了，就是煎散黄了，最终的产品让人失去食欲。

传统的手工业生产，是把控制产品质量的希望都寄托在“厨师”的技巧上。而现代的大工业生产，则特别强调工艺规范的重要性，保证任何一个蹩脚的“厨师”经过简单培训之后，都能够煎出合格的荷包蛋。

要做到这一点，就需要认真分析优秀厨师煎蛋的流程，写出详细的工序，说明火力应当调成几档，油温应当是多少摄氏度，煎每一面的时间应当精确到多少秒，这样才能保证不同厨师煎出来的荷包蛋都是同样的品质。这种细化到每一个步骤的菜谱，在工业上被称为工艺文件。

有了工艺文件就够了吗？显然还不够。为了提高煎蛋的效率，懂得工艺的工程师和技师们要制作出专门的煎蛋器，厨师只要把鸡蛋打在煎蛋器里，到指定的时间再翻一面，就能够煎出合格的荷包蛋，从而使煎蛋的人力投入、时间成本都大为减少。这种煎蛋器，不就是郑志明他们每天研究的工艺装备吗？

郑志明当然明白，工艺装备的设计，也并非煎荷包蛋那么简单。那些看似不经意的动作，其实都是有讲究的，明显就是在考量每个工序的工艺。这些不起眼的细节，与最终的产品质量都是息息相关的。

郑志明在思索，接下来的各种研制创造中，自己和团队有没有办法制作出精良的工艺装备，让柳州五菱零部件生产水平再提高一个档次?

如果所思所想空对空的话，谁都能够做到。但只有具体到每一个零部件生产都达到目标，才是最体现真功夫的。

有了这样一次心理活动后，郑志明对全厂的工艺装备进行了一次巡查。所谓的巡查，也都是在他的心里完成的。车桥厂的大多数设备他都非常清楚。厂里生产的汽车零部件，无外乎就是那么几样。他作为钳工班班长，对厂里的每一条生产线了如指掌。但哪一条生产线还有可提升的空间，哪一条生产线需要尽快改进，这得好好思忖。

某一天，郑志明在车间里突然发现一台操纵机构装配线设计很不科学：它完全可以实现“双件流”，长期以来却都是“单件流”，既浪费了人力成本，又拖长了时间。他不动声色地在这条生产线上琢磨了几天后，得出了一个改造意见。

这个意见要让工人师傅们服气，就得有足够的理念支撑。用了这么久的操纵机构，板上钉钉，那么多人都不觉得有什么不合理的地方。好端端地正常生产着，你郑志明凭什么来鼓捣、来折腾呢?也就是说，你把前人设计的器械改来改去，能比他高明吗?你总得说出点道理来吧。

郑志明记起，谭林科师傅说过，“能改掉前人的毛病，就是创新”。一个钳工的水平，有一点就体现在能否意识到现有的工艺装备有问题。如能发现问题，又有改进的办法，那就是创新，就符合当前正在热热闹闹开展的“精益生产”。

以往，郑志明提出的合理化建议，基本上都得到公司的采用。显然，公司领导不但业务能力全面，而且心态非常开放，只要建议对“精益生产”有促进，都给予采用。

郑志明提出的操纵机构装配线问题，很快便得到厂领导的响应，并指示务必尽快组织解决。

郑志明很快拿出了一个产品“单件流”的优化方案，得到工段长的双手赞成。因为这一时期，这条生产线上的员工中，刚好有一人请病假、两人离职，在人员减少的情况下，一旦实现了“双件流”，那岂不是解了燃眉之急?

在郑志明的解决方案中，从来就没有头痛医头、脚痛医脚的，而是要找准问题的根源，从根本上去解决它，这样才能使生产的装备具有可持续的特征。

一个多月后，一条经过改善的生产线正式投产了，生产效率不但没有降低，相反，对不同产品生产制造的切换更加灵活，响应速度更快，生产更顺畅。

机床旁边不再需要周转车运送零部件，工艺装备器具的使用也大大减少，原来需要的 16 架专用工具车、零件架也全部取消了，装配夹具从原来的 10 套减少到 2 套。工人在生产过程中不需要装车卸车，劳动强度大大降低。工段长一经核算，仅仅是这一点小改动，每年单是人工成本就减少了至少 10 万元。

“简直是花了小钱办大事啊！”工段长此时对郑志明的感谢

是由衷的。

这个时候，车间里已经看不到原来的杂乱无章了，取而代之的是整洁有序、欣欣向荣。工人们感受最深的是，新的工艺装备夹具使产品质量变得十分稳定，这直接体现为被客户退回的次品量直线减少。这样的局面，是多么鼓舞人心啊。

同样被鼓舞的当然还有郑志明。这一年下来，他不知不觉竟然研发制造了工位器具 236 套，而且没有一套需要返修，为企业节约了大量的人力、物力、财力和时间。

“外行看热闹，内行看门道”，一件事有多大的难度，外行人可能看不出来，但圈里的人都是心知肚明的。笔者在广西汽车集团采访时，听到一些郑志明的同行说起一些研制的技术细节，能够想象得出其中的难度。

必须得承认，今天回头来看 20 年前的这些技术，也都是一些过渡性的小革新，当年之所以能够给企业创造出巨大的收益，是因为它在前人的基础上做出了最大的优化。

但是，随着科技创新的风起云涌，这些小革新很快就会被新的技术所取代。对那些于柳州五菱来说属于划时代的革新技术，郑志明并没有沾沾自喜。他时刻提醒自己，机械制造技术日新月异，不是仅靠一个人画画图纸就能够追赶得上的，而是需要整个团队不断去探索，这个团队才能走在制造业的前列。

汽车的发明方便了出行，带着人们走向远方，改变了人们的生活方式。可以说，一部汽车的发展史就是一部创造史，一部革命史，一部体现着人类聪明与才智、光明与梦想的奋斗史。动力的革命，催生了工业的革命。汽车的更新换代，催促着一批又一批技术工人前赴后继地向前探索。

这，是一条永无止境的河流；这，还是一条长流常清的河流。

郑志明在这条滔滔的河流里，由陌生到熟悉，先是学会了凫水，然后逐渐掌握深潜的方法，又深得汽车工艺装备制造的精髓。当年陈建基厂长大手一挥，让郑志明免试进了车桥厂，严格地说算是一种长官意志，并不符合一般招聘人员的规定。好在，郑志明用实际行动证明了陈厂长的慧眼。短短几年时间，他对厂里的多条生产线进行了技术革新和改造，还发明创造了一系列的工艺装备夹具。为提高“五菱之光”系列微型汽车零部件的生产能力，郑志明也做了许多工作，给厂里带来了可观的经济效益。陈厂长的这“一挥手”也就没有人敢说什么了。

真是儿子吃什么饭，老子就操什么心。郑桂福每天走在柳州的街头，都十分注意观察路上的车流，时而看到五菱微型汽车驶过，时而看到同款式的长城车驶过，还有哈飞。他以一个自己人的目光打量这种人货都可以载的“高顶篷”：庄重、平稳、容量大，尤其是车厢，非常符合人们讲究实用的心理。总之，五菱微型汽车既有别于纯货车，也与那些价廉的经济型小车拉开了距离，确实非常实用。儿子还没进柳州五菱时，他骑自行车在路上，非常讨厌一边摁喇叭一边超过他的汽车。如今儿子成了造车人，他看着那些响着喇叭的汽车，心涌快意，那叫一个爽。晚上吃饭时，他把自己看到的跟郑志明说，还不忘提上一两嘴：“在公司里要好好干啊！”

响鼓不用重槌敲。此时，郑志明所在的柳州五菱又成功研发了系列车型。五菱微型汽车品牌，经过这些年的集中整体提升，正朝着越来越优良的方向一步步迈进。在车桥厂，各个班组、工段都喊缺人手，这便使郑志明有了施展才华的舞台。郑桂福在和老伙计闲聊时，自豪地说：“我家那小子天生是吃机械制造饭的料。”不错，这一年，郑志明或主导或参与，对生产线进行大面积的技术改造，极大地提升了产能。然而，与之伴随的是，每天都有层出不穷的新问题摆到他的面前。他越来越忙碌，年底盘点写总结时，没想到成绩单竟然拉长了许多：

观光车的加工工艺不尽如人意，他拿出了调整和改进方案，很快实施；

完成了 V1 观光车和 V2 观光车左右纵臂总成试制以及工装夹具的制作，对观光车的工艺改进使观光车的产能提升了 300%；

完成了深圳海龙电瓶车前轴大总成试制、工装夹具、焊具的制作和改进，使该产品进入批量生产；

完成了“五菱之光”车后悬挂摆臂总成试制的批量生产工作，以及 N10 车后桥壳总成试制、焊具、夹具加工工作；

完成了雪佛兰仪表板支架合件焊具和仪表板中间支架合件焊

具试制，为该车零部件国产化做好了准备。

…………

毫无疑问，这成绩单还会继续拉长，上面的工作都是由郑志明提出合理化建议并主导完成的。这一年，由他主导开发制作的工装夹具达 300 多套，完成 V1 观光车左右纵臂、深圳海龙电瓶车前轴、“五菱之光”车后悬挂摆臂等新产品试制生产共 5000 多件。全厂的一线工人，几乎都在享受郑志明创新创造所带来的好处，省工省力。谁也不会否认应该把掌声和荣誉给这位青年工人。郑志明也不负众望，代表公司参加各级各类职工职业技能大赛，捧回了一个又一个金灿灿的奖杯。

不仅是柳州五菱下面的 10 多个分厂都知道，而且国内汽车工装界都知道柳州五菱出了个郑志明。他被工友们视为专家。“专家”的荣光逼着他沉下心来阅读、钻研大量汽车制造方面的图书。

在成绩面前容易自满，这是人性的弱点。每每这时，谭林科师傅总能及时出现，对郑志明耳提面命：“我们不能光是搞‘拿来主义’，还要既知其然，又知其所以然。”经历了多次的技术攻关成功后，郑志明对这句话又多了一份体会。

正是靠这种公司机制与个人追求，郑志明参与了多条装配线的设计和改造。正如鲁迅先生说过的：“我们从古以来，就有埋头苦干的人，有拼命硬干的人，有为民请命的人，有舍身求法的人。”这些人并不求什么名利，完全就是出自一种本能，想把自己的事情做好。在庸人眼里，这些人完全就是自寻烦恼，付出了努力，却不一定有好的结果。但对于这些人来说，努力做事又焉知不是一种幸福呢？

真正让郑志明感到快乐的事，是自己那双手能将一台台机床装配、调试得精良，似乎他与冰冷的机械设备之间有一种难以言状的神奇的交流，产生妙不可言的默契，那是他与一个个精密零部件亲密的私语。地球上的万事万物都是有语言的，包括机床上的每一寸钢板，每一个小小的垫片，每一个齿轮，每一根轴承，都有它们独特的语言，或有声或无声。

于是，郑志明手中的刀具灵敏了，那是来自机械的心灵感应；心里模糊的概念明晰了，那是因为跟不说话的钢铁有了互动。

此后的很多年里，在忙碌的间隙，在睡着之前和醒来之时，郑志明都会情不自禁地想到工厂里的设备改造和制造。那些貌似辛劳乏味的发明创造之路，成了他在机械制造道路上开满鲜花的幸运之旅——28 岁获评高级技师职称，33 岁享受国务院政府特殊津贴。在整个柳州五菱，甚至在中国微型汽车制造界，他都是享有这些荣誉的人中最年轻的。

第四章

踏上自主研发之路

前文提及，熟悉中国工业史的人都知道，新中国最早的工业化，是通过苏联援建的“156项工程”来实现的。这些工程包括汽车厂、钢铁厂、拖拉机厂等，产品的生产几乎是原样照搬苏联的模式，基本不存在研发。

一些大型制造企业在对从国外引进的大型工艺装备进行翻版设计制造时，却发现在引进的时候缺了关键的一环，没有意识到应该再花一些钱购买图纸，而已经安装好的设备又不便拆开测绘，即使拆开了，也难复原。所以，这个翻版仿制的工作迟迟没能开展。再后来，国家在引进国外的大型设备时，国外的制造商不愿意接受转让技术的条件了。你买了我的设备，直接照着测绘仿造，我管不了，也没办法管。但测绘仿造这种事情，总是很难做得和原版一样好的。还有一条，就是核心的技术你没法得到，有问题了，你总还得找我维修吧？

事实也正是如此。我们的五菱微型汽车，又何尝不是从这样的艰难岁月中走过来的？

当年，工人们拆了日本的汽车学习借鉴，亦步亦趋，硬生生地用纯手工“敲”出了第一辆微型汽车，从而开启了从拖拉机转型造汽车的关键性一步。20 多年来，柳州五菱可谓摸着石头过河——踩稳一步，再迈一步。

一家企业要转型，稳扎稳打最为关键，这涉及数千人的饭碗问题，牵一发而动全身。眼下，柳州五菱上下掀起的“精益生产”热潮，围绕着“安全、质量、成本、响应、组织发展”五大指标，启动了 ISO9000 质量管理体系的认证。培训师进来了，对全体员工进行一次大培训，培训内容有缩短制造周期、精益布局、工业 IE 研究。公司还引入了新的考核指标，使“精益生产”渗透到生产和管理的各个环节，向现代化管理迈进。当时，系统的东西并不多，很多新理论、新概念都得靠大家一点点去摸索。各工段的工段长、班组长，对照“精益生产”的标准，寻找自己负责的一亩三分地有哪些工序可以作为提升点。每一个工人都怀着一腔热情，都愿意为柳州五菱打造零部件旗舰店出力献技。

郑志明如海绵一般，拼命去吮吸“精益生产”的知识和理念，一心想着创新和创造，想着改掉前人的毛病。他深谙质量管理体系的精髓，ISO9000 认证，对于一家企业的真正意义并不仅仅在于取得一个证书，还在于认证过程中所培养起来的质量管理理念、员工的知识储备和劳动技能等，这才是核心所在。

可是，自然规律是不容改变的，像谭林科师傅这些上了年纪的老工人，无论是精力还是体力都无法与年轻工人相比，更不用说使用电脑制图了，就是看懂 3D 图模块，都很费劲。在 20 世纪 70—80 年代的时候，他们是万能钳工，能够用一把简单的卡尺，按照精密度要求，一丝不苟地完成车床最复杂的工作，凭的是自己精湛的手艺。如今，他们大脑中的经验储备，慢慢地变成了一堆粗硬的沙砾，很难适应现代化制造的技术模式了。然而，此前谭林科教给郑志明的那些钳工必备的知识和技艺，为日后郑志明的发明创造打下了坚实的基础。那些看似简单、实则复杂的技艺，没经过一定的专业训练，没有一定的实战经历，没有超出常人的领悟能力，即便看懂了也很难掌握。

2004 年夏天，谭林科师傅光荣退休了。郑志明跟在他身边工作了整整 7 年。7 年间，师徒二人几乎形影不离，每天一起奋战在生产一线。郑志明早已能把手工画线钻孔的精度误差控制在 0.05 毫米以内，锉削平面的精度误差可以控制在 0.005 毫米以内，这是全公司的最高水平。

但并不是所有人都能达到这样的技术高度。比如，一个焊工，焊接一个产品的质量，受太多人为因素的影响，只有实现机械化和自动化，由机械臂来操作，才可能实现统一的精度，这才是机械制造业迈出的可贵一步，才是现代化大工业的发展方向。然而，郑志明只是一名技师，所从事的是与产品设计改装相似但相去甚远的行当。隔行如隔山，挺立在他面前的，又何止是一座山呢？

郑志明又想到了那次煎荷包蛋的经历使自己受到的启发。除了研制一个煎蛋器，将鸡蛋敲进煎蛋器、掌握火候，都能实现机器人操作，岂不是更好？可是，市面上的机器人实在太贵了，咱

汽车生产车间

们生产的五菱车，卖得最贵的也不超过10万元，生产零部件的工艺装备，总不能像制造奔驰、宝马那样的高档车一样的投入吧？如果是这样，那生产出的汽车的利润更低了。公司召开的“人人成为经营者”项目启动大会，标志着柳州五菱正式把市场机制引入企业内部。

市场竞争的主体是产品，产品的关键是质量，质量达标后竞争的是价格。而要想制出价格低的汽车，控制成本是关键。成本控制得当，则可稳坐船头，静观潮起潮落。市场的起起落落，企业的兴兴衰衰，往往受成本的影响。

柳州五菱历来有自力更生的传统。只有自己做的东西才是最适用和最实惠的。不当家不知柴米油盐贵。发展工业真是一件烧钱的事情。在公司上上下下如火如荼地开展成本控制的大背景下，厂里的一些工段长深深地体会到了降成本是生存之必需。

成本考核规定下达之初，有些工人不以为然，认为将经过科学预算的经费大幅压缩后，再去实现控制目标，根本就是不可能完成的任务，结果只能不了了之。然而，在强力推进“精益生产”的过程中，控制成本不是说说而已，而是实打实的考核，与工资、奖金挂钩。于是，工段长、班组长们全都瞪大了眼睛，寻找可降成本的改造点。

为了控制成本，工段长、班组长们都绞尽脑汁。成本包括人力成本、原料成本，以及可以通过提升产能来降低的时间成本。这时，郑志明已升任为钳工班工装段段长了。这些年，他发明创造了一系列的工艺装备，既提升了产能，又降低了成本。看到那些反复维修仍修不好的生产装备，有的修好后用不了多少天又出了故障，生产又受阻了，他不禁感到忧虑。要提升产品质量，实现“精益生产”中的几大指标，工具太重要了。正如让你去挖一片地，如果给你的锄头不锋利，而且还经常松脱，那么你的地怎么能挖得快，并且挖得深浅适度呢?

想明白这一点，郑志明也更有雄心壮志了，他还寻思着自己设计制造设备呢！这是郑志明经历了维修设备、改造设备后，又琢磨着要制造设备的一段心路历程。

在郑志明的发明创造生涯中，2005 年劳动节假期后的第一个工作日，是一个一直都被铭记的日子。这时的郑志明已经是能够独当一面的年轻师傅了。多年后，他多次接受记者采访，都会说起这段往事。由最初的维修设备，到修改、提升设备，再到制造设备，他迈出了关键性的第一步。

这一天，柳州，高温，酷暑。郑志明在生产线旁对着一台设备，反复琢磨怎么样才能让他心中的构想落到实处。他想起了那个关于煎荷包蛋的比喻：怎样才能经过人工控制，让机器人将鸡蛋打进煎蛋器里，煎出他想要的荷包蛋？

正在这时，后桥壳焊接工段工段长叶春生找了过来。他正为自己所负责的工段找不到“精益生产”要求的改造提升点而发愁。这时的郑志明，在公司里已小有名气了，脑瓜子好使，金点子不断，工段长们有什么技术问题，都喜欢来请教他，听他的意见。郑志明刚获得“全国技术能手”的荣誉，从北京领奖回来，喜悦之情还萦绕在他的心头。满怀激情的他，在寻找下一个改造提升点。

后桥壳焊接工段，是独立生产一种产品的班组，工人平均年龄不到 35 岁。

这个工段虽然都是年轻人，但个个都非常有心。他们在“精益生产”中，可谓精算成本，即使是不起眼的一些原料成本也不放过，还有能省则省的人力成本和时间成本。在自查中，他们发现，许多财富都是从自己手中悄然流失的，人力成本也在浪费。

这些虽然看似细微，但是积少成多。

在进行成本倒推时，他们发现采购成本实在难以拧出水分了，于是从人力成本想办法。但是，不可能以减少工资来压缩人力成本，唯一的途径，就是从提升生产效率中减少人力成本。如此一来，自动化便显得尤为重要。

“节约每一分钱，提高效率多产出”活动，在后桥壳焊接工段悄悄展开了。但从哪儿入手，作为工段长的叶春生一时没有更好的办法。

郑志明听到叶春生说明来意后，随即抓起安全帽，说：“走，到你们的车间看看。”两个青年工人步伐轻快地一边走一边聊。郑志明延续他刚才的思路，说起他的“机器人煎蛋器”。正苦于找不到改造提升点的叶春生听得津津有味，连声称赞郑志明的好点子，鼓励他尽快研发出这样一个“机器人煎蛋器”。

两名青年工人正在谈论“机器人煎蛋器”，畅想“荷包蛋”的味道时，不禁吞了吞口水。此时，离下班还有三个多小时呢。

车间内焊花四起。十几个工人头戴面罩，穿着厚厚的劳保服，蹲在地上，手持笨重的焊枪，对一个碗口那么大的螺母进行焊接。简陋的支架上支着一个螺母，工人一手转动螺母，一手提着焊钳，焊花顿时“滋滋”地迸溅出来。弧光刺眼，烟雾飘散，一股焦铁味扑鼻而来。

这司空见惯的一幕，没想到激发了郑志明的灵感。他的话题从荷包蛋跳到了眼前的电焊工身上。他喃喃地说了这么一句：“焊工真辛苦！天气那么热，焊枪那么重，温度那么高！”一连几个“那么”从郑志明的嘴里蹦跶出来，叶春生的情绪也被感染了，喃喃自语：“产业工人真的太辛苦了！”

确实不容易啊，工作环境也很差。环视四周，车间虽然宽大，下脚的地方却没有多大。铁销、加工件、毛坯、废件，满地都是，一层摞着一层。焊接工人每天就是蹲在这样的钢铁丛林中，搬着足有10公斤左右的后桥油箱壳，举着足有四五公斤的焊枪，对着碗口那么大的放油螺母进行焊接。有时，还需要两人抬起几十公斤的焊接件，一整天下来，人都累趴下了。如果，也仅仅是如果，能研制出一个自动化的焊接专机，由设备自动焊接，是不是既能减轻工人的劳动强度，又能保证质量？

郑志明的思绪，又跳回了他的“机器人煎蛋器”。他把想法跟叶春生又说了一遍，没想到，叶春生的反应与之前截然相反，觉得郑志明的想法太天真了。他说：“机器人自动焊接，怎么可能实现得了？”

车间噪声很大，郑志明和叶春生两人并排走，都要把头靠在一起大声叫嚷才得以交流。他们的周围，焊花向四周飞射，过道形成一帘热烈的青白色烟火，令人眼花缭乱。

作为后桥壳焊接工段的工段长，叶春生提出这样的质疑，也属正常。以当时柳州五菱旗下的车桥厂所拥有的技术力量和经济实力，不仅是焊接工段的工段长，可能很多人都会认为郑志明的想法过于理想主义了。再说，当时中国的机器人行业刚刚起步，技术人才严重缺乏，而且核心技术都在外国人的手里。市面上卖的机器人贵得让人咋舌，咱们生产的可是五菱啊，不是奔驰，也不是宝马。以往，一些工人没有接触过公司的一些高难度的焊接任务，也不知道该如何开展工作，厂里便组织最优秀的焊工轮番上阵试验，焊好了就算成功，焊不好，就换一个人再试。往往是一个工件焊接成功之后，工人自己也说不清是怎么成功的，再试一次，没准又焊不出这个效果了。

“摸石头过河嘛，不去试试，怎么知道不行呢？再说，应该不算很难，说不定这个事情可以成为‘精益生产’的一个改造提升点呢！”郑志明乐观地说道。

说到“精益生产”，叶春生立马来劲了。但转念一想，但凡涉及技改就得花钱，这个钱花得到底值不值，还真不好说。“精益生产”中，大家都十分在乎成本考核，也就是技改投入控制。

“这个嘛，我也不知道，先画一个图出来再说。交给我做试试看。”郑志明似乎没有注意到叶春生投向他的异样目光。郑志明性格沉稳，却喜欢冒险，常常会突发奇想。

“郑大师傅，那就拜托了！”叶春生打起拱手嘻哈说道。

“我不敢保证绝对能成功，但试一试，产线总会有所改观。”郑志明之所以有这样的底气，是因为他作为工装工段的工段长，手下还有好几个能干的小兄弟可以调用。只要他将机构图制作出来，设计好工艺，这个“机器人煎蛋器”就可以制造出来。

几天后，郑志明还真拿出了一个关于利用专机代替落后的手工焊接后桥放油螺母工序的建议，这是他最近一直琢磨的结果。在此之前，他有过一次将旧设备成功改造，制造出新的汽车零部件的经历。

那是两年前，厂里原有一条汽车减速器壳体的加工设备，是生产第一代微型汽车减速器壳体的生产线。第一代微型汽车，老百姓亲切地称之为“五玲珑”，车型较小，减速器也是小型号的。其制造零部件所用的设备，是一台从河南安阳引进的标准机床，业内简称“标机”，据说当年是专为“五玲珑”量身定制的。当公司研发出第二代微型汽车“五菱之光”后，这条生产线就不再适用了。它完成了使命后一直默默地卧在厂房一角，成了一堆废铁，怅然若失地任灰尘落满全身。厂里的高级工程师周仕亮每次路过，看到这条长满了锈迹的生产线任由灰尘覆盖，觉得十分可惜。有一天，他和郑志明碰到了一起，说起能不能一起改造这台标机，让它再发挥作用。闲不下来的郑志明当即表态愿意参与进来。

要知道，对于一条生产线来说，随便换一个零件，工艺装备、生产模具的设计等就得重来，这些都是复杂的工作。郑志明和周仕亮，还有几个志同道合的小兄弟，利用业余时间，着手对这条生产线进行拆解、研究后，发现原来的动力头、镗刀这些关键的核心部件都还可以继续用，不用做多大的改装，只要将夹具做一些优化，调整其位置，就可以用于生产“五菱之光”的零部件了。慢慢地，郑志明越发明白“牵一发而动全身”的真正含义。

加工一个产品不是仅需要一套工艺装备，而是要对很多个工艺装备做出相应的修改，这样才能形成一个完整的制造体系。

若你不懂设备，你怎么敢换？你又能设计出什么？

郑志明刚进厂不久时，对这些修修改改的事儿特别来劲，常和几个工人利用业余时间，凑到一起，在车间里鼓捣那些庞然大物，又拆又装，有时琢磨到半夜，忘记了吃饭，也忘记了回家。安装，调试，锉削，打磨，更换；再调试，再打磨，再更换。大家都抱着“死马当作活马医”的心理，把这当成一种训练，改得好或改不好，都没有什么压力。不承想，这匹“死马”还真让这些工人给“医”活了。旧设备经过改造，与之相配套的生产线也跟着做相应的调整，制造出了新产品，而且质量精良。当改造后的整个生产线投产后，周仕亮和郑志明两个大男人，竟然额头顶着额头，以此表达自己由衷的兴奋。

年底，他们的这一技改成果被公司评为优秀技术成果奖。还有更令人惊喜的，参加了这条生产线改造的全体员工，集体撰写了一篇论文，用于申报职称，真是一举多得的好事啊！

郑志明历来善于学习和总结，因此第一次参与改造这么一台庞大的设备就能获得意想不到的成功。所以，设想让一个碗口那么大的放油螺母实现自动化焊接，他还是有一定把握的。

于是，他便将自己的想法又形成合理化建议呈报上去，很快得到厂里批复：同意。叶春生得知后，感谢郑志明对焊接工段这么热心，佩服郑志明的果敢，但对他研制的专机效果似乎并不抱多大希望。要知道，那个时候，公司的“精益生产”才刚刚开始，谈理念、谈组织发展的氛围还不是很浓。

但郑志明的想法先行了一步，他可不管别人怎么看，他认准的事情就会想方设法去完成。可以说，他对机械制造既有雄心也有信心，毫不畏惧的他坦然面对一个又一个困难。

研制一台后桥壳放油螺母自动焊接专机，便成为郑志明一段时间内主攻的目标。他拉了工程师钟司钤、电工师傅刘俊和工段长叶春生组成了一个研发小团队。

“三个臭皮匠就顶一个诸葛亮了，何况我们还是四个呢！”郑志明开玩笑地说。

车间里的活，钉是钉，铆是铆。他们只有利用业余时间，才能潜心研制理想中的“机器人煎蛋器”。

所谓的焊接自动化，是指在没有人直接参与的情况下，能自动控制、调节、检测、加工的机械设备，按规定的程序或指令通过加热、加压，或两者同时进行，使两种工件产生原子间结合的技术措施。

然而，接热过程的计算是极其复杂的事情。复杂的边界条件、热源分布、非线性等问题，得运用数学公式去求解，再去实践。对于数学功底极好，又有着丰富实战经验的工程师来说，这仍然是一个严峻的挑战，更何况只上过技校又没经历过大项目历练的郑志明。这一天又一天，他觉得自己是在沼泽地里永无尽头地跋涉。他经常在梦里看见自己变成一个个零部件，像竹排似的从机床上顺流而下，突然，遇到了暗礁，竹排和人一起翻进河中。他蹬了两下腿，惊出一身冷汗，醒了。

一晃，又一个礼拜过去。郑志明硬是用电脑制作出一个数值模拟图。研制团队碰头研究。工程师偏重于技术，技师偏重于技能。郑志明、钟司铃、刘俊与叶春生，利用业余时间开始鼓捣一个庞大的“机器人煎蛋器”。需要电机带动减速器，他们就自掏腰包到市场上购买了一台，还有其他一些必要的设备。

自主研发就这样开始了。他们摆出了对放油螺母焊接自动化进行技术攻关的阵势。

这个四人小组有一个共同的爱好，那就是喜欢动手动脑搞发明创造。其他三人对郑志明提出的工艺装备进行了研讨，相互启发，各自利用自己的专业知识各负其责。意见统一后，他们便开始行动了。

讨论，争论；争论，再讨论……一个个技术难点，一种种可能性被提出。在将每一个部位、每一个细节都剖析得清清楚楚，并充分听取了大家正确的意见和建议的前提下，郑志明用电脑画出了一个机构图。

“焊接碗口那么粗的放油螺母，需要多长时间？刘俊，你用秒表掐时间。叶春生你亲自焊。”

“好！”

“掐出来了，第一次是 11 秒，第二次是 12 秒，第三次又是 11 秒。”

“取其平均值，11.333 秒，好，就这个数。”郑志明一锤定音。刘俊对电机的功率进行调试，设置数控编程，机器人焊接一圈用时 11.333 秒。

真是妙啊!

平时上班，他们都要忙手头上的工作，只有下班后才能碰在一起，周末也全泡在车间里。这次的研发事实上是自发行为，全凭爱好私底下进行，一切都要等到结果出来才好拿到台面上说。

4 个小伙子日夜钻研，将他们这几年在柳州五菱所积累的经验全都用上了。他们还自费采购了电机、马达、轴承、齿轮之类的设备。3 个月就这样一晃而过。在别人工余时间玩手机、搓麻将、闲聊玩耍的时候，一台放油螺母自动化焊接专机，不声不响地从图纸中走到了车间。

专机是做成了，是骡子是马，牵出来遛遛才知道。于是，待其他人全部下班后，他们利用晚上的时间进行了第一次试机。反复测试几次后，结果却令人沮丧，机械臂总是出现漏焊、错焊的现象。

一个个哭丧着脸，你看看我，我看看你，自嘲道:“还‘诸葛亮’呢!”

研发这样一套自动化环焊设备，采用了电气智能化，这在车桥厂甚至整个柳州五菱，都是史无前例的。今天回头看，似乎技术含量并不咋样。然而，倒推 18 年，那可是困难重重。为此，他们已经花了 3 个月，所有的业余时间都搭上了。

怎么办？如果不继续攻克，这 3 个月时间就白费掉了。

“哪有那么容易的事？如果一套自动化装备这么容易就研制成功，还需要我们做什么？”钟司铃是个乐观的人，笑了笑说。

话说得轻松，但要解决漏焊、错焊却是个让人头痛的问题。其他三人的目光齐刷刷地看着郑志明，仿佛他脸上有答案似的。此时，郑志明感到有无数的机械臂从他眼前飘过，无数的零部件在他心里重组。这凌乱的生产场景就像一个机械草图，他尝试根据草图畅想大工业现代化设备的样子——然而未果。这又让他焦躁起来，与之伴随的还有“不到黄河心不死”的心理。

这时，夜已深了，想着明天还要干活，叶春生提议大家先回家休息，明天再碰头继续研究。四人各自散去。郑志明折了回来，凑近专机，仔细检查整个设备的生产路径，琢磨每一道工序。他心想：既然是自动化焊接，当编程不合理时，就会出现漏焊和错焊。为了解决问题，一是数控编程得重新设计；二是要设计一套检测系统与它配套，对焊接工件的螺母进行统计，如发生漏焊、错焊，设备自动报警，防止有不良品流出。

“对，还得设计一套检测系统，专门针对漏焊和错焊的！”郑志明豁然开朗。他赶快回家，一不做二不休，打开电脑，立即画图。那时候是晚上 11 时 36 分，接下来的 7 个半小时，除了到客厅倒了三杯茶、上了一趟卫生间，他没有挪过屁股，查资

郑志明（右）和同事们一起奋战在生产一线

料，画图纸，不断地推翻重来。

第二天，郑志明照常踩着点上班。当大家各自忙完手头的工作后，再次碰头。经过一晚的思考，郑志明已拿出了一个成型的方案。于是，四人小组又分头干了起来。几天后，他们总算将一套检测系统研制出来了。

放油螺母自动化焊接专机总算完成了。调试了几次，效果出乎意料的好。在黑暗中摸索的郑志明和伙伴们，眼前顿时被照亮了。

后桥壳放油螺母自动焊接专机投产后，原来 3 个人的工作量，减少到只需 1 人操作。负责焊接的工人轻松地将工件放进去，用夹具夹紧，再轻轻地将门关上，轻轻地按下按钮，机器人就可以在焊箱里自动焊接了。弧光被挡在门内，工人不用再戴面罩。在等待机械臂焊接开门的这几分钟，腾出手和空余时间的工人还可进行另一项工作。这样，一人还能胜任几个工种的工作，生产效率大幅提升了，工资收入也就增加了。

工厂里有句老话，叫作“铆工要老，焊工要小”，意思是说铆工需要有丰富的经验，年龄越大，越有价值；而焊工需要体力好、眼力好、细心，所以越年轻越能干。当然，后一句话并不是说焊工就不需要技术积累，只是说在同等技术水平下，年轻焊工比年龄大的焊工更有优势而已。这下好了，新入厂的小焊工不用再冲到一线，抱着 20 多公斤重的焊枪了。

至此，在车桥厂，靠一把焊钳、一根钳条和一个面罩打天下的手工焊接时代，终于结束了。

无论企业经营者如何把工厂环境改善成花园般、宾馆般的好，工人在生产线上的工作永远都是辛苦和沉重的。唯有走自动化、智能化路子，工人才能从繁重的体力劳动中解放出来。这套工艺装备成功研发，最应该感谢郑志明及其团队的人，是曾经不得不每天蹲在地上抱着 20 多公斤重的焊枪的焊工们。他们从此不用再穿着厚厚的电焊服，不用再戴面罩，不用再受弧气熏，不用再闻着焦铁味了。

焊接专机正式投入运行那天，厂长、经理，以及一拨工段长前来观摩学习。当看到机械臂稳稳当当地主宰着大焊枪，灵活

后桥放油螺母焊接专机设计与制造项目的获奖证书

地在放油螺母上环焊，只需几十秒钟就可以完成一个工序时，全场响起热烈的掌声，工段长们由衷地发出赞叹。一位年轻焊工走了过来，拉着郑志明的手，真诚地说道："太感谢郑师傅了，你让我们实现了自动化，不，是实现了现代化啊！"在场的人都"哈哈"地笑了起来。掌声、笑声、点焊声震响屋顶，在车间里回响。

厂领导高兴地说："什么是'精益生产'？不是写在纸上，贴在墙上，而是实实在在地体现在机床上。今晚，我请大家吃夜宵！哈哈……"

"太爽了！"大家将掌声拍得更响。

自动化焊接专机的使用，不仅可以降低成本和劳动强度，更重要的是统一了焊接标准，使产品质量大幅提升，同时保障了生产安全。要知道，彼时国内汽车制造界的自动化程度普遍不是很高。而自动化程度，又是衡量现代企业科学技术和经济发展水平的重要标志之一。地处我国南方的柳州，一家地方小厂，在2002 年就先行了一步。

正所谓“工欲善其事，必先利其器”。一测算下来，使用自动化焊接专机后，一条生产线不仅每个月能节省 9 万元的人力成本，还大大提高了焊接质量。

还有一个人应该感谢郑志明的，那就是叶春生，他也是小团队中的一员。他参与到团队中来，既学到了更多的专业知识，还完成了“精益生产”中的一个改造提升点。他拥住郑志明的肩说：“真是‘几全其美’的好事情呀。在‘精益生产’中，安全、质量、成本、响应、组织发展几大指标可同时完成了。我不谢你，谢谁？”

产品质量升上去了，成本价格降下来了。看似没有空间，实则皆有可能。

这次尝试研发专机成功的成果，当年便获得了公司合理化建议奖；年底又申报自治区级的自动化工艺奖，拿了二等奖。

现在，郑志明回过头来看当时的成绩，认为这些奖都不重要，重要的是为此后在柳州五菱这块土地上，蹚出了一条自主创新创造的河道。他的心壁上已经有丝丝缕缕的绿芽拱了出来。

这就是柳州五菱。柳州五菱的机制、柳州五菱的风气、柳州五菱的土壤，成就了一批“郑志明式”的产业工人。

读者还记得那个“躺平生”吗？他很多时候在车间里磨洋工，越来越颓废，能偷懒就偷懒，上班玩手机，下班搓麻将，呼朋唤友地聚餐，没有一点儿长远打算，做一天和尚敲一天钟。如果他此时也在人群中，他的脸一定是火辣辣的，神情也会不由得有些落寞。同样是普通的技校生啊，人家郑志明能取得这样的成绩，而他呢？他只有自叹不如。

当自己主导设计制造的第一台自动化焊接专机投产后，郑志明每次来到车间时，都会来到这条生产线旁瞅一瞅。已完成的配件在那里焊接，成为完工的后桥壳体。焊接机和铆钉枪连连迸射出焊花，不断发出压缩空气的“嘶嘶”声——那是电动机床的生命之音。而这一切都由一个伺服控制中心统一指挥。机械臂点焊完成一道工序后，由正在运行的流水线缓缓推进到下一个工作点，再次完成后，又流向另一个工作点。它们以势不可当的力量向前运行。

对于机械设备的改造、优化和提升，郑志明到了如痴如醉的地步。正所谓“艺痴者技必良”。

记得刚到柳州五菱上班的那一年，郑志明的父亲为他买了一辆摩托车。他每天早上骑车上班，被摩托车排气管散发出的热气烘得极不舒服。于是，他突发奇想，要对这辆坐骑进行一番改造。他给排气管降温，不让其高温灼伤小腿。他还调整加固了保险杠，让其保险功能更强。没承想，这个小改装后来让他逃过一场灾祸。

有一天，由于长时间超负荷工作，郑志明十分劳累。那天傍晚下班，几个球友约打球，他也想去放松一下，便急匆匆地换上运动衣就往球场赶。当摩托车开到双冲大桥底时，迎面射过来的夕阳让他眼睛一阵昏花，他来不及放慢车速，硬生生地撞到一块砖头上，前轮爆胎。摩托车侧翻后，还继续往前滑行了 30 多米远。郑志明穿着运动短裤，小腿贴在排气管上。幸亏此前他已将排气管进行了改装，排气管温度不高，小腿没有被烫伤。但两只手掌在滑行中，蹭在地上被刮伤，满是小伤口。还有那个保险杠因做了改装，重摔滑行了一段距离，但车基本完好无损。

半个月后，郑志明出院，开始回答亲朋好友的问题。他在叙述这起交通事故时，把重点放在如何改装摩托车上。他在旋转轴处增加一个油泵，在发动机下面的排油口打了一个洞，将油泵密封起来，再接出一根油管。他买了一个空调的散热片装在油管旁，这样散热片吹出的冷风对着排气管，排气管就不会灼痛小腿了。

此后，郑志明对机械改装优化有了更浓厚的兴趣。他想，一辆小小的摩托车改装后尚能起到这样好的效果，一台机床、一条庞杂的生产线进行优化后，对整个生产必定是大有裨益的。

后来，他将自己这一发明创造和工友分享，好几个工友也按照郑志明的方法，将自己的摩托车进行了改装。

2006 年，五菱汽车每月的产量已经达到约 15 万台。车桥厂提升产能和质量的压力都很大，不仅仅是放油螺母焊接这道工序的质量和产能需要整体提升，车桥厂其他生产工序也急需升级改造。

于是，其他工段的工段长也纷纷来找郑志明，希望他能到自己所负责的工段去走一走，看一看，也帮助他们改善某个生产环节。这让当了 9 年钳工的郑志明，第一次在创新研发领域尝到了成功带来的乐趣。也就是从那时开始，郑志明无时无刻不在观察厂里的每道生产工序。酷爱钻研的他练就了一双鹰眼，在创新创造这条波涛汹涌的大河中，挺立潮头，搜索着潜在的事故点和改造点。

一个人很难说得清自己的某些素质，究竟是在何时、何地因何而形成的。像郑志明这样从最普通的钳工做起的人，他的发明创造对于当年谭林科师傅这一辈的老工人来说，简直是无法企及的塔顶。但作为谭林科徒弟的郑志明，还真爬上这个塔顶了。这得益于郑志明自身的勤奋和钻研，更得益于中国汽车制造业的迅猛发展。唯有国家强大，才有可能实现自己的理想。每每想到这，郑志明就感觉到自己比师傅那一辈的工人幸运多了，生逢其时，更应有所作为啊。

郑志明的每一项技术革新，都是实实在在地将工人们从繁重的体力劳动中解放出来。后桥壳放油螺母自动焊接机，被工人们亲切地称为“专机”。公司领导知道其强大的功能，又发出指令，让郑志明赶快再制造 3 台一模一样的专机，以此提升产能。

郑志明人生中研制的第一台专机获得成功。当看到自己设计制造的装备，让工人们不再汗流浃背，轻松地按动按钮就能生产出合格的产品时，他的心就像天热时喝上一杯冰啤，爽快充满整个心房。那个感觉格外惬意，格外自豪。

但是，这种惬意并没有持续多久。当不可阻挡的机械自动化、智能化时代大踏步地到来时，他又不得不把自己逼到一个新的高度。要跟上机械自动化、智能化时代的步伐，并不是容易的事。郑志明更认准了自主研发的这条道，一头扎进这条长流常清的大河里，溅起了一朵朵浪花。但很快，他便发现，要搅动河里的清波，任重而道远。

这一年，厂里出台了一项政策，鼓励低学历的工人提高学历，到大专院校读专科、升本科。郑志明抓住时机，报读了家门口的广西工学院（今广西科技大学）机械制造专业的本科函授班，不只是为了拿文凭，他更想在大学里恶补一些机械理论知识。每个周末或者晚上的面授时间，郑志明都会将在实际工作中碰到的问题，拿到课堂上向教授们请教。这时，他发现，工程技术方面的很多重大成果，并不是先有理论的，而是先在实践的过程中打磨、总结出来的。

这不，由郑志明主导发明创造的后桥壳放油螺母自动焊接机，以及随后发明创造的微型汽车后桥壳自动化焊接生产线，真正地填补了国内空白。其创造和发明，就是靠郑志明和团队在实际操作中不断地受到启发。这个时候，理论后于实践才被总结出来。郑志明主笔将这两台专机的制作过程写成了论文，申请了专利。

只有中专学历的他，利用业余时间恶补了 UG 制图模板、材料学、力学等知识，自学了机械设计、三维建模，一步一步拓展自己的技能。他意识到，汽车工业已经迎来了一个新的时代——自动化、智能化生产势在必行。

再浩大的工程，也是从点滴学起来、做起来的。郑志明心头始终有这样一个信念。这也许是他此后的 20 多年里，担起那么多重大科研项目而不败的原因。

这不，又一道难题摆到了郑志明的面前。

微型汽车后桥壳自动化焊接生产这道难题，多年来在国内一直无法破解，没有可以借鉴的案例。由于后桥壳焊机总成由多个 4 ～ 6 毫米的中厚板冲压件组成，并用气体保护焊接成型，很多冲压件成型后尺寸一致性很差，即便用机器人焊接，也很难保证质量。

图纸上规划设计的微型汽车后桥壳自动化焊接生产线，是由气密性检测、液压调直、机加工、机器人工作站、环焊专机等多种复杂设备组成的，自动化程度要达到 80% 以上，比原生产线减少操作岗位 40% 以上。

无疑，该研制项目的技术指标比较高，且工艺复杂，工程庞大，困难可想而知。厂里有些技术人员平时牛气哄哄的，当了解到该项目的复杂性和艰巨性后，一个个就像霜打的茄子般蔫儿了。你望望我，我望望你，没有人敢站出来挑头扛下。

工厂领导见状，亲自找到了郑志明，让他挑头试制。郑志明因为业绩显赫的缘故，几次破格晋升，现在已是厂里的高级技师了，担任车桥厂工装段段长。

“小郑啊，这个微型汽车后桥壳自动化焊接生产线，一旦在你手上诞生，你就是车桥厂的一号功臣啊！”底盘厂厂长拍着郑志明的肩膀乐呵呵地说。

“功不功臣倒无所谓，就是这条生产线确实难弄，我只能说尽力而为。”郑志明保持着一贯的谦和，不说过头话。

无论你多么自信，多么有才华，失败的可能性是回避不掉的。失败了就是失败了，即使你知道明天可能会成功，但至少今天你还不能证明自己总是成功。在郑志明的机修、机加工实践中，失败的例子太多了。所以，他从不会说过头话。也正因为失败的次数多了，他反而越来越不服输，决意跟困难死磕下去。

人的潜能往往是被困难逼出来的，是不得已而为之。私下里，郑志明和团队其他成员总是在相互打气。

郑志明根据各人的技术特长，拉起了一个小团队。5 个年轻人，5 张蓬勃向上的年轻的脸。郑志明说：“我们要造一条生产线，这次不再是民间行为了，而是正儿八经的官方组织，有经费，有时间要求，但也有难度，有没有信心？”

“有！”

他们把声音拉得跟厂门前那条小路一样长。他们怎么会没有信心呢？他们可是跟着郑志明干的啊！人到三十，郑志明觉得力量并非来自深思熟虑，而是源于激情。激情一旦没了，想得再明白都白搭。手托腮帮子一不小心就会耗掉半辈子。

经验是靠积累的。团队成员之所以有这样的信心，是因为之前他们干过漂亮的改装，也制造过专机。如果不动手实操一次、两次、三次……纸上谈兵的局限就会体现出来了。

首先，要设计方案。有了之前放油螺母自动化焊接生产线的研制经验后，郑志明对汽车后桥壳焊接工作站的 20 多道工序，逐一进行了梳理。结果发现，每一台设备的零部件都是靠手工组装调试完成的。从整体布局到每个环节的设计，再到零部件的加工、装配，这一庞大工程的每一道工序都很复杂。设计方案改了又改，兼顾得了这道工序，下一道工序却不能无缝衔接。这涉及万千具体参数，密密麻麻，蚂蚁筑巢般繁乱，蜜蜂酿蜜般复杂。

方案出了一稿、二稿、三稿，都不尽如人意，郑志明和团队几乎要打退堂鼓了。好在，底盘厂厂长给予他们充分的信任和鼓励。不怕失败，就怕坚持不下来。终于，一个近乎完美的“多种定位方式、多工艺融合的自动化焊接生产线技术方案”渐渐浮出水面。郑志明和团队对其进行多次评审、优化、讨论、验证，充分听取了大家的意见和建议后，郑志明最终确定了自动化生产线的整体数模和方案。

有了方案，团队成员根据各自的专业特长组织实施。郑志明作为团队的核心技术成员，除了负责设计整个产线的构架，还要负责高难度、高精度的锉削、装配和调试。他专注、娴熟地摆弄刀具，忽高忽低，左右开弓，那些錾削、锯削、锉削、钻孔、铆接，在他手里是那样顺从。那双手像是成了舞台交响乐团指挥家的那双手，高山流水，抑扬顿挫。随后出来的一组组数据，不就是指挥家指挥下的一串串悦耳的音符吗？

就这样，又一条自动化生产线顺利地从图纸上来到车间，来到工人身边。

有一笔账必须算一下：设备正式投产后，实现了 80% 的自动化，可以兼容 3 种不同产品，整线每年可以节约人力成本 30 万元，而且产量提升近 12%，是当时国内唯一自主研发的微型汽车后桥壳自动化焊接生产线。这标志着柳州五菱在厚板的后桥壳总成自动化焊接生产线上取得重大突破，又一次填补国内空白。

人员递减，产量却大幅提高。如果用平均劳动生产率来衡量，柳州五菱的焊接工人的工作效率已经超过了日本、德国、美国汽车公司的同行。

随着数字化、自动化、计算机、机械设计技术的发展，以及柳州五菱对焊接质量的高度重视，自动焊接已发展成为该公司的先进制造技术。

公司有大量的钣金焊接产品需要大量焊接工人去生产，每到高产期就缺焊工。一张招贤纳才的大网撒下去，网到的几名焊工，不是年龄大，就是焊接技术不行。焊工操作水准不一致，也难以保证产品质量。

钣金焊接工段长思忖，能不能也像放油螺母一样，采用机械臂焊接？

“这个事，还得找郑志明。”有人提醒他。

当一个个坚固的堡垒被郑志明攻克，一扇扇牙关紧咬的技术大门被叩开——几条自动化生产线研发成功后，公司里大力宣传。当生产线遇到问题时，大伙儿第一个想到的就是郑志明。郑志明、郑志明、郑志明——他成了一个活脱脱的“灭火队员”。

正在创新创造大道上驰骋的郑志明，几乎是有求必应。这时的他，深切地感受到了机械制造世界的奥妙，他在自动化、数控机床、机器人这些高科技的河流中，找到了无穷的乐趣。他并没有想到，有一天自己会成为钳工队伍中的翘楚。

查阅相关资料后，郑志明便着手制图。他已能熟练地运用电脑进行 3D（三维）建模。一个星期后，他将自己的构想向公司领导汇报。因涉及面广，公司为此专门召开了一个设备制造可行性研究会。

会上，郑志明手握鼠标，演示着他设计的、包含有 10 个机械臂联动的专机。随着他的操控，3D 模块在大屏幕上转动，向众人展示着这条创新创造大河里的乾坤。

郑志明一边展示，一边解说：“这个技术，就是把焊接设备设计安装在滑台机构上，通过伺服驱动多个电机控制滑台，带动多台焊接设备三维空间移动，从而实现各种不同类型结构的焊接件的焊接加工。这个设备操作简单，工人只需要把零部件安装到定位夹具内，夹紧后启动按钮就可以完成生产……”

郑志明眉宇间神采飞扬，全然没有怯场，点击着鼠标，让他主导设计的工件图在大屏幕上飞舞。鼠标每点到一个地方，大家仿佛都听到重金属的铿锵声响。

“好！这个想法太好了！”厂长轻轻一拍桌子，脸上绽放出明朗的笑容：“小郑啊小郑，你小小年纪，这个脑子是怎么长的，居然能想出这么好的办法。光是 1 个机械臂还不够，还想出 10 个机械臂同时控制，连怎么做、分几个步骤，你都想好了，你说你像是钳工专业吗？简直是车工、铣工、电工通吃啊！”

“我也是瞎想，请领导批评，”郑志明低调地说道，“我今年 30 了，也不小了好不好！”

“哈哈……好，就按你的想法实施！”

郑志明又进一步讲解：“我们所设计的这个自动化焊接生产设备，10 轴同时控制、同时联动，低成本、高质量、焊接速度快，可以一人操作多台设备，可以实现 80% 的自动化，还可以兼容 3 种不同产品。”

大家都知道，目前市面上的驱动器最多也只能控制 8 轴，而在郑志明的方案里，驱动器竟然可以控制 10 轴，真是太了不起了！

有了公司领导的首肯和支持，郑志明迅速地拉起了一个小团队，由此开创了柳州五菱的制造设备先河——研制一条 10 轴联动的后桥壳自动化焊接生产线。

研制工作紧锣密鼓地展开了，其间遇到重重困难和问题。

工业的基础是装备制造业，装备制造业的“母机”是数控加工设备，数控加工设备最为关键的部件是号称“大脑”的数控系统。而 5 轴联动数控机床，又被称为数控机床领域“皇冠上的明珠”，是各国核心支柱制造行业不可或缺的“战略物资”级的关键装备。

这样的“工业母机”重要性不言而喻。面对日趋复杂的国际环境，唯有通过自主创新实现突破，真正完成高端“工业母机”的自主可控，才能有效助力中国制造。

郑志明大胆提出一个想法：鉴于当前五菱汽车产销两旺的实际，车桥厂作为柳州五菱零部件供应的重要企业，提高产能、降低成本是关键。我们不做 5 轴，也不做 8 轴，要做就做 10 轴的数控机床。接着，他打了个比喻，如果把“工业母机”看作人体，则传感器群组相当于神经系统与感官，床体结构相当于骨骼，电机及驱动相当于肌肉，而数控系统扮演着大脑的重要角色。

有点绕。不知道这段高论是机械理论家总结出来的，还是郑志明自己悟出来的。厘清这些关系后，郑志明根据团队成员的专业分派任务。他们利用代码、文字和符号组成数字指令，对位置、角度、速度等机械量和开关量进行研发，实现了 10 轴机械设备动作控制。

总之，这是一条艰辛而又让人充满激情去探索的精工奥妙之路。谭林科师傅送给郑志明的那把圆规无声地提醒着他：“圆规画圆，不离圆心；钳工这行，不忘初心。”他常常自问初心是什么，但他不会说出答案。一个人动辄说到“初心”或者“信仰”将是多么轻慢和草率，多么难为情。他只知道，从事机械制造业，就像指挥一头庞大且复杂的钢铁猛兽，哪来得半点轻狂?

大家都在期待着郑志明及其团队的精工妙法呢。

他一头扎进自动化生产线的研究中。衡量任何一条自动化生产线是否成功，不能仅仅通过比照体量和投入，还要参考其焊接质量和安全可靠性，以及焊接的机械化和自动化水平。此外，还要通过生产质量、使用寿命及节省下来的人力和物力成本来做评判。10 轴同时联动的自动化焊接设备生产线，所涉及的成本考量，以及它的规模、用途、外观和技术创新等因素，又一次填补了中国汽车制造业空白，属于重要的创新之举，且极具前瞻性，后来成了柳州五菱对外展示的窗口。

这个填补空白的可贵之处在于，在其他汽车制造企业未提出自动化焊接的动议之前，郑志明就已经在地处中国南方的柳州，在柳州五菱热热闹闹地干起来了。

研制一部从准备工序、焊接到质量监控全部过程自动化的焊接专机，之前的经验对于郑志明来说仿佛已成为血液里的成分。

设计的过程中，他需要的只是脑子里的安静和干净。而无论是在家，还是在公司，郑志明都拥有一个安静和干净的环境。

日子长了，工友们不得不佩服，郑志明的手，似乎有了点石成金的魔力。一堆杂乱的、冰冷的、呆滞的零部件，经他的修改、打磨、组装、调试，就变成了一个个言听计从的家伙，成了神奇而精妙的机床。

3 个月过去后，又一条全新的自动化生产线从图纸走到了车间，这是一个很难用文字描摹的场景。10 轴联动点焊设备按照指令规规矩矩地做出各种动作，时而一前一后，时而左右开弓，分秒不差，弧光被挡在箱体内，焊工们不再被弧光照射，焦铁味也闻不到了，能听到的只有“滋滋”的点焊声。这声音非常清脆悦耳，有分秒不差的节奏感，既不轻，也不重。只有用计算机程序操控，方能做到分秒不差，而人工操作是远远达不到这个精度的。原先这个工位上的焊工终于可以脱掉厚厚的工作服和笨重的面罩。工人们原来是蹲在地上工作，现在是站着，只需轻轻摁动按钮，便可完成焊接。劳动强度极大降低了，生产效率和零部件品质却飞跃提升。

设备智能化程度越高，伺服系统就越复杂。一把焊钳需要控制、反馈、检测的线路多达 35 根，而 10 轴、10 把焊钳，其复杂程度就不言而喻了。如此庞杂的生产线，每一个程序都得环环相扣。你只需在这条生产线旁看上一眼，便能感受到这里的钢铁和电气交织在一起所产生的巨大气场。

设计这样一条由10轴同时联动的自动化焊接设备生产线，早些年是很多车企的梦想，但都没能付诸现实。郑志明也是“追梦人”之一，而他很快便实现了这个梦想。在现代大工业中，焊接工艺的机械化和自动化，是制造工业现代化发展的必然趋势，这中间既有机械制造上的科技问题，也有焊接工艺上的匠心手艺。这样的设想，对于任何一个高级技师来说，其难度不亚于攀登珠穆朗玛峰。

顺利投产后，最激动的人还是郑志明，他把这种心情深深地放在心底。因为他知道，他和他的团队是第一次设计如此庞杂的自动化焊接生产线，所有的工程及工程细节都要100%完好。唯有无差错、精密的焊接，才是整个汽车后桥控制性工程的关键所在。

该技术应用后，引来台资企业的大区经理到公司现场观摩学习。大区经理对这样一条10轴同时联动焊接的生产线啧啧称赞，连说了几个“想不到”，想不到祖国大陆工程师、技师们竟然有这样一套研发成果。

大区经理想不到的事情多着呢。10轴同时控制机器人焊接的装备，并不是郑志明一人困在屋子里琢磨出来的，而是他在生产一线做了多年钳工，与同行们反复交流碰撞后制造出来的。这套设备得到业内的权威专家见证和检验后，郑志明依葫芦画瓢，迅速又制造了一套作为教具示教，可谓达到国内领先水平。

“真没想到，你们竟然能自主创造出这样一条自动化焊接生产线，还可以作为教具示教，达到国内领先水平！”大区经理连连叫好。

可以这样说，柳州五菱的零部件制造业的自动化及后来的智能化生产线，就是在众多像郑志明这样的探索者手里艰难而光荣地发展起来的。虽然他们也遭遇过失败，但成功的时候还是远远多于失败的时候。

只有脑转加手动，才能把设想变为现实。聪明绝顶但就是不去做，结果永远等于“0”。一个国家和民族的文明史，得益于手的劳作，是手为人类创造了文明。

简单来说，就是“想好了就去做”，这也是郑志明对手的认识，是他作为一名技术工人对自己的要求。这看起来似乎人人都能做到，却是人人都不容易做到的。郑志明几乎倾尽所能去做。他能成为今天的郑志明，就是把别人想做而没做的事做了，并且做好了。

笔者之所以这么耐心地叙述近乎枯燥的机械制造，其实，是想向工匠精神致敬。笔者对这些产业工人越了解，对他们越是肃然起敬。这些发明创造，在文字里看上去并不出彩，即便认真读了，可能也没读懂其全部的含义，更无法身临其境去体验。但是，对于一个钳工来说，“工”肯定是在前，“艺”在其后。没有“工”的先行抵达，“艺”也必然空怀壮志而落不了地。在机械制造的深海里，每一道工艺，每一个技术壁垒，都会成为一个岛礁，明的、暗的，大的、小的，非亲历者无法知晓个中三昧。

第五章

领衔“三剑客”

“丁零零……”

放在床头的手机骤然响起，郑志明猛然醒来。一看来电号码，是厂里生产保障室主任韦子坚。他赶紧摁下接听键，韦主任在电话里焦急地说，一条生产线出现故障，让他们赶紧赶到现场处理。

此时，正是凌晨 3 点，外面的北风呼呼吹着。“五菱宏光”是眼下中国微型汽车市场最抢手的热门货，外地很多客户开了购车发票，住在柳州的宾馆里，坐等提车。还有几天，虎年的春节就到了。上汽通用五菱整车总装部想利用这几天大干快干，好在春节前下线一批整车。在这节骨眼上，车桥厂却有一条生产线出了故障，停下来了。

郑志明快速将衣服往身上套，先后给阮华生和几个徒弟拨去电话，让他们也迅速到厂里集合。

郑志明知道，妻子对自己把那么多时间和精力花在车间里耿耿于怀。但是现在，她成为汽车产业工人的妻子 5 年了，且自己也进了柳州五菱，是装配线上的一名工人，早已习惯了，正如其他产业工人的妻子一样。

偶尔，他也会有所顾虑。女儿已经 4 岁了，他却很少陪伴她，更别说送她上幼儿园了。就在昨天，他下班回来，想要抱抱女儿，结果小家伙一见他就跑开。他不仅早出晚归，还半夜三更出门，女儿对这个父亲怎么会不陌生呢？每次，他都提醒自己，要多陪伴，多陪伴。

但是，到了工厂，一头扎进了车间，他就把这些家事、私事全部抛之脑后了。

这个时期，“五菱宏光”月产量最高时已达到 18 万辆，但还是供不应求。厂里实行三班倒。生产线上，不到一分钟就有一台车桥下线，若是生产线发生故障，势必影响整条生产线的效率。

生产保障室相当于整个工厂生产设备的“保姆”。韦子坚负责电气，郑志明负责工装，阮华生负责维修，三人年龄相仿，又都在不同的领域独当一面。三支技术力量担负着时刻保障生产线顺畅运行的重任。

不论什么原因造成生产线的停产，对工装“保姆”来说，都像是有一把利剑深深刺入身体。他们工作的职责，他们存在的价值，除了维持流水线的正常运转，保证成品车桥按质按量输送到整车总装部，还要想方设法地提升产能。就如同变戏法一样，有些时候，郑志明也感觉，生产汽车零部件的流水线，就像是一次性往空中抛接多个球的杂耍一样。领导们对杂耍行为并不感兴趣，对理由和借口也不感兴趣。日产量，生产成本，产品质量，每天有多少不合格的产品被退回，这些他们都不太关注。但是，如果流水线停了，他们很快就会收到消息。时间每流失一分钟，就意味着一辆汽车不能完工，而造成的损失将永远无法弥补。这样一来，即便是二三十分钟的生产中断，造成的损失计算起来，也是大得惊人的。因为即使流水线停了，工人的工资和其他费用的支出也不会减少。

以前的钳、车、铣等机加工，全是手工摇设备。焊接，是抱着笨重的焊枪对着工件进行点焊。随着产量配额不断增加，在人手紧缺的情况下要维持正常生产，就成了一个大问题，相比之下，其他问题也就显得无足轻重了。郑志明、韦子坚、阮华生带着各自的团队，组合在一起，便形成了一支强大的技术力量，对车桥厂的生产线进行大规模的提升改进。2005 年以后，车桥厂基本上已实现半自动化、部分全自动化生产。在他们的眼里，汽车已经不再是汽车了，而是一组会奔跑的钢铁。

这些年，郑志明在维修、装配和调试设备，甚至制造设备上表现出过人的天赋，参加各级钳工技能大赛，频频捧回大奖，让大伙儿羡慕的同时，他也成了一名技术过硬的“灭火队员”。不论白天和黑夜，只要生产线出了问题，第一个电话准会打到他这里来。遇到有故障的生产线，他和韦子坚、阮华生都能第一时间分析出原因，准确地对工艺装备进行拆解。他们像三只经验丰富的啄木鸟，三下五除二地将捣蛋虫给揪出来。

同事们常常疑惑，想不通他们到底为什么有如此大的能耐，竟然如此火眼金睛，手到“病”除。

后桥工段焊接生产线

某一年岁末年初，车桥厂开年会，会后厂长余可安设宴感谢大家。他在宴会上说，车桥厂有郑志明、韦子坚和阮华生这“三剑客”，什么技术难题都不怕了。“不怕”的另一层含义，其实是感动。余厂长感动于郑志明他们的执着和创新。

此后，车桥厂“三剑客”的名号便在厂里传开了。

这不，半夜三更设备出了问题，检修工人接到报修通知，是要跑步进场的。检修电话打到“三剑客”中的任何一人那里，就意味着设备出的问题不是小问题，得需要“三剑客”同时出马，组织手下员工抢修，不管白天还是黑夜，都要确保设备 24 小时运转。而设备一旦确定要做大的改造，就得有足够的时间窗口，那么，就得等到劳动节、中秋节、国庆节、春节放长假时才能动手。平时生产都很忙，生产线是绝不允许停下的。所以，“三剑客”的美誉给他们带来无上荣光的同时，也意味着付出和责任。

1961 年出生的余可安，是一位爱才惜才的技术型领导。父母均是柳州五菱退休的技术工人，他属于典型的“工二代”。他从小在工厂大院里长大，耳濡目染的全是机械制造的质量、研发、试制、控成本之类的名词。1979 年，他高中毕业入职那年，柳州微型汽车厂还没改名，还挂着“柳州拖拉机厂”的牌子，镌刻着农耕时代的印痕。后来，余可安参加了广西广播电视大学（今广西开放大学）在柳州微型汽车厂开设的大专班，读了三年机械制造专业。他从出生、长大，到读书、工作，从未离开过工厂，无论是之前的柳州拖拉机厂，还是柳州微型汽车厂，再到后来的柳州五菱。他对工厂、工人的感情颇深。

柳州，一个因为工业而兴旺起来的城市。在工厂大院里长大的孩子，和社会靠得很近。他们或单纯、热情、努力，或散漫、脆弱、自我。像余可安这样 20 世纪 60 年代初出生在工厂大院的“工二代”，显然属于前者。所以，对于像郑志明这样懂技术、有天赋又肯钻研的青年工人，余可安更多的是把他们看成事业的继承者，既爱惜又敬佩，总想保护好他们创新创造的才能和热情。

1997 年，余可安任车桥厂总工程师时，郑志明刚入职不久。

在上千名员工中，郑志明突出的表现，很快便让他牢牢地记住了这名青年工人。他和陈建基厂长一样，求贤若渴，对这个颇有灵气的小青年心生喜欢。有时，人和人之间的缘分并不需要多长时间来相互确认，只需在人群中多看那么一眼，他便认可郑志明是一个不可多得的可塑之才。多年后，这位爱才惜才的领导见证并参与了郑志明一步步的成长。在某些重要场合，他从未掩饰自己对郑志明的欣赏。

2006 年，是柳州五菱高速发展的一年。余可安被公司委以重任，由总工程师升任为车桥厂厂长。这一年，无论是产能、技术还是产品质量，车桥厂都需要花大力气进行提升。

工装工段，于整个车桥厂而言，是一个矛盾点，也是一个成效点，更是一个问题爆发的集中点。余可安升任厂长后，面临产能要提升、产品要提质的双重压力。其实，余可安的压力也是整个车桥厂的压力，一旦车桥厂陷入困境，最惨的可能是这个团队的基层。这个基层，便是工装工段。

余可安是了解郑志明的。他早就发现郑志明有踏实肯干的工作作风，而且善于学习，肯下功夫钻研，这些都是支撑郑志明为车桥厂扛下技改难题的动力。可以说，没有动手能力的技师，只能干些小活儿；而像郑志明这样能处理高难度问题的，显然是不可多得的理想人才。

于是，余可安想让郑志明挑更重的担子，发挥其更大的作用。像当年陈建基厂长一样，余可安大手一挥，将郑志明从工装工段钳工班班长，推到了工装工段长的位置上，提了两级。

郑志明到任后，难题一个又一个地摆在他面前。流水线生产，任何一处有问题，整条线便将自动断线。而每断线一分钟，对车桥厂都会造成严重的打击。

郑志明不但不能让生产断线，还要对整个车桥厂的产能进行大幅度提升。那一年，车桥厂年产车桥由原来的 18 万台增加到 30 万台。这样的速度让余可安心涌快意，同时又担心速度过快会出现质量问题。而最有能力替他分担压力的，就是“三剑客”了。

郑志明像一块干海绵，拼命地吮吸每天接触到的新经验和新技术。在与有经验的工程师、各部门技术专家交流时，他记下他们的金点子和新创意。

在遇到一时想不明白的技术难题时，郑志明回到家后，喜欢站在窗边，向远处眺望。那些布满防护网和脚手架的楼盘，让他感受到这座城市的活力。这是一个以实业见长的城市，其后劲和活力的来源，正是众多像自己一样的产业工人。庞大的底座根系，源源不断地输送着经济能量和永不枯竭的活力，才有了广西工业重镇的光环。他也会抽空带孩子到柳州工业博物馆参观，感受工业的魅力。

柳州工业博物馆原址是郑志明父亲工作过的棉纺厂。馆里收藏了柳州各个工厂古旧、稀有的旧装备。这些老物件曾经深度参与了中国制造的发展、老百姓的日常生活，以及这座城市工匠精神的培育。在它们彻底变成一堆破铜烂铁之前，博物馆将它们归拢在一起，为柳州存下了一段细节鲜活的工业简史。其中，就有柳州最早的木炭车、拖拉机、织布机、缝纫机、微型汽车等。这真像一条中国制造业的长河，流经千百年，那些原本模糊的历史感、沧桑感和命运感，通过老物件准确地体现出来了。郑志明的孩子每次来到这里，这看看，那瞅瞅，不时还提问，若有所思。每当这个时候，郑志明就觉得来这一趟的目的达到了。

眼前是起伏的群厦，比起海浪和群山，这是另一种美。工业时代的建筑雄伟和刚健，充满坚硬和整洁的力量。西江路旁的金鸡岭上，柳宗元的雕像高高耸立，它由 30 米高的巨型花岗岩雕刻而成。在这座城市，除了生产总值，肯定还有其他的东西，比如柳宗元留下的大量诗文；比如宽阔灵动的柳江给柳州带来的灵气；又比如，当你面对一条大河时，你的心胸，你的格局，会不由得开阔起来。这都是这座城市的精神财富。每次行车途经此地，郑志明总是远远地凝视柳宗元雕像，由远及近，又由近及远，于是，便有了一种海阔天空的感觉。

此时的柳州，正值产业园建设之初，工厂、企业向市区外迁移、扩张，来来往往的都是南腔北调的建筑工人。整个城市虽说尘土飞扬，却透着一股蓬勃向上的热情。这座处处都有工业文明痕迹的城市，吸引着各个地方的人们。汽车工业历来是精英集聚的行业，这也让郑志明有机会接触到更多汽车制造领域的高级人才。

郑志明还想到了《射雕英雄传》。郭靖的起点并不高，武功天赋也并不突出，但他在高手如云的江湖中，注重修行，善于学技，与他过招或配合的全是高手，久而久之，自己也成了高手。放眼再看整个车桥厂，整个柳州五菱，郑志明所接触的工人师傅们各有专长，他们不正是他这个“郭靖”身边的一个个高手吗？一个人，如果能在有生之年，同时与这么多身怀绝技的人“过招”，这是何等的荣幸啊。至于自己，能否成为像郭靖那样的武林高手，他就不知道了。

韦子坚，就是这样的高手之一。韦子坚，1974年出生在广西宾阳县一个小山村。1994年，他高中毕业后考上了沈阳建筑工程学院（今沈阳建筑大学），成为村里第一个大学生。选专业时，他挑了自己喜爱的工业电气自动化专业。1998年大学本科毕业后，他来到了柳州，入职柳工机械股份有限公司，干了4年。按说，他从事的是电气自动化研发，这是一个很不错的行业，如果安安稳稳地干下去，早晚有一天会熬成受人尊敬的韦总工。

可韦子坚却不，他干着电气自动化的活儿，却瞅着刚刚进行了“三方合作”的柳州五菱。蒸蒸日上的汽车工业吸引了韦子坚。有一天，他得知柳州五菱招贤纳才，一根根橄榄枝伸向社会各界。他来到了柳州五菱，并应聘成功，成了车桥厂生产保障室的一名技术专家。

韦子坚是“三剑客”中学历最高、年岁最长、处理问题最为稳重的一位。当年在柳工机械股份有限公司时，韦子坚的电控技术就是响当当的了。柳州五菱的晋升机制开放，倾心尽力地培养专家型人才，这让韦子坚如鱼得水。他庆幸自己身边有这么一群实诚、肯干的工人兄弟。不到两年，他得到公司的重点培养，提职当上生产保障室主任，后来成了郑志明和阮华生的领导和好兄弟。

阮华生，1975 年出生在广西博白县一个小山村，属于“半边户”的“工二代”。阮华生父亲在 1970 年入职柳州拖拉机厂当工人，母亲则在博白农村带着他和妹妹务农。阮华生一直跟随母亲在博白读书生活，直到 1993 年 7 月初中毕业后，才来到柳州。当工人的父亲得知厂里招临时工，便将刚满 18 岁的儿子带进了柳州五菱旗下的冲压件厂。几年后，他父亲便退休了。没有了父亲的荫蔽，阮华生有那么一阵子的惶恐。

当年，冲压件厂刚对外开了一间专门维修汽车、货车、专用车的修理厂，优先考虑招收工人家属。于是，阮华生便顺利成了一名汽车维修临时工。

进厂之初，阮华生曾信心满怀。但是，他很快便厌倦了这种工作状态。每天到厂里，他都要钻进比地面低一两米的修车道，钻入车底，黑咕隆咚的，在师傅的指点下愣头愣脑地这敲敲，那锤锤，满身油污。这黑乎乎的车底，也让阮华生两眼一抹黑，看不到未来。工资低不说，没能学到什么技术，每天得过且过。

工厂效益不好，家庭经济更是拮据。有的工友去开车载客赚钱，有的做小本生意，有的推销保险。阮华生在父亲的支持下，买了一辆摩托车，逮住工余时间，也跑出去载起客来。好几次，他都想辞职，专门载客，但父亲坚决不同意。有一阵子，他的日子过得暗无天日，直到遇上了刚进厂的郑志明，他的生活航向才渐渐发生改变。

那一年，由于工厂各岗位需充实人员，阮华生由临时工转为了合同制工人。那一年，他 22 岁，被安排到钳工罗经纬师傅身边跟班。郑志明新入厂实习，最先跟的师傅也是罗经纬。于是，郑志明与阮华生成了同门师兄弟。两人的起点都差不多，但相对于郑志明来说，阮华生起点更低。

郑志明和阮华生在同一个班组。阮华生起初有一种边缘人物的自卑心理，看到郑志明逐渐成为厂里的“红人”，心中隐隐有些不服气：他郑志明能做到，我阮华生为什么不能做到？

撇开有过人的机械天赋不说，郑志明毕竟上过技校，且在进厂前就拿过全市钳工技能大赛第一名。所以，当生产线上遇到一些学习的机会，或者需要解决一些技术难题时，班组长首先考虑到的是像郑志明这样的技校生，其次才会轮到像阮华生这样的初中生。阮华生想做一些技术性强的事，但又没有多少机会，再说也确实不懂多少机加工方面的知识。进厂后临时抱佛脚学的那些钳工、铣工的知识，也只是皮毛，想要凭它们解决眼下机械设备出现的故障，还是很吃力。但他有一身的力气，舍得吃亏，对于一些需要搬搬扛扛的体力活儿，他很是勤快。与郑志明相处久了，他看到郑志明不仅勤学肯钻，而且对他没有一点偏见，视他为同门师兄，行师兄之礼，他对郑志明的好感便油然而生。

当阮华生再次冒出辞职的想法时，郑志明说了一句让他坚定做下去的话：“别人懂的，我们努力做好；别人不懂的，我们也要争取学习。”

阮华生抬起头，望着眼前这个比自己还小两岁的师弟，他竟然唤起了自己沉睡的、神奇的禀赋和斗志。下班后，阮华生再开着摩托车去车站、路边等客时，尾箱竟然带了一些关于汽车构造、微机绘图的书。无客可载时，他便捧起书，兴之所至，既打发时光，又恶补了知识。

阮华生不知不觉地成长着，根本没有意识到因为无聊而阅读的书籍，为自己打下了那么扎实的专业基础。

从普通焊接到机加工、装配，再到设计制造工艺装备，只有真正舍得沉下心去做，才能把机械的各种原理、构造、参数吃透。正是暗自学习的汽车构造、微机绘图等知识，为阮华生铺下了成为工段长、维修经理、高级工程师的路。曾经缥缈的期待，竟然神奇而真实地实现了。

就这样，阮华生与郑志明一头扎进了机械制造工艺这条滔滔的大河中。2007 年，他一步不差地跟随着郑志明的步伐，报读了广西工学院机械制造专业的本科函授班，系统地学习了机械制造的理论知识。

厂里原来的日常生产问题就够麻烦和棘手的了，阮华生一面

柳州五菱鸟瞰图

要时刻盯着模型转换，一面还要到大学里深造。一旦遇上半夜抢修和紧急的研发试制任务，他更是忙得脚不点地。阮华生的家离工厂步行只需六七分钟，而他和郑志明常因要完成紧急的任务泡在车间里，三五天都不着家。

人生命运，由此好转。几年后，当阮华生通过竞聘上岗，如愿成为专用车工装维修部门的经理后，经常与郑志明这位技能大师并肩作战。在一个个生产现场，每每看到自己参与研制的一条条自动化生产线成功投产时，他总是百感交集。

在接到抢修电话十多分钟之后，郑志明、韦子坚、阮华生三人顶着呼呼的北风，同时走进车间，生产线旁的工友看到后松了一口气。谁也不希望产线多停一分钟。多停一分钟，就意味着产量和收入会减少更多。谁都想多干活，多挣工资。

三张年轻的脸并排着出现在设备丛林中，即便是从三更半夜的被窝里出来，工友们也看不到他们有一点儿倦意，反而充满活力，在车间明亮的灯光照耀下，显得十分生动。这也有工人们的心理因素，因为他们一来，生产线很快就会转动起来，倒的这个班，就不会浪费掉。此时此刻，郑志明、韦子坚和阮华生不会知道，他们一身油污的身影、青春朝气的脸庞同时也出现在余可安的脑海中。

飞速发展的汽车制造业让余可安常常从半夜醒来。从国外引进的设备不适用，弃之可惜，用之艰难。还有汽车后桥产生的噪声问题，多年无解。产品供给上汽通用五菱后，老是被投诉有质量问题。有些零部件存在的问题由来已久，甚至是世界性的技术难题啊。是时候组建一个技术团队来专门攻克了，可是人呢？这时，“三剑客”的身影在他脑海里闪腾了一下。

郑志明、韦子坚和阮华生一到车间，分别从机床的工装、电气控制和装配三个方面分头检查，逐一排查造成生产受阻的原因，很快便找到了症结——衬套压装出现了问题。

三人立即做了分工。郑志明察看了这条产线的图纸，阮华生协助他对加工设备做了重新定位，以保证定位状态。产线电机接触不良，韦子坚带领自己的手下加紧排查，通过更改并刷新程序以及全面检查线路，锁紧接触点，终于让设备接通了电源。三十多分钟后，工艺装备故障问题终于得到解决。他们抹了抹通红的眼睛，向夜宵摊走去。每人狼吞虎咽地吃了一大碗螺蛳粉后，赶紧回家补觉，因为说不定接下的半个小时，又有报修电话打来。并非白天不会有紧急任务，或者未完成之事——这是哪一天都不能避免的。这个天刚蒙蒙亮的清晨，像很多个清晨一样，他们满身疲惫地回到家。一旦再有报修电话打过来，他们依然会第一时间向车间奔去。

“振兴五菱”这样的口号，往往是贴在墙上，或者存在于领导的讲话稿之中的。大多数的普通干部、工人和技术员并不会成天把这句口号挂在嘴里，他们每天关心和谈论的，只是工资和物价，再不就是子女上学之类的家长里短，也有一些体育界的八卦。但是，每个工人固有的职业精神，让他们很少有怠工的情绪或偷懒的行为。对于一名产业工人来说，追求更好的技术，制造一流的产品，是一种融于血脉之中的本能，这不需要用口号去标榜。

这只是“三剑客”最平常的一次抢修。在柳州五菱高速发展时期，厂里的各种问题层出不穷，很是棘手。“三剑客”也迎来了最艰巨的任务——时刻盯着车桥模块在提升进程中出现的问题，有时连续 24 小时不停歇。他们仨对车桥的产量和质量的提升也起到了举足轻重的作用。而就他们个体而言，三人朝夕相处，共同进退，相互之间建立了深厚的兄弟感情。几年后，他们因工作需要，又分散到了各分厂、各部门。阮华生还被外派到重庆担任要职。每每想起“三剑客”一起走过的日子，他们都觉得这是职业生涯中最重要的经历。

某一天，装配线上又出了问题。一辆刚下线的“五菱宏光”在进行高速行驶试验时，突然失去动力，停滞不前了。幸亏路试人员是个老司机，立即采取紧急措施，避免了一场事故发生。

“五菱之光”爆红后，继而推出的“五菱宏光”，产销量陡然提升，柳州五菱大量招收新员工。新的生产线，新的产品，再加上新员工，除了强化培训员工的操作技能和工作纪律，班组长对产能提升和质量管理的那根弦仍绷得紧紧的。即便如此，还是有质量事故发生。显然，这是因操作失误而引发的重大质量问题。

车子被拖回厂里。技术员分析事故原因后，发现是半轴出了问题。这条产线的员工误将短半轴当成了长半轴，套进车桥的齿轮上了。同一问题，出现了多次。

要知道，在装备线上，半轴最容易出问题。半轴分左半轴和右半轴，左半轴是长半轴，右半轴是短半轴，长短半轴相差 20 毫米。两根半轴各有 1 米多长，20 毫米的差距，肉眼很难分辨。

在流水线上，工人稍微开小差，就容易将长短半轴混淆了。如果将两根长半轴挂到产线套上齿轮后，会有一点点凸出来，流水线就不会移到下一个工作点，长出的那 20 毫米造成障碍，自动停线。工人可以立即发现，紧急纠正就行。然而，一旦将两根短半轴同时挂上，流水线却无法自动判断，将继续流向下一个工作点。其后果就是，短半轴套上齿轮后的咬合深度不够，自然无法套牢。而负责整车检修的工人，也无法看出缺陷。即便路试，刚开始也是不会发现的，唯有在拉重物和上高速行驶后，问题才会浮出水面，但为时已晚，缺陷车已顺利出厂。

这与员工的疏忽大意有关。但凡是用人工来操控的点位，都有可能出现质量问题，这是毫无疑问的。谁也无法保证一辈子不犯错，除非改用机器操作，统一标准，那样才能保证绝对的准确无误。

这也是企业一再强力推行"精益生产"的原因。唯有生产线实现自动化、智能化，才能解决问题。那么，用什么办法来防止长短半轴出问题呢？要设计一套怎样的系统来防错呢？这个难题一直盘旋在胡分平的心头。作为装配线的工程师，他专攻生产线工艺设计，对设计一套防错系统还是颇有心得的。只是，对这个长短半轴防错系统，他还是一头雾水。即便他能设计出来，谁能主导实施落地?

胡分平，1980 年出生，安徽蚌埠人，2002 年从中国人民解放军汽车管理学院毕业。柳州五菱如火如荼的生产势头，吸引了大中专院校毕业生纷纷加入。从小喜欢汽车制造的他，顺利应聘到柳州五菱，一直在装配车间从事技术设计工作。

相对于郑志明的职高学历，胡分平可是科班出身。专门学过汽车制造的他，一直想设计一套长短半轴防错系统，但苦于自身技术的局限，一直未能如愿，问题便一拖再拖。

这不，当又一起质量事故发生后，上汽通用五菱总装线车间经理紧绷着脸下了最后通牒，没有给厂长任何面子。“抱怨函”又一次发到了车桥厂。

眼下，这个问题已到了非要解决不可的地步。“不能老是被同一条蛇咬啊！”厂领导心力交瘁，又万分无奈地说，“再不彻底解决这个半轴问题，我们的‘精益生产’，将是一句空话。胡分平，你去找郑志明一起研究。”

要造出好的汽车配件，只强化员工的规范操作还不行，还得有科学先进的设备。而此时的郑志明，一心一意钻研他的发明创造。胡分平找了过来，正是在郑志明对自动化痴迷的时候。

经过一段时间的研究，郑志明、韦子坚、阮华生“三剑客”

和胡分平组成了一个小团队对这一难题进行攻克。

胡分平作为工程师，此前已设计有一套方案，但不甚成熟。“三剑客”在其基础上进行分析，反复试验，但均不理想。

某个深夜，郑志明下晚班，开着摩托车回家时，打开车灯，两根光柱直射到路面。突然，一根光柱被一块障碍物挡住了，另一个灯柱直直地向前方射去。一心想着半轴问题的他，突然灵光一闪：倘若这两根光柱改成激光，投射到障碍物时，产生感应，回传给工人，那是不是可以判断挂上去的是长半轴还是短半轴呢？

郑志明顿时豁然开朗，回到家后立即打开电脑画图。这段时间，他正利用工余时间学习使用制图软件，兴致正浓。他从简单的夹具开始设计三维数模。果然，触类旁通了，能想到用激光感应器来识别。当长半轴经过激光点时，因长度相符，激光点刚好投射到轴上，自动感应，用“叮咚”声回传。而短半轴挂上去时，由于相差 20 毫米，激光点投射不到，没能感应发出“叮咚”声，就会提醒工人立即纠正。

第二天上午，郑志明早早地来到车间，将自己的设想说出来，与团队成员分析研究。大家一致认为，这个防错办法简直是太巧妙了。

于是，由郑志明主导，团队成员分工，在原来的生产线上加装了一套激光防错系统，巧妙地解决这一技术难题。经测算，利用这一系统不但可以提升产品加工质量，而且每年可以节约返工返修成本 5 万元左右。激光防错系统采用后，可降低售后服务成本与质量成本。

在这条生产线上工作的工人，从此不用担惊受怕了，在操作中，只要用心细听激光回传感应的“叮咚”声即可。久而久之，工人们觉得这样的“叮咚”声十分悦耳。

这个防错系统技改项目，在国内车企中属于首创，获得了公司的合理化建议奖。

即便车桥厂生产的车桥是公认的优等品，但市场扔给他们的是一句冷冰冰的回答：只需要质优价廉的产品。

质优与价廉，原本是一对难以调和的矛盾，但柳州五菱要想走得更远，飞得更高，就必须把这对矛盾调和好。

“三剑客”常常带领各自的团队，针对如何提升产能、提高产品质量展开讨论，共同敲定设计方案。有的设计方案改了又改，似乎漫无止境。迄今为止，还没有哪个人能单独负责一辆汽车的完整设计与生产，也还没有哪个人能独自扛起一条生产线的设计与调试。但在设计团队中，郑志明无疑比任何人都投入更多，他为汽车工艺装备的标准化、自动化、智能化，倾注了自己的创意、才华和精力。

积少成多，聚沙成塔。“三剑客”通过零敲碎打，设计、改造了大批提升产能和产品质量的工艺装备。大到整台机床，小到一个小型夹具，这些都是困扰了车桥厂多年的技术难题。比如，差速器两端轴承装配调整垫片的精度问题。他们利用测量工具测量出垫片厚度，使装配一次成功，消除了靠工人经验选择垫片的落后工艺带来的各种质量隐患。比如，后桥总成制动器间隙调整工装项目工作，提高了生产效率，消除了由于人工操作带来的质量隐患，降低了工人的劳动强度。

“三剑客”让车桥厂如虎添翼。凭着技改投入和技术攻关，柳州五菱的车桥厂硬生生地把竞争对手四川某车桥厂甩开，结果是其主动退出上汽通用五菱的供货企业队伍。至此，柳州五菱的车桥厂生产的车桥，成为上汽通用五菱的优质产品。

胡分平与“三剑客”的友谊，也成了一种桃园结义般的情谊。两年后，胡分平被外派到重庆，担任卓通汽车工业有限公司总监。只要他回柳州向集团汇报工作，都要约上郑志明等几个工友小聚。

第六章

研制一个“听音师”

转眼之间，柳州市郊区的庄稼又一次变黄，被尽数收割。工厂门外的小道已经遍布落叶。日子一天天过着。转眼，郑志明在柳州五菱工作已有 10 年了。10 年间，无论是郑志明，还是五菱汽车，都发生了很大的改变。

厂里的老工程师、老技师、老工人一拨又一拨地退休了，新的工人一批又一批地考录进来。柳州五菱的发展步入了快车道。每年，自治区总工会与人力资源和社会保障部都会举办一两场大规模的技能赛事，项目涵盖钳工、车工、铣工、电焊工、电气等。赛后安排优胜者集中学习，对于提高工业技术人员的技术水平有极大的帮助。能够拿到等级奖的，肯定都是技术功底扎实且悟性超群的人。这些一线的产业工人们经常集中在一起学习，碰撞出更先进的操作技术和工业制造理念，其影响不仅限于钳工、车工、电焊这些方面，而且外溢到了各个生产环节。成百上千名受过培训的技术工人回到各自的单位后，就能够成为几百上几千颗现代工业的种子，慢慢地生出根须，长成一片茂密的森林。

我国的汽车制造业虽然发展较慢，部分核心技术仍不能掌握在自己的手上，但有诸如郑志明一样的产业工人坚持不懈、努力探索、精益求精，用不断提升的技术水平，解决一个个难题，创造一个个先例，追赶、超越、引领着汽车制造业发展。他们也慢慢成长为制造界的中流砥柱。郑志明在大学，在工段，在班组，在各种培训现场，给莘莘学子和产业工人们说得最多的一句话，就是“我们生逢其时”。

每一次的技能大赛，郑志明都会积极参赛，也经常代表公司出去交流。每次“出征”，从未失手，他几乎拿下了所有能拿下的奖项。除钳工外，车、刨、焊、铣等技能，没有一样是他不精通的，他也因此成了工友们眼中的全能型专家。

渐渐崭露头角的郑志明，得到了柳州五菱的重点培养，由普通钳工升为高级专家。后来，谭林科师傅退休了。即便未退休，在技术指导方面，他也没法再给徒弟支什么着了，再支着，无疑就属于“图样图森破”了。“图样图森破”是正在上中学的外孙女常对他说的网络语。谭林科不懂何意，外孙女夸张地大笑一阵后，说：“阿公啊，这是指想得简单肤浅、毫无意义。”谭林科摆摆手，又点点头，也跟着孩子“哈哈”地笑了起来。笑声止住后，他不得不承认自己老了。时代在变，老一辈工人讲“青出于蓝胜于蓝”，而从“00 后”孩子嘴里说出的却是“图样图森破”。

谭林科办完退休手续，离开工厂那天，将自己专用的一整套钳工工具送给了郑志明。虽然那些工具如今已不适应现代化生产工艺了，但郑志明仍舍不得丢弃，将它们放在工具房的一个大箱子里，时不时打开来擦拭一番。师傅自制的那把合金材质的圆规

郑志明参加各级技能大赛获得的证书

他却一直带在身边，放在书柜的显眼处，圆规的两只脚早已有一层暗亮的包浆。在师傅身边干了 7 年，师傅最爱说的一句话就是“没有规矩，不成方圆”。师傅说这话时，手里总拿着一把圆规。在那个年代，机床零部件所要打的孔，都是靠这把圆规留下痕迹后，打出来的。郑志明深知圆规在师傅心中的位置。师傅与徒弟不能永远朝夕相处，但是，他们能通过同一把圆规，找到作为一名工匠的精神脉络，以及研磨、锉削、调试设备时的精神状态。郑志明一层一层地锉，一圈一圈地磨，环环相扣，从刚开始的生疏到现在的熟稔和灵动。当年，他瞅着师傅是如何用方框法，将孔的位置误差控制在 0.05 毫米以内的。

“打个比方：打好样冲眼，以样冲眼为中心点，由内而外依次画边长分别为 6 毫米、7 毫米、8 毫米和 10 毫米的方框。”郑志明至今还记得师傅第一次教他钻孔时说的话。

他按师傅教的方法实践，孔的外缘慢慢扩大，师傅在一旁提醒：“要注意观察孔和每个方框的相切程度。如果孔与前一个方框没有相切，就需要及时调整方向，让它与后一个方框相切。”师傅紧盯着郑志明手中的圆规，时不时用手指轻轻敲一下。在师傅的教诲下，郑志明的手画出来的线始终保持与方框相切，孔的位置误差能稳稳地控制在 0.05 毫米之内了。

当年，郑志明每次拿起圆规练习时，一脚钉在圆心，一脚转着圈，坚硬的笔尖在钢板上飞舞着，画到的地方，郑志明甚至能够听到重金属在铿锵作响。研磨、锉削、画线、钻孔，日复一日，年复一年。那一条条弧线，那一个个细微的孔，一条条精密的齿纹，不偏不倚，收放自如，不正是演示着永无止境的生命律动吗？

如此看来，一把圆规的背后，力量的均匀与手法的灵动，要结合得不着痕迹。起手落点，都有讲究。这些量化的标准，都是师傅在长期的实践中得出的。每锉一下用多少力气，能锉出多少粉屑也是有要求的。多年之后，郑志明在自己的工作室给徒弟演示这些技艺和手法时，觉得有一种穿越时空的意味。

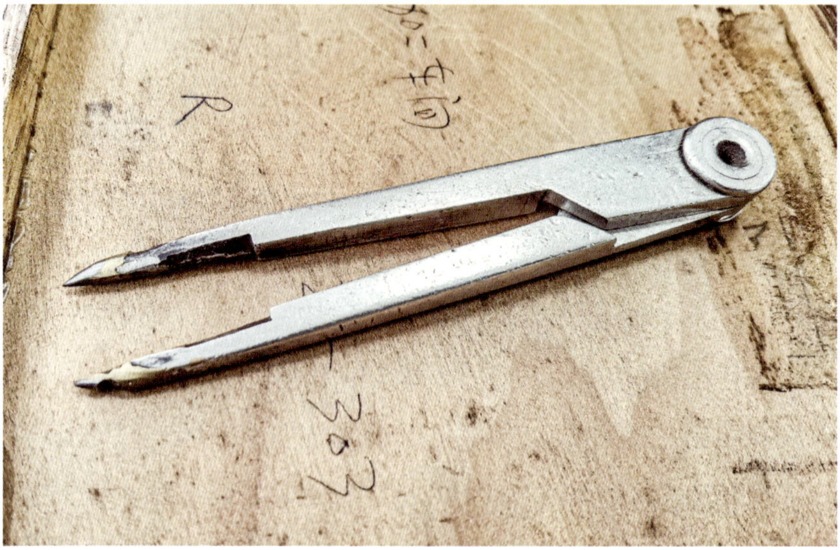

谭林科师傅赠给郑志明的圆规

如今，这把圆规交到了他手上。每当在书柜前查找资料时，书还没取下，他都忍不住先摸一摸圆规。夏天抚摸它，微凉的感觉让人舒爽。冬天抚摸它，这种微凉很快被他宽厚的手掌上的温度变得温暖。抚摸的次数多了，圆规表面有一层暗亮的包浆发出乳白色的亚光来。外人有所不知的是，其实在郑志明的心里，也慢慢地出现了一把“圆规”来——“圆规画圆，不离圆心；钳工这行，不忘初心”。

那一年，郑志明 30 岁，已经是公司里为数不多的有业绩、有成果，集多项发明专利于一身的年轻高级专家了，还是获奖专业户。但总有那么一些人，只看到别人身上的光环和得到的利益，却看不到别人为此付出的努力。有人背地里说，就凭郑志明那些花拳绣腿，也不至于像坐飞机似的一下跃升到高级专家吧。一家拥有数千名员工的大型国有企业，也是一个小社会，有人的地方就有江湖。像“躺平生”这样的人，哪个地方都会有一些，正常。毕竟不是所有的人都与你同频共振的。郑志明见识了太多这种眼高手低的人。

早些年，有的工装技师只是照着图纸要求简单地拼凑一个配件出来交差，导致各工段生产线上出了不少质量问题。郑志明几乎成了一名“灭火队长”，不断地去处理这些问题。

一整套的工艺装备，就好比汽车的“胎盘”。汽车的一个个零部件，在工艺装备上发育、降生。那么，从事工艺装备维修的郑志明，就好比保育员，是名副其实的“保姆”。除此之外，他还喜欢钻研，攻克一些重大的技术难题。厂里一旦有难题，领导也喜欢找他去帮忙解决。

2006 年，车桥厂每天生产的汽车后桥约有 1700 台。产品源源不断地输送到上汽通用五菱整车总装部。每天下线的“五菱宏光”汽车至少也有 1700 辆。

突然有一天，车桥厂接到报告，总装部在路试过程中，发现有不少车辆出现噪声过大的问题。这不，因后桥不合格被退回的汽车一天就达 50 辆之多。

一天就有 50 辆不合格，这个返修率轰动了整个柳州五菱。这怎么行？前些日子也有少量因车桥不合格被退回的车辆，分管生产的文副厂长立即安排了两名专门人员负责检修。本以为事情会很快解决，没想到因后桥不合格被退回的汽车越来越多，且每天退回的数量不断增加，检修人员根本忙不过来。

同样的情况，也发生在整车部的其他部门，而且更为严重。由于工艺不规范，配件的质量难以得到保证，在路试过程中屡屡出现问题，把总装厂的工程师们气得直跺脚。再不尽快改进，要处罚，重重地处罚！

汽车工业是一个体系，要打造出一款质量过硬的“五菱神车”，离不开优质零部件的支撑。而零部件有任何缺陷，都会影响到整车质量，这一点谁都清楚。看到与日俱增的不合格后桥，整车总装部还是按行业规矩，给车桥厂又一次发出了“抱怨函”。

“后桥总成有问题的，必须全部退回去重新拆下检测检修。我们要保证五菱整车品质，你们改也得改，不改也得改，否则，我们只能选择另外的协作厂了。除此之外，还要对所造成的损失进行处罚。”

整车总装部发出的“通牒”，白纸黑字列出条款，态度咄咄逼人。

“抱怨函”意味着生产事故，而这一次似乎更严重。要知道，这些后桥都已经装上车了，如要返修，需要将后桥全部拆下来。一个后桥总成有两三百斤重，需要好几个人合力把汽车顶升后，才能把后桥拆下。这是一件非常耗费人力和时间的麻烦事。后桥经过检测后，没有问题了，再装上去进行路试，若是再出现噪声，还得再拆下来重新检测。这还不算，每天的生产还不能停下，如果继续生产出不合格的后桥总成，那么需要返修的汽车就会越来越多。

再不尽快解决，拆下返修的速度将远远赶不上退货的速度。用不了几天，需返修的车辆就会把整个厂房堆满。

更要紧的是，噪声问题毫无规律可言。后桥总成若不在上总装线前检测，就会形成恶性循环。装装拆拆，再拆拆装装，这一整套流程折腾下来，想想就头皮发麻。由此产生的时间成本和人工成本，让余可安厂长倒吸一口凉气。

“可安，可安，但我的心真的无处安放啊！”余厂长就差捶胸顿足了。

“给用户提供最好的驾驶体验”又何尝不是五菱人追求的终极目标？柳州五菱历经风雨走到今天，就是秉承这样的理念。事实上，后桥的噪声过去或多或少也出现过，但只是偶尔。随着整个产业体系质量的提升，这个缺陷如果不解决，总装整车下线后，除了噪声，还会引发更复杂的问题。

此前，厂里曾请过一些国外专家来现场“会诊”，但都没能找到很好的解决办法。这个难题困扰着余可安厂长，使他夜不能寐。眼看因后桥问题被退回的车辆一天天增加，差不多摆满厂房了，车桥厂领导班子束手无策，决定马上召开会议进行研究。

这是2006年夏季的一天。车桥厂宽大的会议室里，两台大马力空调送出丝丝凉气，却无论如何也驱散不了众人心头的愁云惨雾。

生活中，找一个人容易，找一副敢于扛事的肩很难。但在柳州五菱的车桥厂却不难。这不，攻克降噪问题的通知下发后，各工段、各班组很快列出了一串长长的名单，名单上都是有两把刷子的技师和工程师。余可安特地点名，让郑志明一定要参加这次会议。他寄希望于郑志明身上，期待他能够另辟蹊径，在别人走不通的地方，走出一条道来。

张金荣、郑志明、韦子坚、阮华生、胡分平等20多位技师、工程师齐整地坐在会议室里。会议桌上摆着一张后桥总成图纸，被镇纸压住。

“我们有什么办法控制这个噪声？”余可安厂长少了客套，简明扼要地开场了，他先将目光投到张金荣的席位。

张金荣，1955年出生，已在柳州五菱工作了近30年。在生产拖拉机的年代，他就是一个厉害的车工专业的高级工程师。他和老工人们，都经历过从造拖拉机转型造汽车的激情岁月。他也是这批工人中间年岁最长、经验最丰富的高级技师。一辈子都在搞技术的他，在企业里接触过许多前沿装备，是个老资格了。张金荣也是一个很看重眼缘的人，凡是他相中的人都会真诚相待，凡是他看重的事都会全力以赴去完成。当他看到郑志明也在场，不禁觉得眼前一亮，心也为之一振。此前，他和郑志明在工作上并没有什么交集，只是听说这个年轻技师很了不起，还经常在公司各种表彰会上看见他上台领奖。郑志明勤学习、肯钻研、舍得下功夫，在张金荣等老一辈工人眼里，这些都是优秀技术工人的标准。

见没人回应，余可安厂长着急了，目光环视全场，耐着性子提高嗓门，再问：“这个噪声到底有多大？”

会前，两名负责检修的技术员将车开出去路试了一轮，把时速提高到 80 公里之后，松开油门，在怠速状态下，果然听到“嗡嗡”的噪声。反复几次后，这种声音更明显了。

听到余厂长这么一问，参加路试的工人汇报了路试结果，还现场模拟了“嗡嗡”的噪声。

“噪声到底是从哪里发出的呢？”坐在余可安厂长身边的文副厂长，这些天被返修问题折腾得满脸憔悴，他声音沙哑，似乎在自言自语，又似乎在问参会人员。

张金荣此前已对这个问题进行过一番研究，深感其复杂性。他好一会才把思路调整回来：“产生噪声的原因很复杂。一般来说，我们把机械噪声分为流体噪声、结构噪声和空气噪声三类，而制动器同时具有这三种噪声源。汽车的后桥总成是复杂的振动系统，它由主减速器，也就是主动齿轮、被动齿轮及差速器总成、半轴及桥壳等部件组成，通过主减速器实现降速增扭的作用，可是……”他尽可能用规范的语言向厂领导及其他与会人员解释道。

余可安厂长听了，频频点头，并插上一句：“这一块看看，找出发出噪声的零部件，再检查我们的生产线，看有没有可以优化的地方。产品设计自然是很重要的，但如果生产过程不合理，同样会出现质量问题。”

余可安厂长说完，大家开始讨论。

“首先要确定噪声是从哪里发出来的，其次要杜绝噪声的发生。”

“找出噪声，得先从生产线上找原因。”

余可安将目光转向郑志明，示意他说说自己的意见。

郑志明之前没有认真查看有问题的后桥总成，也没研究过制造该产品的工艺装备，这时他还谈不出什么有价值的观点来，只说了一句：“我们可以组织一个团队来攻克，看能不能彻底解决。”

余可安见状，觉得再这样讨论下去，也不会有什么结果。他决定将各班组推荐上来的技术骨干组成一个技术团队，由张金荣牵头，带着郑志明、阮华生、胡分平等人进行技术攻关。厂里现有的人力、物力，优先为这个技术团队服务。

这个短会把基调定得很准也很实。“如果不能彻底地解决后桥的噪声问题，我们就不可能制造出质量稳定的产品，最终总装部将会选择其他协作厂，这相当于把我们的资源送给了别人。对质量要求苛刻，不是对车桥厂的威胁，而是对车桥厂的鞭策。”这也是会上达成的共识。

散会后，新组建的技术团队立即来到车间，查看疑似有问题的车桥，再到生产线旁逐一排查工作点。然而，一个上午过去，仍没有什么眉目。

汽车后桥总成，是驱动车辆移动的重要部件，它是由减速器、桥壳、制动器等组成的传动装置。然而，噪声这种问题是随机出现的，并不能在生产环节就完全杜绝。只有当整车总装完成后，发动汽车行驶时，才能凭噪声的大小，判断后桥总成的减速器是否有问题。

要知道，汽车后桥壳体主减速器控制系统，是一套非常复杂的制动零部件。在汽车行驶的过程中，发动机、路面、风阻与环境噪声等各种因素会集中在一起，对汽车造成综合影响。

要想有效控制噪声，必须先将所有噪声分清。好比一杯水，里边添加了盐、酱、醋、酒和蜜，猛然尝一口，五味杂陈，让人龇牙咧嘴。要想知道每一种佐料的味道，必须将所有佐料一一从水中提取出来。

如果说提取佐料是困难的，那么从综合噪声中滤出单独噪声，更是难上加难。条分缕析，抽丝剥茧，才有可能。

第一步必须进行噪声“提纯”，才能有的放矢地采取措施进行控制。然而，几天时间又过去了，郑志明和团队仍找不到噪声出自哪里。

接下来整整一个星期，郑志明和团队夜以继日，反复拆装后桥总成，反复测试。日子仿佛缩短了，从清晨到傍晚，一天似乎一眨眼就过去了。心里越是着急，时间就流逝得越快。一连半个月，郑志明都寝食难安，眼睛凹下去了，眼里发出的光像从很深的隧道里发出来的一样，照着车间里的设备丛林。

那段时间，郑志明中午在食堂吃饭时，听到菜盘之间碰撞发出来的声音，就会联想到后桥壳的噪声。夜里好不容易睡着，闭上眼睛脑海里就是后桥壳、零部件和减速器，或者是需要返修的故障车堆成的高山猛然倒塌。他倏然惊醒，大汗淋漓。

天还没完全亮，他就起床往厂里奔去，蹲在一台后桥总成旁琢磨。这一蹲，就是一两个钟头。

工友们陆续来上班了，声音开始嘈杂起来。

“我们是不是可以把一台有问题的后桥拿到摇臂钻上去试验，看噪声来自哪里？”阮华生有一身的力气，搬动着后桥壳体，突然说道。

一语点醒梦中人，经阮华生这样一说，郑志明豁然开朗起来：“是哦，我怎么没想到呢？”

当他们将后桥总成抬起，套到一台摇臂钻上，奇迹出现了：摇臂钻带动着后桥快速旋转，发出了“嗡嗡”声。但仔细辨别声音，仍无法判断出是后桥壳体中的减速器发出的，还是传动设备本身发出的。又一个灵感撞进了郑志明的脑子里：“我们能否另外找一个类似于摇臂钻这样的传动设备来带动呢？”

然而，要找一个没有噪声的传动设备并非易事。有的传动设备没有噪声，但动力太小；而有的传动设备虽无噪声，动力也符合要求，但操作起来又十分不方便。

“唉——”

一声拉风箱般的长长的叹息，让众人刚刚看到的一点曙光，又熄灭了。

郑志明又想到用一个西湖台钻的大功率传动设备来带动，将疑似有问题的后桥套上去试，结果听到了“嗡嗡”的响声，但因为检测环境过于嘈杂，分辨不出“嗡嗡”的响声具体来自哪里。他们只好将传动设备搬到一间闲置的小房子，关起门来测试。这下基本可以判定，噪声问题出在减速器壳体上。为了验证这个结论，他们将后桥壳体切开，取出减速器，将减速器套到传动设备。这时，“嗡嗡”的噪声变得清晰了。

于是，又经过几次反复试验，他们证实了噪声的源头就在减速器上。郑志明提出，还需要设计制造一间静音室来再次验证。科学技术的严谨就在于此。

在攻克降噪声难题的日子里，张金荣和郑志明常常聚在一起讨论。事实上，张金荣并不是郑志明真正意义上由组织安排的师傅，但郑志明处处待张金荣如师傅，执徒弟之礼。张金荣也越来越欣赏这个肯钻研、爱学习的年轻人。朝夕相处的日子久了，他们之间还真有点惺惺相惜的感觉，时常以兄弟相称。其实，以张金荣的岁数，都可以当郑志明的父亲了。

为集思广益，余可安不定期召集大家开碰头会，听取郑志明和团队的汇报。郑志明在会上陈述要建一间静音室的原因：减速器经过流水线装到后桥之前，要先流进静音室检验；在静音室检验无噪声后，再流到后桥装配线；后桥装完后，再流到总装线。如此一来，在减速器下线前将有问题的统统拦截、返修，就能保证组装到后桥上的减速器的质量，若在总装线上没有问题了，整车也基本没有问题了。

“在减速器生产线上，增加一道检测程序，一旦发现有噪声发出，拦截不下线，不出厂。”郑志明最后总结道。

然而，检测出减速器有噪声后，仅仅是拦截下来还不行；找到噪声来自哪个部件，这也还不行。郑志明认为，理想的解决方案，从来不是“头痛医头、脚痛医脚”的，而是要在源头解决问题。这也是他在制造领域里精耕细作形成的精益求精的理念。

“我们还得想办法杜绝减速器产生噪声的现象。”郑志明说。

大家都清楚，噪声的产生毫无规律可言。必须从生产线上往前推，从源头上杜绝。

这个时候，市里特聘的外国汽车专家来到了柳州，被邀请到厂里，与张金荣、郑志明团队一起分析产生噪声的原因。中外工程师用模型反复推演，先寻找产生噪声的原因，再寻求解决办法。专家的母语是非通用语种，为了有效交流，团队找遍柳州才找到一位会这门外语的银行职员当翻译。外国专家讲解时，郑志明在翻译的帮助下连比带猜，或者和两三个工人凑在一起猜，实在听不懂的只好跳过去。外国专家操作时，郑志明踮脚探头，目不转睛。之后，厂里又从北京、上海等地请来几位高级工程师一起会诊。中间种种，曲折颇多。虽然发现噪声问题出在减速器上，但是解决方案还是没能找到。

外国专家和北京、上海的工程师毕竟没有那么多时间与柳州五菱的团队一起慢慢摸索。送走他们后，张金荣、郑志明和团队陷入一阵茫然。郑志明将半听半猜的内容细细琢磨，慢慢厘清了思路。有时候，不是仅仅靠技术和经验就可以解决问题的，还得靠悟性，悟性有时更重要。

郑志明和团队锲而不舍地对整条生产线有可能产生故障的工作点逐一往前排查。而在这个过程中，希望时隐时现，计划对错反复，质疑起起落落。在张金荣、郑志明几位技术专家的带领下，公司上上下下有两三百人为之拼搏。

方案慢慢地浮出水面，最后找到产生噪声的原因有两种，其中一种是齿轮在生产过程中发生磕碰，金属和金属之间容易产生磕碰点。齿轮在工作时，一转一压经过这个磕碰点，就会翘起来，于是就产生了“嗡嗡”的噪声。

“那么磕碰点又从哪里来？”张金荣提出疑问。

郑志明这时联想到在食堂吃饭时，两个不锈钢菜盘碰撞后发出的声音。他说：“可能是从工人加工零件时来。金属碰到金属，力度稍微大一点，就会产生磕碰点。这个磕碰点哪怕肉眼看不到，也会造成缺陷，成为产生噪声的罪魁祸首。”

“那我们就得尽可能减少工人手工接触加工的零件，这就需要研制一条全自动化的生产线。”

金点子往往就藏在日常生活里。很多好想法就是在这样的坦诚交流和相互启发中碰撞出来的，需要用试制去验证。

外国专家提出的解决办法太过于依赖数据，但这应该不是找到问题解决方案的关键。郑志明认为，只有把中国智慧和西方科技有效结合起来，才能破解中国制造的难题。就像把中医的“望闻问切”与西医精良的医疗设备并用，才能成为妙手回春的名医。

很多年后，经历了无数场技能大赛，由参赛选手成长为评委专家的郑志明和我说：“20 岁的那场钳工技能大赛我很满意，不是因为我胜了，而是因为整个比赛过程中，我锉削的节奏始终没乱。在别人看来可能很慢，但我每一刀下去的力道都很准确，就像一步一个脚印在走路，有种生根般的扎实和安稳。这让我觉得有时准和慢才能出好的效果。”

技术攻关工作终于取得了很大突破。经过梳理归纳，眼下要解决的事只有两件：一是设计一间静音室，拦截有问题的减速器，不让其装上后桥总成出厂；二是从源头上杜绝噪声，优化现有的生产线，避免在加工齿轮的过程中产生磕碰点。

“思路很清晰了，按你们既定的思路往下走！”会议上，当郑志明提出了这一方案后，余可安厂长又一次给予充分肯定。

为解决这个噪声问题，余可安厂长组织相关人员开了无数次碰头会。在会上，郑志明的观点已明显超出一个技师的专业范围，不经意间流露出来的观点也非常专业、准确和前卫。作为一个搞技术多年的领导者，余可安是能够听出深浅的。郑志明分析的这些，对张金荣来说也是一种启发。他非常欣赏郑志明提出的技术策略，认为那既与当前的技术水平相结合，又切实可行。

我们先来看郑志明和团队是怎样制造静音室的。

当郑志明提出要自己设计制造一间静音室时，所有人都觉得这简直是天方夜谭。可是郑志明却认准这个方案切实可行，静音室非建不可。

这一天，郑志明在食堂吃饭，和张金荣碰到了一起，讨论的话题还是离不开静音室。

“没有这样的静音室，就无法判定减速器到底有没有噪声。如果要等到后桥装配上去了，路试了，才发现问题，就为时已晚了。”说着说着，郑志明用筷子蘸着茶水，在餐桌上描画起来，边画边说起他最近思考的问题。张金荣也来了兴致，索性也用筷子蘸了茶水，在郑志明画的线条上加了几笔。

两代工程师就这样在餐桌上设计起一间静音室的草图。

放下碗筷，他们立即返回车间，继续探讨如何搭建静音室。这时，他们发现，台钻的器械音很小，也有足够的动力。但是台钻缺少一个跟减速器连接的接口。郑志明赶紧找人设计制造了一个接口，再让台钻跟这个减速器连接起来。团队的另一组人着手设计并组织建造一间静音室。

疑似有噪声的减速器通通找了出来，与台钻接稳后，由模拟车桥带动旋转。在静音室里，“嗡嗡”声清晰传出，经过声波，在计算机屏幕上显示。于是，郑志明和团队把有问题的减速器一一拆解研究，发现减速器壳体的误差对噪声的产生影响很大，所以要对减速器壳体进行精密测量。

再来看看，这个细微的误差是多大呢？它相当于头发丝直径的 1/4。为了找出这细微的误差，张金荣带着郑志明和团队研发测量的工具，设计一套检具，测量出了具体的误差数值。

头发丝般粗细的细小物件，乱麻一样复杂的结构，工人怎么可能一一按照方案与技术要求去精准地完成呢？越是复杂的工序，越是隐藏着风险与时机。难道只有这一种方案吗？

张金荣坚持说：“一定要把那 1/4 头发丝粗细的差距调回来，就要调整这个主动力头。”也许是因为在企业里待久了，张金荣身上看不到太多文气，倒像是个熟练技工的样子。不过，郑志明此前已听说过，张金荣技术过人，而且做事非常严谨。在张金荣面前，其他的事情都好商量，唯独技术方面的事情，那是没有商量余地的。

大家都知道，要调一个头发丝那么小的误差本来就很难，何况这个误差还是头发丝直径的 1/4。如果要调整这个设备后面的三个动力头固定螺栓就更难，因为刀头部位每调动一点距离，螺栓固定的三个点就要调整相应的数值。这个数值，为头发丝直径的 1/35 ～ 1/15。数值如此精确，要经过大量的计算，知道具体需要调整的数据，然后再经过无数次的实验。

后桥壳体测量是一项非常重要的工作，测量精度影响着减速器的音量和耐用程度。当时测量全都依靠手工，测量工具也比较粗糙。而郑志明并不擅长对壳体进行测量，张金荣一边手把手地教他测量要点，一边和他摸索更好的测量方式。郑志明反复地进行测量和调整，每一轮都得耗时 6 个小时以上，通宵达旦成了家常便饭。天快亮时，他才匆匆回家洗漱，再睡个囫囵觉。醒来后，活力和精神又全都回到他脸上了，好像头天晚上被技术难题困扰得愁眉苦脸的是另外一个人。郑志明不仅一点就通，而且在和张金荣师傅的交流碰撞中有了很多新的想法。

“要解决这个问题，就必须把减速器的壳体误差解决掉，要对加工壳体的设备进行调试，恢复它的精度。要恢复精度，就必须对加工的动力头进行空间位置调整。”郑志明的思路逐渐变得开阔，一步紧跟一步。

而要达到这个精度，需要消除 0.002 毫米的误差。当时车间里的很多工友都认为这 0.002 毫米太精细了，它相当于头发丝直径的 1/40，绝不可能调出来。但是郑志明不服输，反复试了无数次，硬生生地用手工把这 0.002 毫米的误差消除。消除了设备误差给减速器壳体带来的误差，也就解决了产生汽车噪声的问题。

“为什么要把加工工艺的设备精度提高到如此精细的程度？”后来，一些跟班的实习生常问这样的问题。

“那是因为汽车零部件加工设备的精度，远比汽车零部件的精度高出很多。唯有加工设备精良了，才能保证加工出来的汽车零部件合格，最终保证整个汽车的品质。”已经出师带徒的郑志明像谭林科师傅当年一样，耐心地向徒弟解释。

这一路走来，技术攻关小组耗时一年多才解决了噪声问题。张金荣、郑志明、阮华生、胡分平在生产车间摸爬滚打，他们恨不得将每天 24 小时掰成 36 小时用。他们时常全身沾满油污，指甲缝里时常有黑黑的油印子。有一天，郑志明看到张金荣从窄小的管子爬出来，浑身污渍斑斑，低垂的头顶上闪着几根稀疏的白发，忽然有一种辛酸的感觉。

是的，好的工程师无不是从千辛万苦中磨砺出来的。就是太苦了，所以一些人情愿通过另外的方式去谋生，而不愿意与机床、钢铁、模具打交道。因为前者不用动用太多脑力，而后者艰难而前途遥远。

对于郑志明现在取得的成绩，“躺平生”也有些免疫了，不再像过去那样满肚子酸水。郑志明有这么多的金点子，这么多的发明创造，给公司创下一个又一个业绩，“躺平生”感觉望尘莫及。慢慢地，“躺平生”也释怀了。他浪费了太多时间，醒悟得太晚了。今天的郑志明所达到的高度，既在情理之中，又在意料之外，他既佩服郑志明那股狠劲，又羡慕郑志明能有这样一个脑瓜子。这脑瓜子怎么就不是自己的，而是他郑志明的呢？

此时，“躺平生”的内心很是复杂，再看郑志明时，眼里生出一种既渴慕又怅然的神色。如果让他重新来过，像郑志明一样去下功夫苦熬，他肯吗？问题不在于肯或不肯，他永远地错过那一站了。他想只做些动动嘴、跑跑腿的轻松活，所以只能是一名普通的工人。

处在汽车工业领域专家梯队最顶端的人，不论过去还是现在，都是脚踏实地且怀着满腔热忱的。为了得到一组准确的数据，郑志明一次次起五更睡半夜。这不，产品要换代，现有的设备要跟着换代，轴承的孔位不对位的话，噪声也会跑出来。而要想让轴承孔位准确无误地对在眼子上，需要反复调试设备。这样的技术难题，厂里自然也交给了郑志明。而调试设备，不能在生产时间进行，只能等到生产线停工或工人放假后。调试一个来回，需要一两个小时，几次调试出来的数值，取其平均值，才能做到相对准确。这需要极大的耐力和精力，还要有一种精益求精的精神，容不得半点马虎。

又是东方渐露鱼肚白的时候，不经意间，张金荣、郑志明、阮华生和胡分平又熬过了一个通宵，总算把数值调出来了。有了这个参照数值，再去对齿铧做些修改，生产出来的减速器误差问题就不大了。

经过郑志明和团队上千次的模拟试验，2007 年 8 月的一天，一台减速器噪声检测简易设备终于在大家共同的努力下诞生了。有了这台设备，后桥不必等到装配上整车和路试后才发现问题。减速器在生产线上，通过流水线，进入静音室，自动检测，一旦发现问题，就将有问题的减速器拦截下来，让其不再往前进入装配线。及时把问题消除在萌芽阶段，可以节省大量的成本与时间。

往后的生产，每天被退回的车桥渐渐减少，直至数量为 0。

在台湾出生的美籍华人胡兆仑博士到厂里参观时，看到这样的噪声检测设备后赞叹不已。他告诉张金荣和郑志明，北美洲的一些先进企业都没能设计制造出这样的噪声检测设备，而是专门设置了一个叫作“听音师”的岗位，用人工去听声音，再分析，判断后桥总成是否合格。然而，人工听音，毕竟各人的感受力还是有区别的，不能杜绝噪声。他万万没想到，在一个地级市的工厂，居然有郑志明这样的工人，其志趣、能力、胸襟和视野，都非同一般，这在机械制造领域也是一段传奇了。所以，胡兆仑博士看到这样一个先进的静音室，甚为佩服。机械检测的结果，必定会比人工检测更为精准。他对柳州五菱工程师和技师的佩服，也逐步升级到了五体投地的地步。

“来，来，我敬大家一杯！你们都是柳州五菱的功臣！”余可安厂长破例在五菱宾馆为参与降噪及研制静音室的工程师、技师们设宴。他心存感激。

这个晚上，酒气氤氲，笑声盈盈。郑志明和工友们真的开心，为自己能发明创造出这样的设备，解决了一大技术瓶颈，也为柳州五菱产品质量的提升。喝一口，再喝一口，那种舒畅真是沁人心脾呀。多少年后，郑志明都还记得。

静音室

到了这一步，郑志明及其所在团队的任务总算完成了。

静音室在后桥生产中发挥了巨大作用。每次走过静音室旁，郑志明都会想到，自己设计制造的设备，比北美洲一些国家的还要优越。只要肯深入钻研，问题总会得到解决，这点他深信不疑。

汽车制造业日新月异，新的产品设计层出不穷。在大变革中，郑志明是参与者，更是推动者。如今，虽然用于检测减速器噪声的设备早已更新换代，但是郑志明他们当初想出的设计原理，一直被沿用至今。

“别看郑志明这个仔在车间和生产线旁意气风发、斗志昂扬，可一回到家就成了一个睡不醒、拖不起的人，好像永远缺觉似的。”某一天，郑志明的母亲练伟萍在菜市场遇见儿子的领导余可安时，嗔怪地说。这些年，家里人早已习惯了郑志明的工作生活方式，也就不怪他了。郑志明这个满嘴不离汽车装备、有趣而又聪明的人，有了家人的理解和支持，在机械制造领域大踏步前行。

第七章

甩掉“卡脖子”的大手

对工业史有一定了解的人都知道，早在20世纪70年代，我国就进行过一次大规模的技术引进，即从美国、德国、法国、日本、荷兰、瑞士、意大利等西方国家大规模引进成套的技术设备，史称“四三方案”。

地处中国南方的柳州工业蓬勃发展，得益于企业早一代的当家人在艰苦创业的过程中领悟到“买进一个现代化设备，不等于拥有现代技术”。他们早就意识到一手抓引进的同时，另一手必须抓自主创新。唯有用自己设计、自己制造的设备，自主性才更强。

早些年，柳州五菱各零部件分厂的生产车间有不少设备依赖进口。车桥厂有一套生产线，是花重金从日本引进的。有一天，生产线的程序编码错乱了，不能准确地识别机床上的零部件，不能按设置要求进行加工，也不能再将零部件自动传输到下一个工作点。零部件累积在机床上发出“叮咚”的碰撞声，导致所加工的零部件出现瑕疵，整条生产线都瘫痪了。

要知道，那时正是“五菱宏光”汽车产销两旺的时候，任何一条生产线因故障停产一分钟，损失都高达数万元。其他国产设备的“小病小痛”，厂里多年来培养出的高级技师和工程师完全可以拿下，但这台洋设备却时常让经验丰富的老师傅们感到手足无措。

怎么办？没有办法，自己不会修，只能求助于原产地日本的工程师。以前也发生过类似的问题，都是请日本供货商派人到柳州维修。日本工程师的“出场费”高得惊人，更换零部件的费用还要另算，再加上专家费。一个团队至少也有五六个人，他们的交通费和食宿费，全由柳州五菱支付。这笔费用至少可以抵 30 名普通员工半年的工资。

而且，日本工程师到厂里维修时，不肯让中方人员靠近。五菱的技术员端茶递水、殷勤伺候，但人家却摆出一副高傲的面孔。这种局面，让五菱人深受刺激。自己技术不过硬，尽管花了大钱，仍旧受制于人。但这些都不算什么，停产所造成的损失，才是更让人胆战心惊的。

设备修好后，若是再出现问题，还得再请日本工程师过来处理。前些年，每年都需要维修一次。设备使用的年限越长，出现故障的频率就越高。公司从上到下都有一种处处受人钳制的感觉。

“咱们生产的是五菱，是国民低端车，利润本身就很薄，一个生产线的维护费，每年要花三四十万元，这怎么行？太浪费了！”厂领导无比心痛，白花花的钱就这样流掉了。

刚刚完成“三方合作”的柳州五菱，强力推行“精益生产”，想方设法抠细节、降成本，哪能承受得起如此巨大的开销呢？但若是手里积压的订单不能按时供货，不仅要向客户支付违约金，而且也严重影响企业的声誉。

设备修好了，验收交付使用后，送走日本工程师，五菱人只能在心里默默地祈祷，祈祷老天爷保佑这台设备千万不要再出故障了，可经不起再次折腾了。

结果往往事与愿违，把公司领导折腾得够呛。于是，有领导提出，求人不如求己，我们能不能自己维修，甚至将进口设备改装成我们想要的样子？

显然，这是一块最难啃的骨头，更是国外紧握的“卡脖子”技术。如果问题得不到有效解决，还是会造成大量资金浪费。

当时没有人敢于挑战这个几乎无法攻克的技术难题，但郑志明却悄悄地做了一些准备，等待时机，向洋设备发起挑战。

真是应验了那句老话：“越怕什么，越来什么。”这不，又一台洋设备停工了。这是一台从美国进口的格里森锥齿轮研齿机，在使用过程中出现了问题，导致主轴精度降低，生产出来的产品质量不达标。

公司所有人都着急起来，得尽快找人修复。越洋传真发了过去，两天后，对方才回复，称最近无法派出人手来，末了，对方还笑了笑。那笑，是居高临下的笑。你在这边着急有什么用？对方还是按自己的档期来安排。

起初，柳州五菱领导亲自致电对方领导，好话说尽，希望他们尽快派人过来维修，毕竟引进设备时有合同约定。可对方的理由也很充分，技术人员不是身体欠佳，就是手头任务放不下，人手安排不过来。

这让柳州五菱的领导们长吁短叹，心头更如压了几重山。

当初采购合同上白纸黑字写得清清楚楚的，设备出现故障，他们负责维修，现在他们又不是说不来修，只是说缓一缓。合同上没有哪一条写着设备半夜坏了半夜修的呀。更何况，这个行程不算近，还得订购国际机票呢。

柳州五菱的工程师们又一次真切地感受到商界的残酷和无情。

不能自己进行改造吗？

无奈之下，柳州五菱做出了决定：“我们自己干，对这条生产线进行改造！”

“对，我们要把这条生产线改成自己能维修的生产线！”

群情振奋。

“是要自己做了，我们不做，花钱买别人的，还受气。柳州五菱有的是高级工程师和技师，我们又不是豆腐做的，更不是宣纸糊的！”公司领导说话了。

然而，改造生产线谈何容易啊？

没有师傅，没有图纸，甚至连零散的技术资料都没有。

于是，郑志明和几个志同道合的工友一拍即合，又组起了一个小团队，向格里森锥齿轮研齿机发起挑战。队员们无所畏惧、一往无前。

刚开始时，大家雄心壮志，热情都很高，但真到了将生产线拆解研究的时候，全都感觉压力非常大。毕竟，这是没有任何经验可以参考的一次维修，引进设备时，甚至连使用说明书都没有。

这无疑是一块最难啃的硬骨头，国外紧握着“卡脖子”的技术。没办法，硬着头皮也要将这条半自动化的生产线“改姓”和“改性”：改成中国制造，改变性能，使其更柔性化，更适合生产五菱汽车需要的不同零部件。要知道，这条生产线空间调整难度大，工艺装备重，任何变动都会牵扯到很多环节。比如车身多一个洞少一个洞，都涉及模具、夹具、定位点和外形固定的变化，更别提还要增加机器人等设备了，工作量巨大。

这台洋设备最终还是被郑志明这一群年轻人给“解剖”了，说拆零散就拆零散。机箱上贴着的小纸片，字迹早已模糊，漫漶一片，根本辨不清楚上面的内容。郑志明他们凭着日常的经验，对零部件进行归类，边拆边学习，看看外国设备到底是什么样的结构和原理。

设备内里还真是一个奇妙而陌生的世界。一个个零部件，一块块电路板，像一扇扇新世界的大门，令郑志明和同事们眼花脑涨，感到门里的世界深不见底。

怎么办？只能用心，再用心。直到所有人都把全部心思和精力用在一起，用到一个地方，才可能实现“劲往一处使”。

然而，说与做又是两回事。

此时的郑志明，刚被公司特聘为首席专家。他的压力最大，因为这个“榜”是他自己揭的。之前他的确主导研制了几条自动化生产线，也参与维修了一些重人设备。但这一次显然不同以往，这毕竟是一台洋设备，和国产设备的区别还是很大的。

那些日子，郑志明吃住都在厂里。日子好像缩短了，从清晨到傍晚，似乎一眨眼就过去了。他对这条生产线的了解也在不断加深。每一个零部件，每一块电路板，都仿佛变成了人体器官。每个零部件叫什么名字，长在哪个部位，有什么功用，郑志明在笔记本上记得清清楚楚。整整一个星期，郑志明团队对整条生产线反复拆装，反复调试，终于攻下了这台设备，使其能正常生产。

郑志明对自己越发自信起来。莫非真如工友们所说，自己的双手具有了点石成金的魔力？是啊，几个冰冷的零部件组装在一起，就变成了有很大动力的“神物”，按照程序员给予的命令，规规矩矩地完成自己的任务。

“连老外的设备都能修好，郑志明你也太厉害了吧。”厂里的人们见到他时都会夸上几句。久而久之，郑志明在整个汽车工艺装备界的名气越来越大。第一次主导维修洋设备就能这么顺利，郑志明自己也觉得头顶上的天空一片蔚蓝。

公司旗下的齿轮工厂，还有大量从美国进口的格里森高端设备，在使用过程中由于各种问题导致主轴精度降低而无法使用，也需要维修。

有了前面那条生产线的维修经历后，郑志明又一次主动接下了这个维修任务。但不同设备之间的差异不是一般的大，即使郑志明修过上百台设备，面对一台新的设备时仍是无从下手。他查找相关资料，记下一摞厚厚的笔记。这些又何止是笔记，更是他对洋设备产生的无数疑问。在精心整理和探究的过程中，他确信这些所谓的国外先进技术和设备，仍有某方面的漏洞与瑕疵。经过多年的使用，它们越来越“水土不服”了。

挑战权威，需要的绝不仅仅是勇气。在那些日子里，有一个人是最能理解郑志明的，那就是他的妻子。她看着整天埋头在电脑前制作各种工件图的丈夫常常莫名其妙地表现出激动和快乐。面对三维建模图，他更像一个钢琴演奏家，双手在键盘上激情地弹奏，仿佛在创作一首激越的曲子。那姿势，那乐感，那灵动，与他热衷的研磨、锉削是不一样的。

经过反复模拟验证，郑志明终于拟定了维修方案。

恰好这时，市里聘请的德国专家来到柳州五菱。有领导提出，郑志明手上正在研究的切齿机及研齿机，可以让专家指点指点。

就这样，郑志明被叫到德国专家跟前。他利用电脑向德国专家展示了三维数值仿真模拟工件。

“太精彩了，这简直就是一件先进的工业艺术品。”当郑志明介绍完毕，德国专家拍了拍手，感慨地说道。他这话虽然有几分恭维的意思，但也并非全无诚意。以德国专家的眼光，可以看出郑志明不仅是在维修这个切齿机及研齿机，更在原有基础上进行了提升和改进。仅从这个三维建模图便能看出郑志明在这上面花费了不少的心血，很多地方的设计都有独到之处，对比此前使用的国外先进设备，的确有了非常明显的优化。

有的计算过程需要通过分析人员自己编程去解决，郑志明把分析模型进行了高度简化，把三维简化成了二维，又加进了若干约束条件。

听郑志明从头到尾介绍了一遍新设备，在场的工人师傅们恍然大悟。原来这条生产线是这么一回事，以他们的智慧，依葫芦画瓢，完全可以制造出一整套符合生产需要的设备，用于解决齿轮设计中存在的那些问题。

但事情并不像想象中那样简单。

研制一条精度要求甚高的主轴，必须将每一只螺丝帽拧得松紧适度，这小小的螺丝帽的松紧度，是需要郑志明靠熟练的技术与手感来把握的。如果有一天，双手能迅速在锉削、研磨、刮削的过程找到一种感觉，如有神助，那就是老师傅们常说的手感了。它能产生爆表一样的力量，成为一个对你服服帖帖的伙计。研制过程中，既要遵守技术标准书上的要求，也要有作为一名技术工人对零部件的心理判断——误差得控制在 0.002 毫米以内。

柳州五菱旗下齿轮厂生产的齿轮

没有明察秋毫的火眼金睛，难以做到。郑志明做到了，这是他对机械技术，对柳州五菱，对汽车制造等多种情感凝聚在一起的技术结晶。

在汽车制造行业，一些设备往往“造不如买、买不如租”。其实，“造不如买”这句话，最早出现的时候是有其特定语境的。一个企业也好，一个国家也罢，在某一个特定历史时期不可能自己去制造所有的设备。有所为、有所不为，这才是正确的决策思路。在一时没有技术力量来制造，或者来不及制造的情况下，通过购买一些设备来提高自己的装备水平，本无可厚非。而如今的情形是“买不如造”。这句话倒过来说简单，但实际操作起来，其难度可想而知。而郑志明之所以有底气说“买不如造”，是因为他看到公司从外面引进的生产线价格昂贵不说，买到的还只是机械，没有技术，如果发生故障，请国外生产商来维修，费用也是贵得出奇。

读者还记得郑志明进厂之初接到的任务——在一个星期内试制出一批“都市清风”系列微型汽车的制动支架吗？那是郑志明和谭林科师傅等人试制的第一套整车焊接夹具，转眼已经过去了10年，但这套设备还没有过时，仍在源源不断地制造出合格的产品。这些年来，作为上汽通用五菱汽车核心零部件的供货厂家，车桥厂以技术、质量、设备和人才优势，开始为国内多家汽车厂配套生产各种型号的汽车后桥总成和相关的零部件，以每天1000台的产量雄踞全国同行之首。

工业圈子里的这些事情，外人看不透，圈内人其实是非常清楚的。郑志明在汽车工装界摸爬滚打那么多年，哪能不知道这样一条生产线存在什么样的问题，又怎会不明白要制造出真正有竞争力的工艺装备需要什么样的投资和什么样的配套体系呢？

每每看到自己主导发明创造的自动化生产线上，一张张冰冷的钢板，经过冲压、焊接、喷涂、总装等千百道工序后成为一个个零部件，像流水一样，自上而下，不疾不徐，发出一阵阵有节奏的机械声，郑志明的脸上就绽开了花一般的灿烂笑容，他的脑海里一直回荡着一句话：苦干加实干，走别人没走过的路。

然而，实干真的苦！

ABB

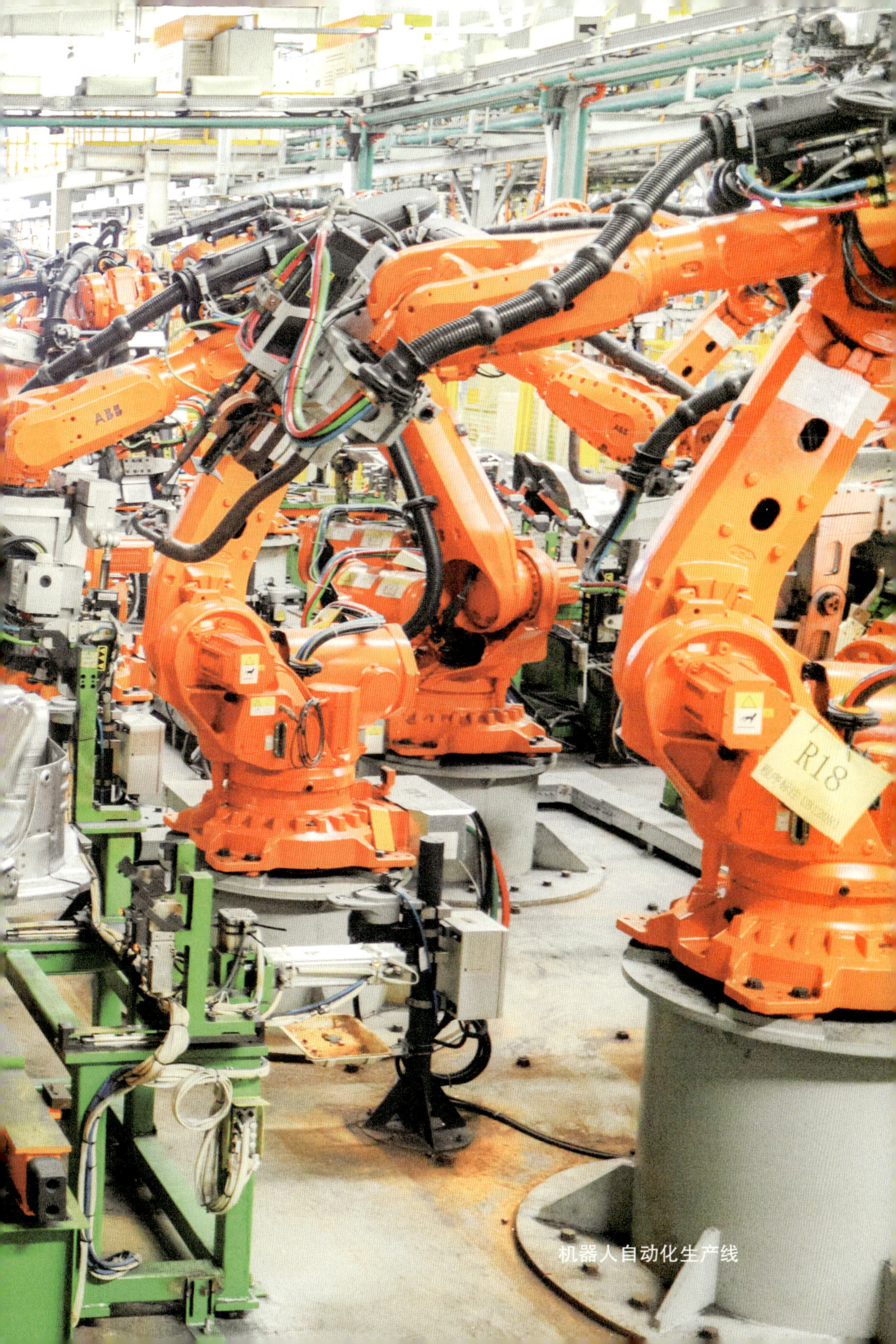

机器人自动化生产线

每当他觉得苦，脑子一片空白时，他就骑上自行车骑个三四十公里，大汗淋漓，一身疲惫回到家，洗过澡后，爽快弥漫全身。第二天，他又可以全身心投入工作了。

问题在现场，答案也在现场，学习更是在现场。

那些日子，郑志明和团队对一批类似格里森高端切齿机和研齿机这样的洋设备反复拆装，日夜奋战，终于完成主轴修复工作。主轴修复后，精度达到 0.0015 毫米，已满足设备使用需求。

改装后的洋设备超乎人们的想象，一个个精良的齿轮，从容不迫地从生产线上滑下来，像一张张顺流而下的竹筏。

齿轮的加工也是靠机床来实现的，没有高精度的机床，自然不会有高精度的齿轮。在机械领域，齿轮传动是最常见也是最重要的传动方式。

对于齿轮的安装，良好的工艺、有经验的技工，都是必不可少的。而且还有一点，机床床身的精度直接影响着齿轮和主轴之间的啮合。

有一天，美国一位工程师打来越洋电话，问格里森高端切齿机和研齿机的工作状况。他十分不解，为什么三年过去了，柳州五菱还没有请他们维修。莫非他们的设备在中国，发生了质量上的飞跃?

柳州五菱的工程师把现在的情况如实相告，美国工程师不相信，怀疑柳州五菱在请别人维修。于是警告说，柳州五菱使用他们提供的格里森高端切齿机和研齿机，就必须由他们维修，如果

改装后的格里森高端切齿机和研齿机

请别人维修，就是违反合约。

郑志明回敬道，设备卖给了我们，产权就属于我们的，我们自己要怎么修怎么改，绝对合法！

这个回复务实又直接，也体现了郑志明的作风。从一个名不见经传的钳工一路成长为行业里屈指可数的技能型、技术型专家，还可以维修进口的设备，这是他当小钳工时想都不敢想的事情。

而在这个过程中，他也享受到了国务院政府特殊专家津贴的待遇。有人可能会琢磨，一个人为获得成功与财富所付出的代价与收入是否成正比？郑志明以近乎疯狂的状态每天工作近 10 个小时，有时甚至更长，而且时常会一周工作 7 天，有时在半夜也会奔赴车间解决高难度的技术问题。比如，在维修洋设备的大多数日子里，很多人都在睡梦中时，他已经骑着摩托车驶过柳州清冷的街头，奔向他热爱的工厂。

他发现，借鉴他人的经验，又不完全依赖他人，能让自己在工艺装备设计上挺直脊梁。而这并非他一开始想要做的事，但这个世界明确告诉他：要实现技术自由、生产自由、工艺装备自由，就必须自己去钻研，去勇攀高峰，别无选择。

2008 年 10 月，全球金融危机猝然而至。有人断言，中国汽车行业将受到严重冲击，一时间风声鹤唳。全国各汽车企业闻风而动，纷纷收缩产能，保存实力，抵御“寒冬”。

而此时，正是柳州五菱大张旗鼓地推进集团化战略的关键时期。有人猜测，抗风险能力有限的柳州五菱，会不会在金融危机中受到致命的一击，从此一蹶不振？

然而，一阵金融海啸过后，人们发现柳州五菱似乎没有受到多少影响。柳州五菱走的是亲民、低端的品牌路线，价廉、耐用，永远是它的口碑，并以此赢得市场。这个时期的郑志明，与柳州五菱一起摸爬滚打，成了道行深厚的汽车人。

第八章

走上专家路线

在众人的眼里，郑志明年轻、努力、勤奋，而且还有一双敏锐的眼睛，能够看出很多技术难题的症结所在；两只如有神助般灵巧的手，能将精度误差控制在 0.002 毫米以内。这种人仅仅在车桥厂当一个工段长，真是大材小用了。

平日里，一些老工程师对郑志明的赞赏是发自内心的。他们认为，这么好的一棵苗子，再好好磨炼几年，必定能够挑起汽车制造业的技术大梁。这些年，郑志明在产能改进、技术革新、旧设备改造、自动化建设方面做出了卓越的贡献。他擅长通过修改和制造设备，减少购置设备的开支，为公司节省成本。除此之外，他的每一个课题研究，都能够转化为生产力，形成专利技术。有老工程师从公司发展和培养人才的角度出发，不断向公司领导推荐郑志明这么一个人才，让他们把郑志明调到重要的岗位。

按公司的职务晋升通道，郑志明已经在工段长岗位上干了几年，以他的工作态度和业绩，从工段长升到部门经理，再升到高层管理岗位，都是水到渠成，迟早的事。这样的职级晋升路径，也是郑桂福夫妇所期望的。毕竟在这样一个普通工人家庭，能凭自己的努力成为一个国企高级管理干部，也算是光宗耀祖了。

再加上张金荣等老工程师发自内心的鼓励和推荐，也感染了郑志明。有那么一段时间，一种飘飘忽忽的感觉在郑志明心中涌动，让他对升职产生了一种志在必得的心理。这种感觉一直持续到某一天。这一天，他不但没有像人们认为的那样得到提拔重用，而且他原来的工段长职务也被免掉了。这兜头的一瓢冷水，将他浇了个透心凉。

到底是哪儿出了问题？这得从公司的改革说起。

在西方发达国家的企业中，有一个重要的职位，叫作首席知识官，英文全称是 Chief Knowledge Officer，简称 CKO。这个职位不是厂长，不是总工程师，也不是总会计师，职责就是把整个企业的知识串联起来，让每个人的知识变成全企业的知识，再让全企业的知识变成每个人的知识。知识通过互相交换，就能够产生出加倍的效应。

2010 年，柳州五菱产销蒸蒸日上，各种新产品的研发和新技术的应用热火朝天，新的生产线不断增加。一批设备更新换代，一批装备逐渐实现自动化、智能化，这时急需一个技术团队来保障工艺装备正常运行，还要根据产品类型和生产需要设计制造适用的工艺装备。于是，公司领导根据形势发展，尝试组建一个新部门——生产制造设备运行部。这个部门有技术人员 200 多人，由戴诗亮任总监，下面再设置 8 个部门经理，部门经理的职级相当于车间主任。传统业务有管理设备和维修设备，而改造设备、制造设备属于创新业务。

戴诗亮也曾在生产一线摸爬滚打。1993 年，他从湖南工程学院毕业后入职柳州五菱，历经多个岗位锻炼。作为生产制造设备运行部第一任总监，戴诗亮此时的压力胜过泰山压顶。五菱汽车的产销量月月刷新，市场持续火热。成立这样一个部门的初衷，就是要保障整个柳州五菱的工艺装备能跟上市场的节拍。

此前，戴诗亮与郑志明虽然认识，但两人分别在不同的分厂，工作交集并不多，交往也不深。但他是知道郑志明的。有一次，柳州市总工会在江滨公园举办了一场产业工人成长故事分享活动。郑志明业绩突出，刚荣获机械行业全国技术能手、柳州市十大产业工人技术创新能手等称号，荣誉加身，在同行中可谓佼佼者。他被公司推荐，作为优秀产业工人代表参加活动，并在现场分享了自己主导发明制造的一系列自动化装备及应用的故事。

那时，郑志明刚刚主导、与团队合作研发了一条自动化生产线，将线旁装配改为线上装配，使每班节约 1 人，每年节约人工成本 9 万元。他还主导设计制作了一套自动调整机构代替原来的手工操作，改进后提高了 47% 的生产效率，每年节约人工成本 12 万元。他主导研制了一台放油螺母专用自动焊接设备，节约了设备采购成本 8 万多元。他还参与设计制作后桥左右半轴长短防错系统及后桥壳防焊穿系统……

台上的郑志明神采飞扬，所列举的都是实打实的业绩。坐在观众席位上的戴诗亮没想到，末了，郑志明竟然还谈了企业的发

郑志明在讲座上发言

展前景。他亮出的观点、用的措辞让戴诗亮耳目一新，真是“身在兵位，心为将谋”啊！

戴诗亮当时兼任五菱联发车身附件厂工会主席。从他这样一个懂技术的领导的角度来看，站在那里的郑志明，就像一棵松，吃饱了露水阳光，那精力是何等的充沛；一双眼睛像被泉水浸过，黑白分明，亮得耀人。当时，戴诗亮就认为郑志明不简单，是汽车制造界一颗冉冉升起的新星。在同龄人中，很少有人具有郑志明这样的专业知识。他在工艺装备领域深耕不辍，眼下所取得的成果，无不昭示着他未来远大的前程。

郑志明脱口而出的机械术语，都是戴诗亮熟悉的。在他看来，郑志明这小子之所以熟练使用这些术语，除了因为有过人的天赋，还因为郑志明付出了常人想象不到的辛劳和努力。戴诗亮对郑志明这样一位工艺装备精英，打心眼里赞赏。当郑志明在掌声中走下舞台时，戴诗亮主动走了过去，紧紧地握住郑志明的手。从戴诗亮握手的力道上，郑志明能感受到这位与自己相差六七岁的领导对自己的肯定和赞许。此后，他们再见面时，便多了几分友好，相处久了，便成了好朋友。

这不，在这次公司机构改革中，车桥厂原来的工装工段并入了生产制造设备运行部，技术力量得以整合。更令戴诗亮高兴的是，他担任生产制造设备运行部第一任总监，要把工作搞好，有郑志明这样一员大将加入助力，他有压力的同时也有了信心。

然而，郑志明却是多多少少有些郁闷。新成立的生产制造设备运行部设置了那么多个经理岗位，怎么就不考虑给我安排一个呢？此前说欣赏我的技能、技术，莫非全是虚情假意？这算怎么回事嘛！

当任职安排以文件的形式正式下发，所有的经理逐步到岗后，郑志明彻底地失望了。他捞不到经理职级，连原来的工段长也要被免掉了。在汽车工艺装备界，放眼望去，在郑志明这个年龄，有很多技不如他的人像流星一样迅速擢升到一些重要岗位，甚至被外派到重庆、青岛、桂林等地担任要职，他却还在原地踏步。郑志明觉得自己心绪有点乱，尽管此时的他坐在车间的条凳上，原地不动，他却觉得自己在转圈子。这几年每次遇到重大的事情时，他明明站在原地或者坐着不动，却总感觉到另一个自己正在转圈子。

大江东去，英雄无奈。“唉，我只是一只狗熊而已。”他苦笑着自嘲，突然觉得此前所付出的种种努力，变得毫无意义。他所热爱的、熟悉的工厂瞬间变得陌生了。

郑志明觉得委屈极了，事情太突然、太没有理由了。他一个劲地回忆与戴诗亮的交集，是不是他在什么地方得罪过戴诗亮？难道他的工作有失误，或者表现不够好，戴诗亮对他有成见？

好像也不至于吧！不应该啊，凭什么那么多个经理的岗位，就没有一个适合我呢？论成果，论业绩，论技术，论人品，我哪一项比他们差呀？越想越不是滋味，越想越不甘心。他要亲自问问这个戴总监究竟是什么意思。

心意难平。伤心之余，就想到立即给戴诗亮打个电话。戴诗亮此时已经下班，正系着围裙在厨房给家人做晚饭呢。一看到是郑志明的电话，赶紧将火熄灭。

“戴总……”电话刚一接通，郑志明便有些哽咽，“这么好的一个机会，你不给我，选了别人，是不是我有哪些地方做得不够好……”不等戴诗亮开口，郑志明竹筒倒豆子般的，直愣愣地说了厂里选人用人不公的事情。

“小郑，你听我说，你对机械工艺很有天赋，应该往技能技术方面去发展……这也更适合你目前的状况。个个都走管理岗，不符合我们国家的职业发展导向。从制造大国到制造强国，需要更多像你一样优秀的操作类、技能类的人才，”戴诗亮历来性格温和，爱才惜才，并没有被郑志明怒气冲冲的言语所激怒，“你对公司做出的突出贡献，大家都看在眼里，这样的安排，也是为了让你更好地发展。”

此时，戴诗亮更像一位长者，措辞准确，又不乏爱才惜才之心。他能理解郑志明，抱怨两声也是情理之中，这件事放在谁身上也不会忍气吞声。郑志明能给他打电话表达自己的想法，说明他对自己是信任的。

“为了我的发展，可我还是原地踏步，讲得真好听……”郑志明正在气头上，语气变得咄咄逼人。

“我不希望你的精力和时间耗在行政事务上。做管理，大部分精力会被分散，很费神的，这会影响你的技艺、创新和创造。只要你继续在技术和技能这条道上往前走，就一定会有属于你的一番天地……”

戴诗亮为自己此前的工作做得不够细致而深感懊恼。他应该在事前和郑志明这类表现突出的员工，推心置腹地谈一谈，探探他们的心思，也不至于现在让郑志明完全误解。事已至此，他只能尽力做好解释和安抚。

戴诗亮心想，明天一定要请人力资源部门领导和郑志明谈一谈。于是，在电话里安慰了郑志明几句，他便挂断了。

挂上电话，郑志明有很长的时间缓不过气来。他第一次发现自己的内心并不是十分强大。走出公司大门，郑志明的心情仍有些沉重。他赶紧回家，换下工作服，骑上自行车，混入大街上的车流中。此时正是下晚班的高峰期，以往，他驾驶汽车通过这条车流汹涌的路段，得像蜗牛一样慢慢挪。今天，他骑的是自行车，很轻松地前行。在路上，向前骑行，开阔、自在、舒展，仿佛从包裹在他身上的巨大铠甲里挣脱了出来，有飞翔的快感。

郑志明顺利地将车骑到金沙角。河堤的杨柳高大蓬勃，柳江像一条被驯服的巨蟒在平缓地游动。水面不算太大，但两岸灯火的倒映使其显得极为辽阔，似乎既有了内涵也有了外延。这种时候，郑志明便有一种穿行在大地血管里的感觉。他时常把一条生产线比作一条河流，零部件在机床上缓缓顺流而下。机床出现故障，就像夜色中的航船碰到了暗礁。郑志明在河堤旁的一块空地上耍起了车技，将前轮翘起，后轮着地。这时，他发现自己和车轮难以保持平衡，后轮着地弹跳不到几下就倾倒了，必须得用前轮来支撑。他长长地叹了口气，思绪翻滚，有一种深深的挫败感。别人的技术都不如自己，却当上了经理，可自己呢？你郑志明算哪根葱啊！

有时候，一个台阶是你一生也等不来的。再往上走时，一步跟不上，就步步都跟不上了。郑志明想不通。毕竟，能凭自己的业绩走上管理岗，从工人变成干部，是很多在一线奋斗的产业工人的目标。可是现在，戴诗亮的一句“你更适合走专家路线”，让郑志明还得原地踏步。嘴里满是苦味儿，他需要把自己折腾累了，再回家大睡一觉。

知子莫如父。郑桂福看出了儿子心中的委屈，来到床前和他谈起了心。父亲说："走专家路线，也未尝不是条路径。假如那是你喜欢做的，或者是你一直努力想爬上的塔尖，你就无须说不！"郑桂福让儿子学会坦然地面对人生的起起伏伏，看淡一时的得与失。

柳州五菱多名领导均是从生产一线成长起来的，有的在工会及其他多个部门锻炼多年，有的是培养技术干部的情怀和企业管理者的智谋。这是技术型领导与很多非技术型领导的不同之处。自从在江滨公园看到郑志明上台发言的那一刻起，戴诗亮就喜欢上这个有胆略和气度的青年工人。当时，他便认定郑志明不会只停留在优秀技师这个层级上，还会走得更高、更远。他让郑志明走专家路线，是真正地想让这个天才钳工发挥其更大的作用。戴诗亮更期待以后的日子，郑志明的科研创造表现，能证明自己的感觉是一种正确的远见。

第二天上午，戴诗亮向上级汇报，一定要在待遇上妥善对待像郑志明这样技术、技能都非常厉害的人才。建设人才小高地，不能光讲在嘴上，更要落实在具体的行动上。国家不是提倡"事业留人，感情留人，待遇留人"吗？集团领导达成统一认识，干部职工的思想动态要及时掌握，如果思想工作做得不到位，用不了多少时间，就可能完全消磨掉一个天才钳工的锐气，让他一蹶不振。这是他们最不愿意看到的。

无论头一天发生了什么，受到了多大的委屈，第二天郑志明都会准时上班。此时，他正在车间调试一台设备，突然被通知，领导找他谈话。

郑志明忐忑地来到人力资源部，坐在他对面的是人力资源部部长。正式进入主题之前，部长历数了郑志明这些年来在各项技术项目中取得的成绩。郑志明静静地听着，他真想不到，部长居然知道自己这几年时间干了那么多的事情。前面那些事，或许还只能解释为他的动手能力比别人更强一些，或者有些小聪明，但这次在汽车后桥减速器噪声检测上主持技术攻关的事情，尤其是设计制造了一个“听音师”般的静音室，更是尽显了他的组织、协调能力，以及机械制造方面的天赋。能够在外国专家束手无策的情况下，出色地解决这样复杂的世界级难题，这份能力和担当已达到一名出色工程师的标准了。

部长绕了这么大一个弯，就是为了让郑志明愉快地答应现在的安排，全力支持戴诗亮的工作，心无旁骛地去攻克一个又一个技术难题，在设备运行保障团队中，继续发挥领军人物的作用。事实上，继续当技术工人，就要继续在半夜三更接到抢修电话后风风火火地赶到生产一线指挥抢修。他已经在工段长的岗位上干了几年，再上一个台阶，就是经理，再往上，那就是高级经理了。

部长怎会不知道郑志明的心理活动呢？他给郑志明添了茶

水，继续讲公司培养人才的计划。

按照公司班子议定的安排，郑志明这样一块“好料子”，如果放在管理岗位上，或许能成为一名白领。但是这样的话，中国汽车工业界必定因此少了一名金牌的蓝领。

此时，公司正在进行一场优化薪酬的改革。像郑志明这样的特殊人才，如果完全脱离管理岗，在技术方面深入钻研，走专家路线，可以充分发挥他知识全面、执行能力超群的长处，这对于公司和他本人都是有好处的。为此，公司结合实际，专门为他设置了一个“工装改造专家”的岗位，待遇等同于部门经理，纳入公司中层干部序列管理。空出他之前的工段长岗位，提拔一个班长上来当工段长，再提拔一个员工上来当班长，如此一来，整个车桥厂的人才资源都被盘活了。

新组建的运行保障团队，在一定程度上算是柳州五菱的“直属部队”。公司的一些技改计划，将主要通过设备运行部来贯彻落实。把郑志明放在特设的“工装改造专家”位置上，公司就可以随时调用他去处理各种棘手的技术难题，而不仅限于车桥厂，也不仅限于运行保障部。至于薪酬嘛，每个月增加 800 元的专家津贴，与公司的经理人员待遇基本一样。

那些职称高、工资高的人面对 800 元的津贴，多少还能有些淡定，但郑志明这样的青年工人当时的工资才 3000 多元，而且那时他刚成家，正是缺钱的时候。每月 800 元的专家津贴是一笔可观的收入，使他心里得到了一些安慰。当然，郑志明当时怎么

郑志明的机械工业技术能手证书

也不会想到，用不了10年时间，在以他名字命名的国家级技能大师工作室，作为领头羊的他，每年可以拿到数十万元的年薪。此为后话。

没有人会对专家津贴表示拒绝，这毕竟是凭本事拿到的，这是一种荣耀。

没能如愿升任公司部门经理，这一番话谈下来，如果说一点儿抱怨都没有，那是骗别人的。郑志明毕竟也是凡夫俗子。公司特聘他为“工装改造专家”，待遇方面过得去，但没有职权。

“你身上所拥有的技能是多么宝贵的财富啊！”谈话到了尾

声，部长用了这样一种诗意的方式对郑志明做了总结式的评价。

用不了多久，郑志明就能理解戴诗亮的良苦用心了。回想前段时间，他既要兼顾工段里的管理事务，又要搞技改创新，天天忙得脚不沾地，电话、短信、邮件的各种提示铃声时常响起，各种项目的评审需要他拍板、给出意见、拟订方案等，好像他是非常重要的人，被全世界人迫切地需要着。如此一来，他真的无法沉下心来研究机械制造工艺。父亲也说过“无官一身轻”。工段长虽说不是什么官，但是要管理一个工段的生产和 100 多名员工，还是要付出一定的时间和精力。现在好了，他可以心无旁骛地搞科研，在工艺装备这条大道上驰骋。郑志明有信心做好这项工作，他干过那么多漂亮的技术改造，设计创造过那么多大型的专用设备，全公司的人都知道。这几件事都有共同的特点：一是在别人束手无策的情况下，郑志明靠扎实的技术解决了问题；二是在别人没有意识到的产能提升点，郑志明凭着敏锐的直觉，发现并进行了改善。这些使得整个车桥厂的生产迎来喜人的局面。

正在这时，郑志明的手机响了。他犹豫着是否要接，部长示意他尽管接。郑志明轻轻划开接听键，来电的是一位工段长，想和他谈谈一个技改生产线。他立马又恢复了上班时的状态，在电话里愉快地回答：“好，好，我等下就去看看！”人哪，有时会分离成若干个自我。在电话里接到技术攻关任务的时候，郑志明立即感到一个勃发的、新鲜的自我又在一片激情里诞生。

“工艺方面，的确有很多问题，”工段长说，“你说说看，那个低频脉冲氩弧焊工艺，需要什么样的技术支持？”

“这算是比较简单的技术，我们的瓶颈主要是工艺装备上的精密加工，高精度、硬齿面和特殊齿形的齿轮加工，还有辊道表面耐磨合金喷焊等等，和先进企业的差距都比较大……”

一谈起技术方面的话题，郑志明立马忘记自己没被“提拔”的事了，随后他赶紧和部长告辞，返回车间，和团队商量工艺改进的方案。

兴趣是最好的内驱力。郑志明专注、执着于自己的兴趣，因此有了与其他人不一样的境界。

人力资源和社会保障部对人才聘任进行了改革，柳州五菱迅速制定了相关配套的人事管理制度。改革像一缕春风，吹化了冰封的湖面，泛起了层层绿波。员工们有了人尽其才、才尽其用、用有所成的机会，积极性、创造性节节攀升。新的薪酬制度更像神奇的杠杆，撬动了生产效率和质量一而再、再而三地提升。

柳州五菱对人才聘任做出了相应的调整后，曾经的“一潭死水”焕发出惊人的活力。像郑志明这样的特殊人才，评职称可以走两个序列，既可评聘高级工程师，也可评聘特级技师。产业工人成长成才的通道畅通后，人才薪酬也有了很大改善，让职校毕业的“郑志明们”得以打破技能人才发展的“天花板”。

2010 年，郑志明成为国务院政府特殊津贴专家。无论是以前的柳州拖拉机厂、柳州微型汽车厂，还是现在的柳州五菱，像郑志明这样只有职高文化程度的员工，比比皆是，但能够成为享受国务院政府特殊津贴的专家级蓝领工人，却凤毛麟角。

随着时间的推移，每天都有繁忙的机修、研制等着郑志明去处理，对于个人职务晋升的问题，他早已释怀了。时间总会打磨掉外在的棱角，但时间不能消除的，是内心的好奇与渴望。郑志明越发喜欢对机械制造进行深究细探，越发被巨型联动冲压机启动和运行时的力量所感动，那种和谐的动感，奏出气势磅礴的乐曲，是大工业的力量征服了他的心。这些年，他一头栽入汽车制造业，这在外人看来是枯燥的，缺乏美感的，但在他眼里，汽车制造业充满了无穷魅力。

作为柳州五菱特聘的工装改造专家，郑志明成为新组建的生产制造设备运行部的核心成员，负责全公司的生产技术改造，而不仅限于车桥厂。他身兼数职，齐头并进，只是苦于分身乏术。公司开始将一些新入职的员工放到郑志明身边，当起他的助手，成为他的徒弟。

成为“国民神车”的“五菱宏光”销售持续火爆，深受市场青睐，经久不衰。上汽通用五菱的零部件供应商纷纷招兵买马，充实技术力量。于是，一张又一张招贤纳才的大网撒了下去，一批又一批身强力壮、朝气蓬勃的年轻人走进工厂，他们像新鲜的血液一样奔突在各个车间的肌体里。

就是在这个时候，谢评周来到了柳州五菱。

1991 年出生的谢评周，是柳州本地农村孩子，父母都是老实巴交的农民。他在农村长大，从小下河摸螺蛳、捉鱼，上树掏鸟窝，无所不能。初中毕业后，中考成绩不理想的他便自作主张报读了柳州市技工学校机电一体化专业。三年的学习，谢评周不仅理论成绩优异，而且屡屡在钳工技能大赛中获奖。

2010 年夏天，谢评周毕业了，他学业优秀，虽是技校生，但也成了“别人家的孩子”。他遵从家人的意愿，没有去大城市的有名车企，也没有选择本地的其他企业，而是来到了柳州五菱。

幸运的是，他成了郑志明的第一个徒弟。

当谢评周被人力资源部工作人员带到郑志明面前时，谢评周恭敬地向郑志明鞠了一躬，响亮地喊了一声：“师傅好！”

“嗯嗯，你好……”郑志明回应了一声，赶紧微倾一下身子，表示回礼。他仿佛看到 13 年前的自己，不禁遥想起当年自己刚满 20 岁时进入柳州微型汽车厂的情景。有一次，谭林科师傅让他给一块液压集成块打孔，六个面全都得打。需要打的孔数量很多，直径大小不一，一不留神就容易打穿互通。打好后，谭林科师傅是要检验的。只见他点燃一支烟，猛吸两口后，往孔里一吹，如果对面只有一个孔眼飘出烟来，算合格，如果两个以上的孔眼有烟，那就只能作废。

果然，师傅吹烟时，还真有三个孔眼有烟雾飘出。郑志明的脸腾一下红了，液压集成板亮铮铮的，映出了一个红脸儿。

“师傅，用力过猛了，我赔行不？”

“行啊，赔吧！这次打坏的是一块液压集成板，你赔。下次你要是整坏一台发动机心脏，赔不赔？就算你爸有钱给你赔，那你来工厂是为什么，为了搞破坏吗？”

这下郑志明不仅是脸红，连脖颈儿也红了起来。在技校学习的仅仅是加工零部件，而到厂里除了学机加工，还要学会维修和调试设备，甚至要学着做专机。但要制造设备不是件容易的事儿，一是要自己动手加工设备，二要学会组装设备。

当郑志明意识到这一点后，顿时觉得毕业前的那次技能大赛获得的第一名简直不值一提，根本不能让自己得意多久。这种顿悟，是多么的刻骨铭心。

转眼13年过去了，当初进厂时的情景仍历历在目，郑志明在不知不觉中熬成了师傅。这一刻，他看到了三代产业工人的生命接续，犹如看见去年的稻田长出了谷子，而秋天掉落的稻谷又在风雨中孕育着明春的希望。庄稼一茬又一茬，产业工人一代又一代。

历史，竟然如此惊人的相似。

这天，郑志明带领着谢评周，还有几个新入职的年轻工人参观了厂里的生产线。20岁的谢评周被眼前的情景震惊了。这是他第一次见到真正的工业机械臂，整条生产线，至少有80%的步骤是无人操作的。这两条生产线，正是带他的师傅郑志明刚刚主导改装的放油螺母自动化生产线和后桥壳自动化环焊生产线。

这些机械臂就像独臂大侠，拿着焊条，令行禁止。有的机械臂有条不紊地点焊，发出吱吱的声音；有的机械臂像八爪鱼，抓拿安放，准确无误；还有的机械臂像巨无霸，看似笨拙呆滞，但传接递送间不差毫厘。

谢评周顿时热血沸腾，心里暗暗地为自己的选择而高兴，说道："这才是我的人生舞台啊！"

谢评周在毕业之前，参加了一次全市技能大赛，获得了一等奖。那一刻，他有些沾沾自喜，潜意识里，他觉得这个舞台将是自己挥洒机械制造才情的地方，他一定会成为理想中的自己。这样的热爱和自信，对于新入职的员工来说，是难得的宝贵品质。他接下来的表现，也确实让郑志明刮目相看。

可是好景不长，在谢评周工作半年后，郑志明让他负责装配调试的一台压螺栓机器，总是问题不断，制造出的零部件都成了次品。同事不得不和他一起加班，但还是装不好。这时，郑志明来了，他从头开始排查，发现谢评周最初安装零部件时垫片研磨精度不够，水平线总是歪的，导致零部件接合不好、间隙过大，进而影响零部件的精度。

这样的问题已经不是第一次出现了，每次都是郑志明来给谢评周善后。郑志明只需更换一个自己现场研磨的垫片，调试一下精度，机床便顺畅地转动起来，所生产的合格零部件一个个往下一个工作点流动，像一张张竹排顺流而下。站在一旁的谢评周顿时条件反射般地脸红，感到仿佛有人在背后指着他说，这小子毕业前获得的那个奖，侥幸而已。他也觉得自己在郑志明面前不过就是一个愣头青。这让谢评周对郑志明的敬佩之情又多了几分。

谢评周初来时的自信，在经历几次调试设备失败后，早已荡然无存，像一块热情过度的铁，被浇了一盆冷水，淬火了，冷静了。

谢评周开始不满自己的手，羡慕师傅的手如有神助。调整设备时，一些小小的垫片有时要进行上百次的研磨才能达到所需要的精度，误差小到 0.002 毫米，甚至更小，这个工作不能用机器来代替。有一阵子，谢评周真是手足无措，越是着急，设备调试的水平越是达不到水准。反复几次后，曾经被谢评周奉为人生理想和追求的钳台，已然变成了他的噩梦。

知耻而后勇。谢评周暗下决心，要好好跟师傅学习。

然而，又谈何容易?

2010 年 7 月中旬，柳州已进入三伏天，两天前，工厂放了高温假。

这一年，柳州五菱在上汽通用五菱的拉动下，产能不断提升。如果不对一些生产线进行升级改造，就无法提高产能和产品质量，无法满足客户的需求。必须趁着放高温假的窗口期，对生产线进行一次大面积的检修和提升。

郑志明带领谢评周和团队的其他成员进场了，他们的任务是对一条后桥壳焊接工段 B 线和 C 线的设备进行改造。

他们只有 7 天时间来完成这两条产线的改造工作。在项目改造的前两天，郑志明和谢评周负责对三台后桥双枪环焊机的改造效果和精度进行调试。仅是这一项工作，就够他们喝一壶的了，更何况还要改造另外两条生产线。一旦他们的设备调试出了问题，收假时间到了不能正常投产，后果是极为严重的。要知道，汽车生产是流水线作业，只要有一个零部件不能正常出产，那么所有的线都得停下。

他们需要将这三台设备的动力头和夹具全部更换，然后调整其加工精度，只许成功不许失败。眼看工人收假的时间越来越近，这种紧张感和压力使人焦灼。为了按时完成任务，郑志明带着团队每天工作超过 16 个小时。他们的眼睛布满血丝，黑眼圈深重，但他们仍生龙活虎，会为机床一只细小的零部件锉削得精准而欢欣鼓舞。

好在，一切都能按计划进行。整条生产线在规定时间修改完成后，立即投入了紧张的生产，按上游客户——上汽通用五菱的生产节奏，赶制出一批产品，数以万计的汽车后桥源源不断地从车桥厂流到上游客户。

当整条产线交付使用后，谢评周本以为可以放松一下了。于是，在某个晚上，他邀上几个朋友小聚。喝得正高兴时，他接到郑志明的电话，酒顿时醒了大半，带着八分醉意赶回厂里。原来是厂里又一条设备出现故障，生产告急，郑志明正在现场指挥抢修，需要人手支持。当谢评周带着一个员工赶到现场时，满脸通红，浑身酒气，还执意说要和师傅一起修设备，最后被郑志明轰出了车间。事后，谢评周每每回想起这事，都觉得很懊悔。师傅的包容，不怒而威，让他对师傅更是敬重了。此后，他再遇到类似的酒局时，都能自我控制，时刻准备着跑步进场抢修设备。

渐渐地，谢评周从一个涉世未深的懵懂小子，变成一个能在第一时间为车间解决各类机械操作、设备故障问题的维修工人。同时，他还要负责设备的组装、安装和调试工作，内容多而且繁杂，但他都处理得井井有条。如今，在班长的岗位上，每次接到零部件加工任务之前，谢评周都要仔细审查每张图纸的加工工艺，认真查阅和记录不同材料的特性和共性，分析加工性能、热处理等工艺，熟知每种材料加工时应使用何种刀具，以求造出高质量的零部件，满足业务层面多元化的需求。

所有的这些，都离不开郑志明作为专家和师傅手把手、心换心的传帮带。

2010 年，“五菱宏光”产销量继续升到一个新的峰值。尤其是“五菱宏光”以其可靠的质量，既能拉人又能拉货的实用性，以及省油、方便等优点而美名远扬。从南到北，从城市到乡村，都能看到“五菱宏光”的身影，人们称之为“国民神车”。

“五菱宏光”系“五菱之光”的第二代，车形更好看，功能更优越。“五菱宏光”需求量不断增加，对生产零部件分厂的生产能力是一大挑战。公司有一台后桥壳半轴油封及压 10 颗螺栓压装专机，但这台专机已无法满足“五菱宏光”的生产要求。

这台专机于 2003 年从杭州购进，服务柳州五菱已有 7 年之久。这台专机有几大毛病：一是操作不方便，效率低；二是设备液压系统设计不合理，漏油严重；三是机械传动部件制作不够精密，且经常损坏；四是油封输送装置定位不可靠，没有防错装置；等等。如果不继续使用，公司又少了一条生产线；继续使用，则有太多问题。所以公司决定少花钱，多办事，将这条生产线进行改装。

公司领导把郑志明找来，问："你能不能把这台专机改装成生产'五菱宏光'的？"

要知道，将这台专机改装成一条新的生产线，绝对不是拆下来、装上去那么简单。其控制模块标定、动力总成伺服系统、动力输出传动等，都需要重新设计、布设、配置，需要多名相关专业的技术过硬的技师、工程师勠力配合才能完成。

2010 年的郑志明只是一名 33 岁的高级技师，他的工作与产品设计改装相似但相去甚远。隔行如隔山，郑志明的面前，又何止是一座山呢？虽然在此之前，他主导设计制造了两条自动化焊接生产线，但要修改的这台专机，与前面的完全不同。各种机械技术真的是相通的吗？懂的人，或许是一通百通；不懂的人，则是擀面杖吹火——一窍不通。

领导也只是征求一下郑志明的意见，并没有想到他真的敢于接受这项几乎不可能完成的任务。

可是，郑志明竟然"不知天高地厚"地说，试试吧。

据说，当这台专机的供应商得知柳州五菱要对他们的产品进行改造时，供货厂家的一名工程师耸耸肩，摊开手，说：“就凭他们？”

在他们看来，郑志明只不过是一名普通的钳工罢了。柳州五菱这样一家地方企业，于浙江这样的制造大省来说，技术再好，也还是徒弟，能干得过师傅？所以他们特地打来电话，叫柳州五菱这边不要轻易动手改装，说是怕影响产品质量。他们厂里还有一款专机，完全可以满足“五菱宏光”的生产要求。如果非要修改，也应由生产厂家组织专家来改。专家费当然得由柳州五菱出。

然而，郑志明是谁？他就是一个痴迷于汽车制造的年轻钳工，一个认真、执着、专注的人。他还有一个特质，就是不服输。

郑志明认准的事，就会一条道走到底。再说了，这条生产线已经不再适合“五菱宏光”后桥壳体生产了。郑志明不仅要对此进行改装，还要将其改成兼容性更强的柔性装置，以适应今后上汽通用五菱研发的多款车型。

按以往做技术攻关的经验，团队协作是成功的最大法宝。郑志明在公司领导的支持下，很快又组建了一个团队，成员的专业涵盖了机修、电气、液压等门类。

显然，这台后桥壳半轴油封及压 10 颗螺栓压装专机的改装，是一项艰巨的技改工程，犹如一次换心换脑的大手术。

血管、神经系统、肌肉组织等，所有的一切，都必须对这 10 颗螺栓的心脏兼容，不允许出现任何排异现象。

郑志明（右四）和徒弟们

这个时候，谢评周这些刚入职不久的年轻工人便成了郑志明的小跟班，一群人很快开始对这台设备动手了。

在谢评周的眼里，郑志明在工作上几乎是无所不能的。对于工艺和设备方面的疑难杂症，除了书本上介绍的解决办法，郑志明还有书本之外的其他办法来解决，这更直接，也更便捷。所以，当听到师傅说让自己参与团队工作时，谢评周更是兴奋不已。

起初，谢评周这些刚入职的工人，对压装原理的认知是一片空白的。郑志明从制定方案到画图、建模，对着图纸一边研究，一边给徒弟们讲解。连续加班两个星期后，设备改装基本完成。

但在调试时，团队里的成员们总是找不到基准点。

心专志笃的郑志明一边示范，一边对谢评周他们说，要先找到设备自身的基准点，再结合产品的基准点，把那个偏差找出来，然后再进行调整。夜以继日，心摹手追。经他磨削加工的垫片，同轴精度与直线精度达 0.005 毫米。

这与“一万小时定律”之说太相似了。作家格拉德威尔在《异类》一书中写道：“人们眼中的天才之所以卓越非凡，并非天资超人一等，而是付出了持续不断的努力。一万小时的锤炼是任何人从平凡变成世界级大师的必要条件。”

到了调试阶段的关键环节，需要安装数块高精度的垫片，整条生产线的“心脏”才能正常输送“血液”，保证其没有机会产生排他性。有两个晚上，郑志明反复测试。测试一轮耗时两个小时以上，谢评周就是这样目不转睛地盯着师傅，一起熬到天亮。

看着因自己安装的设备调试精度不够，生产出来的汽车零部件成了次品，那种感觉非常扎心，却激起了谢评周沉睡的斗志。接下来的安装调试，谢评周总是积极主动地协助师傅，拿本小本子，将一些关键知识点认真做好记录。

终于，这台设备的改造，从设计、修改、安装、调试，仅用两个星期便可投入生产了，郑志明团队为公司节约了 12 万元左右，这是看得见的效益。看不见的效益还有像谢评周这样的年轻工人，得到了一次历练和洗礼，为日后他们成长为专家型人才打下基础。

有了第一台后桥压装设备的设计改造经验，郑志明和团队的胆子变大了，也在修修改改中找到了乐趣。兴趣是最好的老师，他们的技术和技能日渐进步。这不，他们又寻找到一个新的目标——将 N1 半轴设计成自动压装设备。经过和厂区负责人沟通，郑志明和团队决定再自行研制一台压装专机，用于 4 颗螺栓和半轴轴承的压装。

郑志明利用软件，加班加点制作机械结构图。他组织团队集体研究，充分论证，采纳队员的合理化建议后实施。很快，N1 半轴 4 颗螺栓和半轴轴承压装机也问世了，使用效果得到操作者和领导的纷纷点赞。

郑志明带领着谢评周这一批刚从技校走出来的青年工人，一头扎进了这条机械工装制造的河流中。

一路走来，谢评周似乎一步不差地沿着师傅郑志明的脚印行进，脚踏实地朝着“国家级技能大师”这座高山去努力攀登。能成为郑志明的徒弟，谢评周深感自己是幸运的。他听别人说，师傅花了很长时间到处拜师学艺，如今，他只需要向师傅一个人学习就够了，再学不会，简直是“天理难容”。想明白这一点，谢评周对郑志明也更加崇敬了。

就这样，谢评周跟在郑志明身后开启了科研创新创造之路。两年后，谢评周将这次参与设计改造的经历写成了论文——《后桥壳特种螺栓及半轴油封压装机的开发设计》，用于申报高级技师职称，一举通过。很多位工友参与到郑志明主导的发明创造的项目，结项后，申请了这些设计的专利，随后还把综述文章发到了国际学术期刊上。

将细节做到极致，将技术做成艺术。正如“一万小时定律”所阐述的那样，经过数年如一日持续不断的努力，谢评周也能像郑志明那样，成为公司不可或缺的顶尖技能专家。如今，谢评周在团队里也越来越有话语权。2019 年，他成为国务院政府特殊津贴专家，是柳州五菱建厂以来获此殊荣的第 15 位工人，也是当时最年轻的特殊人才。30 岁时，他成了团中央委员，出席团中央第十九次全国代表大会，坐在人民大会堂里，聆听习近平总书记对青年人的寄语。每每回忆起这段经历，谢评周都会对师傅的教诲满怀感激之情。

如果说，像谢评周这样的青年工人是一波波清新的后浪，那么，无数个谢评周汇聚在一起，成就了今天五菱汽车工业的滔滔江河。

在郑志明的工作室，他一边泡茶，一边向笔者讲述机械制造的变革。他表示自己没有怀旧的情结，只是感叹自己力量的微弱和时间的流逝，感叹机械制造业的日新月异，似乎只要打个盹，人家就会跑到你前面去。

2013 年，公司又一次进行了机构改革，组建了一个技术小团队，由郑志明牵头，专攻产能提升和自动化设备研发制造。

这一年，戴诗亮离开生产制造设备运行部，调到座椅厂做厂长了。座椅厂在五菱汽车零部件企业中，属于装备比较老化的一个分厂，长期得不到投资，老牛拖破车似的，连年亏损。亏损的原因有很多，如厂房小、设备老化、产品结构单一，只做装配，附加值不高，产能上不去，等等。

戴诗亮非常清楚扭亏为盈的措施无外乎三点：一是控制成本，包括人力成本和物料成本；二是尽快提升产线自动化程度；三是提升产品附加值。

2014 年，座椅厂搬到了柳州河西高新技术产业开发区，新厂房宽阔了许多，完全告别了“螺蛳壳里做道场”的局面。戴诗亮在柳州五菱领导班子的支持下，迅速增加了多个工艺，开发、制造汽车整椅系统及其相关零部件，包含裁片、面套、泡沫、骨架和整椅等。

这样一来，对产能进行改革就成了戴诗亮一手抓的工作，人称新官上任的“第一把火”。要尽快对改装的生产线进行改装，对可重新设计制造的生产线立即着手设计，最大程度实现生产线无人化，提升产能和产品质量。

比如，CN100 系列车前轴为座椅厂独家供货，2014 年与上汽通用五菱签订供货合同，年内按质按量供应零部件 75 万个，单月生产最高峰达 8 万个。原有的产线工艺节拍慢、产能低，远远不能满足产能需求，再加上老工艺装备故障频发，工艺布局零乱，手工焊接量多，漏焊、错焊等质量问题频频发生。还有生产线自动化程度不高，员工劳动强度大，人力成本居高不下等一系列问题，都需要戴诗亮去面对和解决。

于是，一场前所未有的前轴生产线、副车架生产线和纽梁生产线改造和制造的战役打响了。

在选择设备制造团队上，戴诗亮作为座椅厂的一把手，首先考虑郑志明团队。说实话，这多少带有戴诗亮的一点私心。其中一个原因是，他愿意把更多机会留给自己栽培出来的团队，也放心把项目交给郑志明。

此前，在生产制造设备运行部那一年多的相处，让戴诗亮认为无论是经验、能力，还是技术方案，郑志明团队都足以胜任此工作。最重要的是，他还发现，郑志明对机械设备的创新创造，有着特殊的理解力和杰出的灵感。郑志明对工作的热情也是大家有目共睹的。在工厂推行全面质量管理和“精益生产”时，郑志明是最辛苦的，他所负责管理的设备由原来每季度停产 100 个小时降至不到 3 个小时。而郑志明主导设计制造的工艺装备，省时，省力，产线运行顺畅，这也是有目共睹的。

然而，也有一些分厂对郑志明团队的技术不了解、不认可，总认为“本地辣椒不辣”。有好几家分厂的技术改造项目，宁愿给社会上的团队，也不考虑给郑志明。如今，自己有了这个资源，戴诗亮说什么也要让郑志明团队历练历练，是骡子是马，拉出来遛遛。

另一个原因是，戴诗亮当年让郑志明走专家路线，没能推他到部门当经理，这是为了让他在技能、技术制造的道路上越走越远。此前，郑志明团队曾经历过改造冲压模具生产线的失败，但在戴诗亮看来，失败是成功之母。他相信这些都会是郑志明团队成功的动力。他还相信，郑志明的机械技艺出众，不会让座椅厂失望。

得到老领导给的机会，郑志明万分珍惜。于是，他带上团队，着手对座椅厂的生产线进行了全面的梳理，不久后，便给戴诗亮厂长提交了一个改造提升的可行性方案。

在郑志明的方案里，座椅厂首先要使产线最大化实现无人操作，减少人力成本。而提升产品质量及其附加值，需要他为座椅厂量身定制多条生产线，具体包括裁剪、缝纫、发泡、座椅骨架和整椅装配业务等。除此之外，还要注重内部挖潜力，提升工艺装备自动化和智能化的水平，集成机器人工作站。

戴诗亮看过郑志明提交上来的改造方案，频频点头表示满意，当场拍板："分期进行，改造一批，调试一批，启用一批。"

长期在生产一线摸爬滚打的戴诗亮非常清楚，自己设计制造出来的工艺装备就像自己的孩子，性格脾气都十分熟悉。即便是有个头疼脑热的，郎中就在身边，懂得对症下药。不像那些引进的洋设备，维修的时候处处受人钳制。就这样，郑志明和团队在戴诗亮的鼓励和扶持下，既走技术路线，又走技能路线。他们整天和机械、机构、设备打交道，把汽车工业的整个布局、工艺流程琢磨得了如指掌了。郑志明还四处拜师，和很多高水平的工程师成了朋友。他想，当一条条成熟的生产线投产见效，将改造、制造过程中的新发现、新观点，形成论文，长此深耕下去，在汽车零部件或者工艺装备界又何愁不能纵横捭阖呢？

在弥漫着淡淡机油味的车间里，郑志明每天眼睛盯的是图纸，脑子想的是数据和工艺装备。

随着时间的推移，郑志明经手设计改装了多台专机和多条生产线后，他变得非常成熟，临危不惧，不再意气用事，也更犀利和主观了。主观有时候是一种资历和屏障，它使人具有高瞻远瞩的自信，令同行不敢轻视，也令竞争对手不敢冒犯和顶撞，久而久之，就形成了一种技术权威。

当技能和技术有机结合后，郑志明仿佛打开了任督二脉，功力明显大增。他一边设计工艺、制造装备，一边出成果，同时培养人才梯队，整个团队的名声很快就在座椅厂打响了。

是戴诗亮不让他走上中层管理岗，也是戴诗亮给予他历练展示的平台。郑志明内心深处是非常感谢戴诗亮的。正如当年的戴诗亮所说，郑志明团队已经成为一群轻盈的、自由的大雁，郑志明正是领头的那只，带领着雁群越飞越高，越飞越远。

2015 年，柳州五菱更名为广西汽车集团。当年年底，座椅厂总算扭亏为盈。从年度报表上看，人力成本大幅度降了下来，产能和产值噌噌往上升。戴诗亮在全厂员工大会上总结说，提升装备自动化，提高产品附加值，是座椅厂扭亏为盈的法宝。如果没有郑志明团队对座椅厂生产线产能的提升，不说质量，就是数量都无法保证。

可以说，郑志明和团队对机械工艺的创新创造能力，在座椅厂得到了充分的展示。局面总算打开了，原先不相信他们的各个分厂，也纷纷邀请他们到自己的工厂对生产线进行改造提升，或将整条生产线交由他们设计制造。

2017 年，戴诗亮升任广西汽车集团五达公司副总经理，郑志明一心忙碌着他的科研项目和创新创造，两人在工作上的交集由此减少了。

若干年后，戴诗亮作为广西汽车集团一名中层干部，参加广西壮族自治区国资委在贺州市委党校举办的学习班。郑志明作为党的二十大代表、大国工匠，到党校给学员讲课。此前，郑志明并不知道戴诗亮也参加此次学习，戴诗亮也不知道授课专家中有郑志明。当郑志明出现在讲台上，戴诗亮打量着这位昔日的下属，当年的青涩早已荡然无存，已然有了中年人的沉稳和幽默，举手投足间，很有大国工程师的气度。

戴诗亮就这样坐在台下，像欣赏一件工艺品似的，默默地注视着台上的郑志明。课间休息时，一拨学员涌上台去，争着与郑志明合影，索要签名。人群散去，郑志明抬起头，一眼发现站在窗边的老领导，正笑吟吟地看着自己。

郑志明赶紧走了过去，握住老领导的手，激动地说："戴总好！"两人不免都有些感慨。这样的情景与当年在江滨公园是多么相似啊。两人脑海里不约而同地浮现起那个黄昏，像一张泛黄的老照片，从尘封的记忆里挣扎出来，这中间已滑过了 20 年。

第九章

大师工作室之歌

当年郑志明提拔部门经理无望，工段长职务也接着被免掉后，曾有过一阵子的挫败感。若人的内心也有一双眼，那他这双眼，此时一定是雾障重重。他感到前程渺茫和憋屈，与很多年轻人一样，也有犹疑，也有涣散，也有懈怠。多年后，成为大国工匠的他，在回忆起当年的经历和心境时，云淡风轻，好像在说别人的事。是啊，挺一挺，越过那道坎，爬上那座山，便能看见更远的风景，拥有一种更为开阔的人生。

时间再次给出答案，走专家路线，对于郑志明来说是最适合不过的了。

自 2011 年起，人力资源和社会保障部、财政部联合对某些领域里掌握一流技术的领军人物赋予“国家级技能大师”荣誉称号，作为一种表彰。

2014 年 5 月 16 日，是郑志明创造人生高光时刻的一天。这一天，以他的名字命名的国家级技能大师工作室，在柳州五菱制动器厂正式挂牌成立。假如没有那些探索的日子，没有那些失落的时刻，或许就不会有机会达到这样一个新的高度。

这无疑是郑志明人生的一个新的起点。柳州市还通过以奖代

郑志明国家级技能大师工作室揭牌

补的方式，给郑志明国家级技能大师工作室补贴 50 万元，作为工作室运转资金。

第一批进工作室工作的技术人才有 50 多人，显然都是经过精心选拔的。

工作室揭牌那天，当致辞、揭牌、合影等程序走完后，公司领导接着又安排了一些其他工作，然后问大家还有什么事情。众人都摇头表示没有了。一个刚入职的应届毕业生突然站了起来说道：“今天咱们工作室成立，要不咱们一起唱首歌吧！”

郑志明感到有些意外，看看众人，却发现大家虽然略有些尴尬，但并不算特别震惊，没准大家过去在各自单位里也是这样唱过歌的。公司领导开明大度，笑吟吟地说："好！"

这个应届毕业生机灵着呢，他考虑到众人的年龄差异，时下的流行歌曲不一定适合老中青三代，便选了一首老歌，率先起头唱了起来：

"团结就是力量……预备唱！"

"团结就是力量，团结就是力量。这力量是铁，这力量是钢，比铁还硬，比钢还强……"

一时间，工作室里歌声嘹亮，吸引了分散在其他工段的工人们，他们赞叹郑志明国家级技能大师工作室从此就是一个充满力量的地方了。

嘴里哼着歌，记忆却在往事中溜达，郑志明没有抚今追昔，感慨万千，却是犯了职业病，忧思着如何让工作室今后能担得起"国家级技能大师工作室"这样的名号。他注视着工作室正前方的五菱徽标。五个菱形，是五菱汽车的标志，但在郑志明的眼中，成了一只展翅高飞的雄鹰。中间那个菱形，代表"造人、造车、造企业"的宗旨。他能否引领着他的工作室助力柳州五菱腾飞，在中国制造业拥有一片能尽情翱翔的天空？他有信心，但也感到有压力。再看旁边四个对称的菱形分别对应四种价值观：以

郑志明国家级技能大师工作室的标语

五菱发展为重，继承、学习、创新，客户至上，以人为本、团队合作。它们就像雄鹰的翅膀，为企业的腾飞提供强劲的动力。

还有，工作室门口高悬着一块大牌子，上面用中英文写着“昨天你改进了什么？”“What did you improve yesterday？”这个短句，时刻鞭策着郑志明和团队，也使他日益从容淡定，开始思考更多、更长远的创新工作室大计。

歌声停下来后，领导说，从今往后，工作室的原则将是“集众人之志，扬各方专长；造精良装备，克技术难关”。人群中响起一阵热烈的掌声。

这歌声，这掌声，让郑志明心生温暖。可以预见，工作室里的这群小伙伴，在漫漫征途中，将成长为一支强大的队伍，一个强悍的后台，经得起风吹雨打。

忙完工作室的事，郑志明回父母家吃饭。这天，女儿在幼儿园全托。妻子上白班时，按惯例回父母家吃午饭。郑志明刚进棉纺厂住宿区大门，便看见父亲坐在凉亭里，和一群老头儿在聊天。当他们看到郑志明走过来时，一起转过脸来，笑盈盈地看着郑志明。父亲得病后，烟早已戒掉了，身体每况愈下，经常陷入严重的抽搐和高烧状态。但今天的父亲比往时更精神一些，干瘦的身躯后，夕阳落尽，大写意的几笔晚霞，衬出了天空更为辽阔的寂寥。再强大的英雄豪杰也敌不过疾病的折磨啊！想想，父亲也曾是棉纺厂的一个人物，也曾当过师傅、工段厂和车间主任。但他的运气没有郑志明好，工厂在父亲还没到退休的年纪就破产了，他的热情和技艺没能在棉纺厂继续发挥。更不幸的是，他在52岁那年，患上了癌症。

那是2004年的某一天，身子骨一向健朗的郑桂福早晨起床时，突然头痛欲裂，还伴有耳鸣、胸闷的症状，擤鼻涕时，发现鼻涕带血丝。郑桂福的妻子练伟萍见状，赶紧陪他到市人民医院检查。这一查，便让全家人陷入万分悲痛之中——鼻咽癌！

那天，郑志明正在为雪佛兰仪表板支架合金焊具做最后的调试。接到母亲的电话，他一时蒙了，手中的工具“咣当”一声掉到地上。师傅听到响声后跑了过来，看到徒弟近乎失态的表情，

郑志明（右二）与家人

关切地问：“小郑，你怎么啦？”郑志明回过神来，说：“没事！师傅你先看着，我得回家一趟！”

练伟萍还没有把病情告诉郑桂福。郑志明回到家时，郑桂福仍若无其事地在客厅看电视，手拿遥控器，不停地转换频道。看到还未到下班时间，儿子就匆匆回家，他有些奇怪，以为儿子被领导批评了，还没来得及亲自问儿子，儿子就被妻子拉到厨房，还关起了门。妻儿的行为让他起了疑心，电视也看不下去了，只好关掉。练伟萍简单地向郑志明说了在医院检查的情况。郑志明当即决定带父亲去南宁，到广西医科大学第一附属医院做进一步的检查。

来到客厅，看着父亲的一头白发，郑志明心里忽然酸涩涩的。接着是一阵连哄带骗。第二天，郑志明请了假，亲自开车带父亲来到广西医科大学第一附属医院做进一步检查。果然，确诊了。郑志明将结果委婉地告知父亲。没想到，父亲没有表现出一点意外和悲伤，只是长叹一口气说："生死有命，富贵在天。"他反过来劝说儿子，不要太难过，不要影响工作。

由于没有合适的治疗手段，且父亲不愿意住院，郑志明便把他接回家，和哥哥轮流护理与陪伴，费尽周折给他找到了最新的抗癌药。在父亲疼痛加重、难以忍受的日子里，郑志明每天的生活，就是在无能为力中听着父亲虚弱而揪心的呻吟。即便是这样，也没有影响他在工厂里的发明创造。

这也得益于父亲在生病的日子里，把所能理解的人生问题，向两个儿子总结了无数遍。那就是趁着国家形势这么好，工厂生产的汽车行情这么好，好好搞研发，多多钻研技改创新，争取评上高级工程师、特级技师。这也是郑桂福未了的心愿。

那时，柳州五菱的发展驶入快车道，产值如日中天，郑志明的工艺装备设备改造项目一个接一个。郑桂福看着每天忙忙碌碌的儿子，满心欢喜地说："志明啊，我发现你们天天都在攻坚啊，这是好事，不像我们棉纺厂，想攻一下都没机会。"

何为攻坚？在郑桂福看来，就是撸起袖子，争取百尺竿头，更进一步，在高速中再弄出个加速来。他常对儿子说："我的病就是这个样子了，陪与不陪都很难好起来，你们放手去工作，只要我还能动，就不给你们兄弟俩拖后腿。”说到底，郑家也是“工匠门第”，对中国制造业的情怀从来都不缺。对儿子做的事，父亲唯有给予支持和鼓励。

这不，郑桂福知道儿子今天有喜事——郑志明国家级技能大师工作室挂牌。早上起床时，他就把胡茬剃干净，整个人看上去还是挺精神的。吃过早饭，服过药后，他和妻子一起出门。妻子去市场买菜，他到院子散步，走累了，就到凉亭坐坐。午休起床后他又来这里坐。他并不想刻意地向在院子里下棋、打太极、遛狗、逗鸟的老哥们炫耀这一喜事，但他们当中若有谁问起来，他还是会喜滋滋地说道说道的。正所谓的“子贵父荣”嘛。

这个院子里住的大多数是“工一代”和“工二代”，忙的忙，闲的闲，不管是忙的还是闲的，都关注着柳州企业的发展前景。“工一代”年轻时通过招工的渠道，从天南地北来到柳州进厂当工人，几十年过去了，他们的大半辈子都在工厂里度过。如果把工厂比为故乡，他们都堪称“老乡”，都有共同的身份和记忆。郑志明经常捧回大奖，上报纸，上电视，是郑家掩藏不住的骄傲，也时常勾起“工一代”们的“乡愁”。

今天这样的日子，郑桂福再低调，消息还是传开了。在小区的凉亭里刚坐下，他就接受了多位老哥的艳羡目光和由衷赞美。但他仍然保持着一贯的谦和，说：“这都是他自己运气好，进了柳州五菱，遇到了好领导，我什么忙都帮不上。”

这时，郑志明出现了。

“爸，我回来了。”郑志明又转过脸说，“邓伯伯好，李叔叔好，你们也在啊。”

邓伯伯和李叔叔走了过来，一起对郑志明表示祝贺，一个拍他的左肩膀，一个拍他的右肩膀，又一起按了按，说：“小郑，你这个仔干得不错。”“你爸养你这个仔，争气，值得！”这是工人老师傅对小辈们鼓励的一贯方式，从不隐藏赞许。

“谢谢邓伯伯，谢谢李叔叔……”

这时，练伟萍听到楼下的说话声，将头伸出窗外，喊爷俩上楼吃饭。郑志明随口说道：“邓伯伯和李叔叔上我家吃饭去！”

“不，不，改日你做得更大时，我们再一起喝两杯庆祝庆祝。”接着是一阵爽朗的笑声。

父子俩一前一后走进屋。练伟萍已将饭菜摆上桌。这一顿饭吃得相当好，像三个有缘人第一次见，相互感恩，谁都不说一个“谢”字，但觥筹碟碗之间，怎一个“谢”字了得？

郑桂福以前也好两杯，今天这个特殊的日子，想喝又不敢喝。练伟萍说：“工作室只是成立，运行得怎样，还得看这小子的造化，不急着庆祝。再说，你这病，再喝酒就等于吃砒霜。”因为戒了烟，衣兜里的那包烟跟了郑桂福好几个月，一根没少。当遇到烦事、喜事，他只是拿出来在嘴上叼着，闻一闻又放回去。

郑桂福只好将酒杯端起又放下。这顿饭吃到一半，郑志明的电话响了，他躲到房间接听。

这已经是珠三角地区第 12 个高薪诚聘的电话了，他的心又被激起一阵涟漪。

放眼观望整个中国制造业，外部环境早已发生了巨大的变化。长三角和珠三角一带的合资企业、民营企业数量与他刚毕业那年相比，早已不可同日而语了。现在，外资、合资企业对高级工程师、特级技师的需求量大大增加，都纷纷开出高薪诱之，技术工人成了抢手的香饽饽。

郑志明这些年和装备制造企业打交道，可谓是朋友遍天下。看着之前一些搞电气、工装、机修的同事纷纷离职，在外面干得风生水起，如果说郑志明还能时时刻刻都心如止水，那绝对是假的。有些企业开出的年薪，几乎是柳州五菱给的好几倍。想想一家老小，郑志明也曾犹豫过。

父亲罹患鼻咽癌症已有 10 年，经历了恶性肿瘤患者都要经历的过程。让郑桂福时常感到欣慰的是，儿子在单位里工作勤勉，在家里孝顺。10 年来，郑桂福已记不清去南宁住院化疗了多少次，都是儿子亲自开车接送的。在与疾病抗争的日子里，他看到儿子的业绩噌噌地往上蹿，即便走到生命的尽头，他也没有什么遗憾了。还没患病之前，郑桂福每天骑自行车去棉纺厂上班，总想象自己是在开汽车。他相信，总有一天自己会开上汽车。如今病了，再也没机会开汽车，而儿子却成了制造汽车工艺装备的技术专家。郑志明造出设备，设备又造出千千万万的零部件，零部件又组装成千千万万的汽车，汽车又有千千万万的人在开。每次想到这，他的内心就涌起一种巨大的欣慰。

郑志明何尝不想换更高薪的工作？这样起码可以改善家庭经济状况。现在每个月的收入还没到月底就花光了，兄弟俩合力，给父亲用最好的药，但仍不能延续父亲的生命。

另外，郑志明内心深处，也舍不得离开培养他的柳州五菱。如果现在有那么一点成就了，就离开柳州五菱，离开这个团队，自己也未必能干出什么成绩。再说，柳州五菱在工艺装备智能制造领域，还有很多新技术要攻克，如果半途而废，对自己和公司都不是好事。

郑志明放下电话，回到饭桌前，没有跟父母提起电话内容。他知道，说了也是白说，父亲不会同意他离开柳州五菱的。

国家级技能大师工作室成立后，郑志明在汽车工艺装备界、自动化装备界的影响力不断提升，时常出差，一个月飞好几趟北京、重庆、青岛。等手头的事做完了，又到深夜了。已有 20 多天没回父母家了，郑桂福的身体每况愈下。在电话里，郑桂福总是说“没事，你们忙你们的，家里有你们妈妈在”。母亲接过电话，也说“你爸没事”。即使他在机器声隆隆的车间里，或者在北风吹着的大街上，郑志明也能听出母亲鼻塞了，母亲的声音在发抖。这一切郑志明都明白，但没办法，世上诸多事情都可以分担，唯有疾病等少数几样，再亲近的人也爱莫能助。

那顿饭后的一个月零两天后，郑桂福的生命走到了尽头，未能享百年之寿。那天，郑志明接到母亲的电话，匆匆从外地赶回来，到医院见了父亲最后一面。弥留之际，郑桂福交给儿子两大任务：一是安心留在柳州，不要东想西想；二是照顾好母亲。

父亲走得安详，于长期被病魔纠缠的他来说，也算是一种解脱。

料理完父亲的后事，郑志明仍是那么忙碌。有时，他也感觉到，他的心灵已经是一个疲惫的挑夫，承受了太多的重负，他真担心自己不能轻盈地飞翔了。正所谓人到中年万事忧，他上要赡养母亲，下要养育孩子，还要兼顾自己的发展。

想到有一阵子没见师傅了，他将手机掏出来，给谭林科师傅打了个电话。他要请谭林科师傅来工作室参观参观，喝喝茶，叙叙旧。

谭林科师傅退休 10 年了。刚退休时，他因一手钳工绝活被民营企业争相请去做技术指导。后来，他感觉到体力明显一天不如一天，便辞去民营企业的工作，在家安度晚年。此时，他正在五菱公园和老伙计们下象棋，正为到底是“将”还是“不将”而举棋不定时，郑志明的电话打了过来。

郑志明相信工作室是块宝地。自从工作室成立以来，他攻克技术难关、洽谈合作业务的地方从来没有改变过——郑志明国家级技能大师工作室。工作室搬迁至柳州河西高新技术产业开发区后，谭师傅还从没有来坐过，是应该请他来一趟了。

很快，出租车将谭林科师傅送到了工作室，郑志明早已在门口恭候。情谊深厚的师徒之间一向是不太注重形式的。分开之后，有可能很长时间都不会互相联系，但一旦见面，却又能够亲近如故。郑志明与谭林科正是如此，乍一相见，双方都想起了过去的那些趣事，于是一下子又熟络了起来。10 年过去了，谭林科师傅还跟过去一样精神满满。

这是谭林科第二次到徒弟的工作室。第一次去，还是在制动器厂，那时郑志明刚获评“全国技术能手”，正配合央视记者采访。熟悉的气味，熟悉的场景，谭林科原来工作过的厂房已升级改造，也搬到了新的基地。物是人非，再也找不到旧时的影子了。

转眼，工作室成立 5 年了。郑志明和团队成员们梦想的根根须须，深深地扎进机械制造的沃土里，忘我地汲取养分。这似乎成为一种传统，团队这些成员的骨子里，都带着一股不服输的劲头，机械工艺细胞一个赛一个发达。

工作室四周的宣传栏展示着郑志明的成长历程及取得的荣誉，还有团队逐年增长的产值条形统计图。谭林科站在宣传栏面前，看着徒弟及团队的不凡业绩，品鉴着他们的机械制造造诣和修养，一股激昂而庄重的情绪便油然而生，便不由得唱起《自豪的五菱人》这首歌：

五菱的事业早步入国际化，
商转乘转型在进步中扩大，
开拓世界版图不必太惊讶。
把质量放第一，
英雄的座驾，
喜欢开五菱车旅行，
我们的态度表明，
质量安全从来都大过有名。
……

70多岁的谭林科，依然像热血少年般对汽车制造抒发着自己的赤诚和纯真。当年，《自豪的五菱人》在员工中产生了强烈的反响。谭林科师傅退休后，这首歌才被创作出来，但他就住在五菱公园附近，时常听到集团总部的广播响起这首歌。他听着听着，竟然也会唱一两句了。今天，他再次来到徒弟的工作室，看到一块块奖牌和节节攀升的年产量统计图，他的激情再次被点燃，不由得又哼唱起这首歌来。

小声哼唱完歌，谭林科问："小郑啊，听说人家日本人不会修的机床，被你小子给摆平了？"

"师傅，是有这一回事，但这说明不了什么。把那个四门两盖的包边产线改成柔性的，其实也不是什么高精尖的事情。"

"没错，这种工匠精神，需要代代相传。柳州五菱的这篇大

郑志明的书柜

文章，该由你们来好好续写咯。”

郑志明跟在师傅身边。交流对于这对师徒来说，既是倾诉也是对话，同时还是回忆和寻找，更是基于机械制造技术的惺惺相惜。

谭林科师傅参观了一遍，郑志明挽留他再坐一会儿，等到饭点一起出去用晚餐，他却执意要离开，说是要回去接外孙放学。郑志明只好叫人将他送回家。临关车门时，谭林科师傅不忘叮嘱几句：“小郑，好样的，趁年轻，继续干，我看好你！”这是师傅表扬徒弟的一贯方式。

“嗯，嗯，师傅，我努力！”郑志明只是点头应允。

郑桂福在病中不止一次说过这样的话：“人这一生其实很短暂，时间就在你东看西看中溜走，唯有目光只朝一个方向，坚持做好一件事，才能成功。我生不逢时，早早下岗，你们替我好好干……”

郑志明点点头，表示听懂了。

像时钟一样准确，差 10 分钟到 8 点，郑志明驾着他那辆新能源汽车出现在公司院子。他将车泊好，背着双肩包，迈着沉稳的步子走进工作室，边走边和迎头碰上的工友们相互问好。若是遇到工作室的伙伴们，就聊上几句头一天在做的项目。

只要不出差，他每天早上都会先将孩子送到幼儿园，再到工作室开始一天的工作。这个顶着广西汽车集团的首席技能专家、装备制造技师、全国优秀共产党员、全国技术能手、享受国务院政府特殊津贴专家、全国“五一劳动奖章”获得者、广西工匠和广西劳模等众多荣誉称号的中年男人，一旦回到家，就是一个普通的父亲，回到工作岗位，就是一个随时准备投入技术攻关和机械设备改进改造的产业工人。

双肩包里装着用于设计的专用电脑，又厚又重，他却习惯随身携带。早些年自学的三维建模软件，他早已用得很熟练了。遇到需要紧急处理的技术难题，或是突然灵感闪现，他会立即打开电脑，随时进入工作状态。

有时，他也会有力不从心和不知所措的时候。这种情绪他绝不会对任何人说，也不愿让任何人知晓，包括师傅谭林科、徒弟谢评周，甚至家人。这时候，他会大步流星地在厂子里走上几圈。实在排解不了，他就在下班后换下工作服，骑上自行车。他手扶车头，将前轮翘起，后轮一点点着地，从下至上攀爬，轻松地越过障碍物。当他专心致志地掌控着后轮时，他脑海里闪出一个问题——高级工程师是什么，国家级技能大师又是什么呢？他们应该是推动历史车轮前进的人。随着自行车一点点往上爬，他心里的郁闷渐渐被驱散。不多久，他便扭转车头，向工作室骑去，那里还有好几个需要攻关的技术难题等着他。他不能长时间发愁，必须尽快以 100% 的精力投入到这些复杂的工作中去。

前些日子，工作室刚从广西汽车集团总部搬到柳州河西高新技术产业开发区，这是柳州市重点开发建设的千亿元产业园区。郑志明把“家当”也都搬了过来，除了钳工用的书籍和几十把锉刀、锤子、锯子，以及各种荣誉证书、奖杯，还有一把硬制合金制作的圆规。这是必须带上的，他把它摆在书柜显眼的位置。圆规是合金材质、手工打制的，触感微凉、颇有分量，郑志明早已不再用它画图了，但每次抚摸它，他就会想起师傅谭林科。师傅把圆规交给他时叮咛道：“圆规画圆，不离圆心；钳工这行，不忘初心。”“世界上怕就怕‘认真’二字！”“宁可多花时间检验，也不要干废工件。”“专注、干好、做精，要对每一项工作负责到底。”离师傅的耳提面命已过去很多年了，郑志明至今仍记忆犹新。

那时，郑志明太年轻，不懂得努力，有一阵子没有目标和方向。好在，师傅及时敲打，说他这样跟“躺平生”有什么区别。

读者还记得那个“躺平生”吗？刚进厂之初，在他看来，那些辛勤工作、有经验的工人们，无疑是工蜂一样的劳动者，嗡嗡地飞舞在这种刻板的工厂生活中。可他认为，像他这样的帅小伙，就该找一个只需要跑跑腿、动动嘴的轻松的工作。进厂没几天，他便厌倦了每天像郑志明一样在车间里锉呀，削呀，调试呀，没完没了，就在公司混了几年。结果，混得还是不开心，据说他后来在多个部门中轮来转去。

这一天，“躺平生”径直找了过来。郑志明面对昔日的同学兼工友，少了客套，多了热情，和他在工作室里喝茶叙旧。

同在一家公司，但岗位不同，这些年各忙各的，还真有好长一段时间没见面了。郑志明已经记不起上次见他是什么时候了。他隐约知道，“躺平生”这些年过得并不如意，都 40 多岁的人了，还没能沉下心来专心做一件事。这不，在这个岗位上做一段时间，又到那个岗位上做一段时间，换来换去，消磨了 20 多年的时间。20 多年来，他唯一的“业绩”就是身上的大肚腩。在机械制造或辽阔或狭隘的版图上，他迷路了，不知道该往哪里走，或者说，他根本就缺少寻路的兴致。某个半夜，他突然醒来，真切地感到空虚。大哭一场后，他决定找郑志明拉自己一把。他原本也是学钳工的，哪怕不像郑志明一样努力，若是跟在他身后干到现在，至少也能评上高级技师的职称了。

郑志明知道，“躺平生”是无事不登三宝殿。他故意不问来意，只是泡茶、斟茶，静等“躺平生”开口。太阳就要偏西时，“躺平生”怀着虚度年华的无限感慨，怯怯地说出了自己的想法：想调进郑志明国家级技能大师工作室。

郑志明笑了笑，也没说出那些虚情假意的客套话，如实告诉“躺平生”，工作室确实还需要人手，但要进人还得通过集团人力资源部审批，他会尽力去争取。郑志明说这话的同时，也在心里快速梳理一遍，工作室哪些岗位还缺人手。随着郑志明的名声越打越响，工作室承接的项目也越来越多，除了服务于整个柳州五菱，还会承接社会上的重大项目，逐步市场化了。照此下去，确实还需要增加人手。“躺平生”与郑志明好歹同学一场，让他干一些钳工装配工作应该是绰绰有余的。这 20 多年来，“躺平生”就这么混了过来，柳州五菱的工艺装备已经达到国际同类车企中的先进水平，而他仍不甚了了。学生时代学过的那点东西，早已跟不上时代了。

相比之下，郑志明始终保持学习的习惯和上进的状态，对汽车制造业先进技术的掌握，永远处在潮头的位置。他的思维始终清晰，每一条生产线，每一个零部件，每一个工件，他都运用自如。比如，要生产一个零部件，只需看一眼，他就能大抵画出制造这个零部件的工装机构图。又比如，汽车中央通道由多块钢板焊接而成，其中有上百个螺母，2018 年之前只能用肉眼进行检测，所要求的精细和精准，几乎在挑战人类操作的极限。而郑志明和团队用了 68 天的时间进行集中攻关，设计、制造出一套机器人焊接自动化生产系统，有效提升了配件生产的效率和精度。郑志明关心公司里每一条生产线上每一项动力的协调和配合，这是他作为高级工程师、特级技师与其他从业者最大的不同之处。

“躺平生”看着眼前的郑志明，意识到他不仅是个能够攻克许多重大工程难题、承接各种机械制造工艺装备改造和优化的优秀工程师、特级技师，既有技能，也有技术，而且还有一种大将风度，像一位指挥大战役的军事天才。

正要告辞时，“躺平生”在郑志明的办公室书柜前扫了一眼，发现上面除了摆放着不少奖杯和具有纪念意义的照片，还有《鲁迅全集》《平凡的世界》等经典著作，甚至还有《鸟类图鉴》和一些育儿类的书籍。“躺平生”抽出一本翻翻，他发现有些精彩的句子下还画上了波浪线，不免又感慨一番，笑问：“莫非这些书籍对你研究冰冷的钢铁和解决工程难题也有帮助？”

郑志明没有正面回答，只是笑着说：“无聊时随便翻翻而已。”

郑志明国家级技能大师工作室致力于研发工装自动化装备，短短几年已成为全国同级同类工作室中的佼佼者。郑志明带领的团队可谓是所向披靡，以技术、质量、一流的设备和人才优势，开始为全国多家汽车厂设计和制造各种自动化和智能化装备。他们研制的项目，比如前悬挂装配线、桥壳自动上线机器人工作站、焊接线及机加工线自动化、副车架双机工作站等，这些工装设备从柳州启程，被送往全国各地的制造企业，以每年创造上亿元产值的实力雄踞全国同行之首。

仅 2018—2022 年，郑志明国家级技能大师工作室培养的技能人才中，就有 11 人次在国家级比赛中获得名次，39 人次在省部级比赛中获得名次，99 人次在市级比赛中获得名次。有的年轻人在自己的专业领域里学到一定程度后，就辞职单干，或者另谋高就。人各有志，对于选择离开的员工，郑志明当然要挽留，实在挽留不了，也只能给予最真诚的祝福。每每有员工离开团队，郑志明都要亲自为其饯行，并勉励他们今后不管是在哪里，都要永远保持精益求精的作风。从这个意义上来说，郑志明国家级技能大师工作室，除了攻克各种疑难技术、制造高端工艺装备，还输出了一种精神和文化。

一直以来，汽车行业都被认为是男人的事业，尤其是在汽车工艺自动化装备界。但在郑志明团队中，有一名女将叫何洁，她在各种赛事中频频获奖，崭露头角。

何洁，1995 年出生在四川宜宾的农村，2017 年毕业于四川农业大学，同年，广西汽车集团到她的学校招聘应届毕业生，她应聘来到了柳州。幸运的是，她一来到广西汽车集团便有机会加入郑志明国家级技能大师工作室。团队里的女员工有十来个，只有何洁一人在生产一线，其余的女员工都是从事行政文秘工作。何洁的主要工作是进行设备电气化设计和调试。苦学一年后，何洁从一名学徒工变成了广西汽车集团的一名电气装配技师。

何洁学的是电气自动化专业，按理说不算是郑志明真正意义上的徒弟，但郑志明作为团队负责人，对新员工，尤其是远离家乡的员工，给予了更多的关注。

笔者静静地凝视着这位在汽车电气装备界里如鱼得水的女孩，心想，她得经过怎样的努力才能在这个几乎都是男人的世界里，赢得自己的一席之地？

苦？不必言。汽车工艺装备制造界，离不开女性；机械设备制造一线，同样需要女性的敏感和细腻。自何洁投入机械电气自动化安装调试工作后，根本就没有时间去考虑何为苦，何为寂寞。一台工装的电气自动化设计、制造和调试，要在工程师手中完成，需要整个团队去齐心发力。而她作为其中一分子，在郑志明的鼓励和关注下，从没有半点懈怠的情绪，也没掉过链子。她也越发喜欢这些自动化的生产线，它们能够在她和同事们的手上从无到有，从设计到制造，再到装配调试成功——机械臂有序处理着不同工序。来来往往，有条不紊，相互配合。

而何洁，在郑志明国家级技能大师工作室，在一片冰冷的机械和男人的世界中奋斗，这样的职场经历，对于锤炼她的意志，也是大有助益的吧。

“郑大师用心设计工艺装备，也用心关心团队里的每一位成员。有几次，我们这些家在外地的单身员工没能回家过年，他特地邀请我们到他家吃年夜饭……”何洁说。

那一台台工艺装备后来能那么顺畅、默契、牢固和稳定地制造出一个个精良的汽车零部件，原来是因为郑志明给予设计制造这些设备的人如此多的温暖与温馨啊！

在郑志明的协调下，“躺平生”如愿调到工作室工作。难能可贵的是，“躺平生”这个已步入中年门槛的一线工人，在进入工作室后，竟然有种悔不当初的狠劲。这次岗位调整，似乎成了他对过去涣散混乱的工作和生活的告别。他其实是一个有激情和爆发力的人，当然，他得把力气用对了路才行。

第十章

决胜毫厘

“再试一次，还调试不好，我都不好意思说是郑大师带出的徒弟了。”谢评周喃喃自语。

已是午夜时分了，在一条生产线旁，谢德阳、覃勇真、李源等人还在班长谢评周的带领下，紧张地调试一台副车架自动化焊接专机。这台专机是按照 CN180C 副车架新产品的工艺要求，进行工艺分析策划后对生产设备进行自主开发集成的。按合同约定，三天后将发到青岛五顺汽车模具部件有限公司。越是着急，手越是不听使唤，反反复复调试，总是达不到精度要求，机床上的构件也总是不配合。几个小伙子着急得额头全是汗，衣襟也被浸湿了一大片。

“为什么老是产生这么大的误差呢？”一个声音说，“会不会是因为我们没有遵循机械规律，应力没完全释放，就急着进行精加工？”

“也许，大概，可能，”一个声音怪怪地接腔，“嘿嘿……不听师傅言，吃亏在眼前了吧。”

“怎么办？就差那一两丝，就是调不好。”

“需要再对垫片刮削一点点。太难啦！看来还得请师傅亲自出马，要不还真交不了差啊，更重要的是会影响咱们整个团队的声誉。”

最终，大家一致推举班长谢评周给郑志明打电话。

谢评周是班长，也是他们的大师兄，打电话这个任务，非他莫属了。“如果给师傅打个电话，坦白工作失误，请求援助都不敢，那也太没有担当精神了吧。”谢评周在心里嘀咕着。

电话一接通，谢评周便紧张得语无伦次，怯怯地汇报了设备调试情况。郑志明只说了“知道了”三个字便挂断了。

郑志明当然知道，从谢评周几人一开始设计制造这台机床时，他就反复强调，一定要遵循机械规律。生产线精良，制造出的产品才精良。而生产线的精良体现在机床的精良。机床的精良，需要用精良的构件来支撑。这就意味着，机床的设计和制造，必须考虑方方面面的因素，不能偷懒，更不能投机取巧。一个核心零部件的精度高低，能决定整台机床的质量。

大多数钳工在安装调试一台设备时，耐不住性子，只把它当成一个普通部件来对待。

而郑志明不是。比如，需要用人工来干预锉削一个精密垫片时，力量的均匀与手法的灵活，要结合得不着痕迹。起手落点，都得有讲究。一个钳工的水平高低，就体现在加工一个高精度的构件上。说到底，也就是体现在手上。

手比人体其他肢体传递出的信息更丰富。郑志明天生一双巧手，似乎专为制造精密零部件而生。

就拿眼前这台正在调试的机床来说吧。这是一台新研发成功的副车架焊接生产线。此前，郑志明反复提醒过谢评周他们，要充分考虑释放机械应力这一因素，让金属达到理想状态再进行精细加工。结果，他们觉得应力看不见，摸不着，师傅讲的那些细枝末节的东西，对一台庞杂的机床来说太微不足道了。

谈到这里，郑志明微笑着对笔者说，所谓的机械应力，是人的肉眼看不见、肉身感受不到的一种力。机床行业一直有种说法，越是高精密的机床就越要注意机械应力的释放。床身经过焊接后要进行震动时效处理，待机械应力完全释放后，方能在上面进行精加工。就像一块钢板被反复磨砺，跟人一样会累，需要歇一歇。应力释放的过程非常重要，就像文章里的闲笔，你写得太紧，太满，文章就不透气了。

机加工也一样，要考虑机械应力，否则会导致构件产生轻微的形变，而这种形变则需要放大镜才能看得见——郑志明如是反复提醒徒弟们。

师傅说得苦口婆心，徒弟们表面应承却不走心，在实际操作中投机取巧，急功近利。

放大镜才能看见的形变，也会影响到机床的精度。所以，机床部件需要释放机械应力，来保证精度和稳定性。而释放的时间则需要十来天。眼下工期一天天逼近了，哪还有工夫等到看不见的机械应力释放完全？于是，他们进入下一道工序，其结果可想而知。

郑志明（右二）在指导徒弟们

“好像师傅还说过，如果机械应力没能完全释放，那么，在加工时，要特别小心，不能让金属构件的表面在削刮中产生热量。”

“唉……”徒弟们发出一声声悔不当初的叹息。

要知道，制作金属构件，必须有一个顺应的过程，也是一个较量的过程。金属是桀骜不驯的，如果没有遵循机械规律，不顺着它，便是瞎折腾。于是，机械就会出现偏差，容易二次变形，影响到机床的精度。

在给机床加工一个“之”字形的工件时，必须先钻一个小孔，把钢材的应力充分释放，才能在上面做下一步的精加工。把冷冰冰的钢材看成有生命的东西，这体现了人对自然、对物质材料的尊重。和烹饪一样，好的厨师应了解原料的优点，并且将其放大，这其实也是对食材的尊重。机械制造工艺中，先做这一步，后做那一步，是无数个技能大师和高级工程师前辈，用无数次实践经验总结出来的。在工艺方面一步走错，就步步皆错。“偏之毫厘，失之千里”在机械制造业中体现得淋漓尽致。

郑志明就是这样一步步领悟实践出来的，他跟很多师傅学习过，经历了多次失败，才有这深刻的感悟。

科学就是科学，技术不是靠空话吹出来的。可是，郑志明的这些徒弟实在太轻狂，刚从市里的技能大赛捧回了一些奖项，就觉得自己挺厉害的了。在他们看来，师傅提出的“充分释放应力”，那是几乎感受不到的误差，完全可以忽略不计。

殊不知，他们毕竟太年轻，更是缺乏一种精益求精的精神，根本不注重床身某些部位的接触面是需要人工干预的，要进行精细刮削，刮重了刮轻了都不行，一切都要刚刚好，否则设计制造出来的机床永远达不到高精度。没有高精度的机床，又何谈高精度的产品？

然而，谢评周他们的这些小心思，郑志明哪里看不出来？有句话说“不撞南墙不回头”，真正叫醒一个人的，不是道理，而是“南墙”。中国还有一个成语叫作“事不过三”。先让徒弟钻一下牛角尖吧，等他们撞得头破血流了，自然会懂得什么是真理。

所以，当接到谢评周的电话时，郑志明就明白，他们终于撞上了“南墙”，正等着他去收拾残局。一切都在预料之中。他这个师傅，此时必须去。

能进入郑志明国家级技能大师工作室工作的，都是动手能力比较强的人。前面介绍过的谢评周，现在已是多种荣誉加身的年轻高级工程师了。他作为郑志明的第一代弟子，已经基本可以独当一面了。这些年新招进来的覃勇真、谢德阳、李源等徒弟，也逐步成长了起来。徒弟们的性格各有特点，有的随和，有的孤傲，有的爱钻牛角尖。郑志明任他们自由生长，但不能偏离圆心。这个圆心就是用一颗匠心研磨出的“五菱精度”，不是一天就能形成的，需要时间，需要敲打和实践。

在机械制造界，尤其是汽车行业，也鲜有安于现状者能身怀精湛的技艺。那些整天只会像机械一样重复工作，或者怕犯错误而不敢于直言的人，往往没有什么创意，也不可能在创新创造上有太大的建树。郑志明向来敢于直言，他坚信自己的谏言对提升产能和产品质量是有好处的。他认为，保持本我很重要。如今，他当了师傅，成为首席技能专家，又是大师工作室的领头雁，他并不希望团队成员都只有一个标准模板，就好像是一个模子里刻出来的饼干，这不利于团队的创新创造。没错，团队里的小伙伴的确有一定的共同特征：有雄心壮志，能自主驱动，执行力强，工作能力突出。但除此之外，他们也都是一个个独立的个体，各有各的性格，却不乏一些超乎常人的才干。

不管是哪种性格或脾气，郑志明都以一种开放包容的心态和团队成员们相处。对于他们的直言不讳，他已经学会了游刃有余地应对。一日为师，终身为父。做师傅的就要对徒弟负责，不能耽误他们。如果徒弟自己耽误了自己，师傅也会心痛。他不愿意让那些总是自我感觉很好的徒弟，被一时的赞誉冲昏了头脑。

郑志明和当年的谭林科师傅一样，是一个心态开放的人。他甚至觉得，孤傲恰是在技术领域难得的性格。那些没皮没脸、没自尊心的人，大多是庸才，是不能挑起技术攻坚大梁的。所以，郑志明对徒弟们在技艺上的特长和偏好，以及每个人的个性特点都比较尊重。但有一条底线，就是绝不允许用大设备去试错，因为这涉及工作室的成本考核。这些年，郑志明在广西汽车集团的栽培下，已经具备了“择一事终一生”的倾心专注、“偏毫厘不敢安”的一丝不苟和“千万锤成一器”的坚持不懈。他当年跟过的师傅，都是这样要求他的，如今，他也这样要求他的徒弟。

谢德阳，1995 年出生在贵港农村。2014 年，他从广西机械高级技工学校（现为广西机电技师学院）毕业，入职柳州五菱时，郑志明国家级技能大师工作室才挂牌成立两个多月。谢德阳人生中第一个工作日就参与了一台刚设计制造出来的专机调试。

这台专机是郑志明团队花了三个月设计制造出来的，是一台前轴自动化点焊专机，采用 6 个轴机器人带 3 个联动外部轴的方式，可完成 CN200 后消总成的焊接。整条生产线采用柔性化方式设计，切换夹具即可实现其他产品的生产。

谢德阳上午刚进公司报到，班组长就将他带到这台专机面前。谢德阳看到一群人围着一台设备七嘴八舌地议论着什么。此前，他只是看过郑志明的照片，并未见过其真人。此时此刻，一个专家模样的青年人，站在人群中一边安装，一边给年轻的工人讲解调试方法。他心里嘀咕着，这人莫非就是传说中的郑志明大师？他又不敢确定，在他印象中，像郑志明这样的大师级人物，只需动动嘴，挥挥手，再由徒弟们动手去干就行了。可是，眼前的郑志明一边讲解原理，一边亲自去搬动一个笨重的机床零部件，那部件看样子起码有三四十公斤。后来，谢德阳才知道，那是一根后桥壳体减速器。

郑志明和徒弟们一起将一根油杆套进轴承的场景，刷新了谢德阳的认知。印象中，他还没见过哪位大师级的工程师，亲自在车间里搬动沉重的零部件。郑志明的这个举动，让谢德阳心生好感和崇敬。他暗想，如果能成为郑志明的徒弟，那该多好啊！

“合枪加压速度过快时，焊枪电极端面和板件接触时应力会突然变大，导致焊点表面压痕过大，或者焊枪碰撞报警；合枪加压速度过慢，又会影响工作节拍……”

这是郑志明的声音，他在边示范边讲解，谢德阳用心记下大师说的每一句话。

“那么，我们应该如何在不调节机器人本体运动速度的同时去改变焊枪的加压速度呢？”

技师们在郑志明的引导和启发下，个个跃跃欲试，现场十分热闹。

真过瘾！这场面让初来乍到的谢德阳大开眼界，被团队的这种和谐友好的氛围深深感染了。从此，他心里也种下一颗不甘落后于他人的种子。

由于所学的专业与郑志明专业对口，不久，谢德阳如愿成为郑志明的徒弟。那晚，他给家人打电话，激动地告诉他们这个喜讯，全家人都为他感到高兴。郑大师是谁？家人们拿起手机随便一查，便可知道郑志明的能耐了。

从此，谢德阳在郑志明团队，开启了机械维修和创新创造的工作生涯。对他来说，这里宛如一条河流，大多数时候都在笔直地向前流淌，偶尔也有回转之处。他喜欢汽车，喜欢制造汽车，喜欢研究生产汽车零部件的工艺装备。有人说，研制汽车工艺装备是最没有成就感的，因为在这里看不到任何一辆成品车从生产线上开下来，看到的永远是汽车的内部构件。说得难听点，看到的只是把几条铁块拼到一起的零部件。

这一年，谢德阳19岁。第二年，他在郑志明的辅导下，参加了柳州市职工技能大赛钳工比赛。正所谓名师出高徒，谢德阳获得了第三名的好成绩。谢德阳看到了自己的潜力，自信心也慢慢地树立起来了，此后便一发不可收拾，凡是有技能大赛，他都踊跃参加，捧回了一个又一个奖杯。他将对师傅的感激，全部融

郑志明在磨削加工零部件

入工作中，成为当时的柳州五菱一颗冉冉升起的新星。他也沿着郑志明在机械制造领域铺就的道路，精耕细作，勇往直前。

几年后，谢德阳已荣升为工装工段的工段长，成了郑志明的继任者。看着谢德阳每天忙上忙下，郑志明恍如看到当年的自己。而在谢德阳看来，车桥厂工装工段，是郑志明起步的地方。如今，自己沿着师傅的步伐行进，哪怕达不到师傅这个高度，但只要付出了努力，那就无愧自己的年华了。

郑志明的另一位徒弟叫覃勇真，1989 年出生，是柳州本地人。他年少时贪玩，加上缺少父母的管教，初中未读完便辍学了，混迹社会几年后，才后悔没有一技之长，干的尽是苦差事。自学初中和高中的课程后，他被广西机械高级技工学校破格录取，学的是模具制造技术专业。2014 年毕业后，他顺利入职柳州五菱，加入了郑志明的团队。覃勇真时常感慨，幸亏自己醒悟得早，能及时学到一门技术。他也庆幸自己能成为郑志明大师的徒弟。

刚进入团队不久，覃勇真便有幸参与安装调试一台自动化环焊专机。这是他第一次安装调试设备，负责同轴度的调试。他没有经验，在直线导轨调试中，老是调不好，但越是着急，就越是调不准。

要知道，导轨系统可使机床获得快速进给的速度，为了保证机床的精度，对床身或立柱用手工进行铲花，是必不可少的。一般情况下，设备安装比较简单，调试才是高难度的。难就难在对零部件的铲花上，那么一点点差距，就是一根头发丝直径的几十分之一。只有在刚刚好的位置上，才能达到适应于高速运动、摩擦系数小的要求，灵敏度才高，才能满足运动部件的工作要求。

初来乍到的覃勇真，刚开始以为自己可以完成这个装配调试工作，为团队贡献一份力量，也想在师傅面前证明自己的能力，结果几次调试都不成功。郑志明来到他的身边，一边讲解，一边操作，他总算听明白了，但手就是达不到那个“刚刚好”的力度。郑志明不厌其烦，深入浅出地给徒弟们讲解。没有长期的训练，难以做到人刀合一，更不可能完成这样高精度的调试。而

“人刀合一”这四个字带来的一股无形的力量和气场，或许是作为一名机械制造师的最高境界吧。谭林科、张金荣这些老一辈的工程师，更希望徒弟们能够在新的跨越中，树立起新的里程碑。郑志明做到了，而他的徒弟们能否做到，很大程度取决于他的传帮带效果。

一个年轻的技术工人想要慢慢成长，必须有技艺和经验，有创新思维和一定的格局，必须念念不忘自己是机械制造业里的一分子，时刻记住自己正在路上奋力前行。覃勇真最敬佩郑志明的地方，是他至今仍然保持着对机械制造的巨大热情和由衷敬畏，每次郑志明与他们谈论起机械制造、工艺装备等话题，永远眼睛发亮，兴致勃勃，那份认真让人动容。

覃勇真总算上了一堂深刻的实操课。这一幕，让他多年后每每忆起一些暖心的细节，都不禁要感慨一番。

覃勇真的父亲是一位老实巴交的农民，平日在家里也爱捣鼓一些机械。农活不忙时，他就对家里的农用机械，比如三轮车、拖拉机、打米机做一些拆拆装装的小改造。他时常听儿子提起郑志明，很是纳闷，天下哪有这么好的师傅？老话不是说“教会徒弟，饿死师傅”吗？

“你那是老观念啦。我们的郑大师说，等哪天看到他的徒弟个个比他强，等他听到别人夸奖的是他的徒弟而不是他，到那时，他才是最成功的。”覃勇真拖长腔调向父亲介绍自己的师傅，骄傲得不行。

果然如此。几年后，覃勇真在郑志明手把手的指导下，真的练就了一手车、削、镗、磨的好技术。他斩获了“广西技能状元”大赛钳工大赛第五名、柳州市“振兴杯”工具钳工比赛第一名和第一届广西技能大赛银牌。

郑志明就是郑志明，挂了谢评周的电话后，套上衣服就往工厂赶。此时，夜班工人已经开工 3 个多小时了。郑志明和厂里其他中层管理人员一样，虽然已经下班回家了，但他一天的工作却尚未结束。这不，他现在还得往车间里赶。只要车间里的机器设备在运转，或者工作室所接的项目还没完结，他就会保持应战的状态，因为，总会有各种各样的生产问题出现。

10 多分钟后，郑志明出现在车间。谢评周等人看到师傅仿佛看到了救星。

恍惚间，郑志明感觉自己回到了过去。20 年前，几乎是同样的场景，在一堆设备丛林中，他的师傅站在一台机床边，开始对高精度零部件进行钻孔，身边围着年轻的郑志明等人。此时此刻，郑志明的身旁同样也围着一群年轻工人。只见他拿着一把明晃晃的、小巧的刮刀，轻轻地在零部件上刮削、铲花，再用量具测量。还有那么一丝的差距，再轻轻刮一下……徒弟们目不转睛地盯着他的双手，生怕错过任何一个微小的动作。

郑志明对这台专机再熟悉不过了。从设计方案到组织制造，再到调试安装，每个步骤都有他的创新理念。在最后的装配调试阶段，他放手让徒弟们主导实施，交代几句要领就去忙另外一个项目了。结果，在关键部件的调试中，徒弟们还真不能按要求完成。

0.005 毫米，什么概念？

一根头发丝的直径约 0.05 毫米。也就是说，把一根头发径向平剖成 10 根，每根的厚度即为 0.005 毫米左右。

0.005 毫米，极其细微，要达到这个精度，绝大多数钳工、车工穷其一生，也难以做到。0.005 毫米，可以说是一座高山，岂是谢评周这些刚入职不久的年轻工人能轻松逾越的？

磨削加工的一根 2000 毫米长的细长轴，同轴精度与直线精度，均达到 0.005 毫米。同时要充分考虑加工时应力的充分释放，防止二次变形，影响设备精度。

郑志明一丝不苟地操作着，谢评周等人屏住呼吸看着师傅手起手落，然后用显微镜放大，再用精密量具测量，发现表面还有一点凸起，还需刮削一点点，而那么一点点差距，相当于头发丝直径的 1/40。

此时的郑志明，在白炽灯下心无旁骛地操作着。他将自己锉削的力度和速度控制得刚刚好，尽可能减少金属构件在摩擦中产生的热量，待完全冷却后，再用精密仪器进行测量，反复几次，总算恰到好处了，设备终于得以调试成功。

徒弟们把眼睛瞪得大大的，生怕错过每一个细微的动作。事实上，郑志明能达到今天这个水准，也是吃尽苦头的。最刻骨铭心的一次经历莫过于那年随师傅到东北参加技能大赛。

那是 2003 年冬天，他拖着钳工所需的满满一大行李箱刀具，从柳州到长春参加一场全国性的技能大比武。所有带去的工具因受低温的影响，变小了，结果做出来的零部件也比在柳州做出来的小了一圈，导致打出来的孔，轴承套不进去。当然，这种误差也只是在放大镜下、用精密的量具才能测出来的。刚开始，郑志明想不明白，自己一丝不苟地完成着每一个步骤，熟练操作，最后的成绩却出乎他的预料。后来，他才明白是南北气温差异造成的，气温的变化造成刀具的变化，导致他所锉出来的精度有偏差。他恍然大悟。虽然没有获得等级奖，但这次经历让他从此重视热胀冷缩这个因素。此后，在加工精密零部件时，他都要考虑这个因素。

所以，他把这个经验教训教给徒弟们，反复提醒他们，在精密的零部件世界中，更要讲究精益求精。他强调，加工一个齿轮、一根轴、一个垫片，尽可能用轻微的力量铲花，不让其产生热量。如果不能完全杜绝摩擦生热，则要等到这个工件完全冷却后再测量，这样才会精准。受热膨胀后，大出的那几丝，会引起整个零部件的变形。这种变形虽然微小得必须在显微镜下才看得出，却足以影响到机床的精度。

当天刚蒙蒙亮时，设备终于全线调试成功。试了几轮，都能制出合格的零部件。

“完美！”徒弟们高声呼喊了起来。

广西汽车集团实训车间

师傅能出手，这可是从根本上解决了他们燃眉之急啊。徒弟们不服不行，发出的这些赞叹全然没有恭维之意。

郑志明假咳了两声，笑笑，走开了。

师傅教徒弟，最后教的是细节。技术水平的高低，比拼的也是细节。方法很容易理解，但细节决定精度。郑志明仿佛是在用鞭子赶着徒弟们，尤其是在调试一台设备，或是在参加各种级别的钳工技能大赛时。

“你们不要想那么多，只要按照我的方法去慢慢练习就行了。”

2016 年的某个晚上，广西汽车集团的实训车间灯火通明。

一台摄影机架在钳台旁，一镜到底地拍摄徒弟加工一个零部件的每个动作。首先是锯割，接着是锉削、钻孔，每一个步骤都全程记录下来。

白天，郑志明有处理不完的棘手事。这不，在公司食堂匆匆地吃过晚饭，他就来到实训车间，指导徒弟们备赛。

他的徒弟覃勇真、谢德阳和李源即将参加这一年的自治区级钳工技能大赛，他们已备战三个月了。白天大家都忙着各自的工作，唯有晚上，才有时间碰到一起，对设计制造一个金属构件展开热烈的讨论。整个实训车间的气氛因郑志明的到来而变得严肃、紧张。

瞧，天气不热，但一个个不停锉削的年轻人，后背都湿透了。那场景，令在场的覃勇真、谢德阳和李源多年后仍难忘。

当所有工序完成，覃勇真用时比谢德阳多了 3 秒。此时，只见他一脸期待、忐忑，还有一点隐隐的羞涩，说："3 秒啊，师傅，你得给我找找，看哪个工序上有不合理的地方，是不是还可以提速？"跟着郑志明，徒弟们个个都修炼出了实事求是、真诚待人的品质，及时承认不足和过错。

郑志明盯着屏幕说："你看看，这个垫片，研磨时的力度还要轻些，动作还要快些，要学会从掉下来的铁屑中判断研磨的深度。"郑志明手指屏幕，再次回放了覃勇真刚才的操作过程，李源和谢德阳凑了上来。

"你们再仔细看，在锉削这道工序上，每锉一次，你都要感受手摆动的力度，就大概知道会掉下多少铁屑。”郑志明提醒道。覃勇真还真懊恼，自己为何长不出一双像师傅这样的巧手？他记得第一次看郑志明用一把锉刀锉削工件时，感觉他的手充满灵性。

“再来一次。”覃勇真坚定地说道。

摄像机再次对准钳台。这次，覃勇真拿锉刀的手更稳了……

在备赛的日子里，他们只能利用晚上或者工余的时间，练习基本功，锯割、锉削、钻孔、修配……一道道工序从头练起，一遍，两遍，三遍……临睡前还要复习理论知识，选择、判断、填空、简答……一天要背 1000 多道题。

在赛前的几个晚上，郑志明给徒弟专门抠细节。他回放了视频，与徒弟们一起看，看哪一道工序的速度还可提升 1 至 2 秒，哪个构件还可以消除 0.005 毫米的误差。

最后，覃勇真一连做了几遍，都还不错。郑志明是一位喜怒不形于色的师傅，他不会表现出太高兴的样子。他太了解自己的徒弟了，一旦给予太多的赞美，他们的尾巴就可以翘到月亮上去，但他心里是高兴的。做每一个工序速度能提升 1 秒，每锉配一个零部件精度能达到 0.005 毫米，他看到的是一个人的手感和造型能力。在这一行，你的技艺高超那么一点点，就能把别人比下去，在大赛中获得理想名次。

精准，精确，精密，精微，精湛。宏伟的工程累积于每一次的不差毫厘。从无到有，由粗至精，郑志明和团队积聚量变，实现质变，在微小的零部件世界中小心谨慎地向前进。他们前进一小步，或许就能让中国汽车工业前进一大步。

对于一名汽车制造人来说，精度是衡量一台工艺装备质量高低的标准。唯有设备精良，制造出来的零部件才精良，精密之眼、毫厘之功、平移之准和平衡之舞，缺一不可。

一家制造企业，缺乏优秀人才是很难成功的，有了优秀的人才却不知爱惜更令人惋惜。一路走来的郑志明，扎根于广西汽车集团这块凝聚着工匠精神的土壤，最终成长为一棵参天大树。所以，当他成为这个行业的领军人物后，他总是自觉或不自觉地将自己通过别人的帮助所得到的，用于帮助更多的青年工人。如今，工作室成立了，这个平台除了要在工艺装备界做出成绩，还有一个神圣的使命——那就是培养人才。

从春寒料峭练到夏日炎炎，比赛也如期而至。

此时的赛场上，邻近过道的赛位、围观的裁判、举着摄像机的记者都让选手压力骤增。不仅如此，赛场上的操作台也比平时训练的高 10 厘米，选手们只能一边打磨，一边适应。步骤烦琐、要求严格、时间飞逝……

“在赛场上不要想那么多，只要心无旁骛去做就行了。”覃勇真牢牢地记住师傅的话，在心中暗暗鼓励自己。

30 摄氏度的天气，选手们纷纷在工作台上洒落点点汗水。长达 5 个小时的比赛和巨大的心理压力，让部分选手无法坚持到最后，败下阵来。有的选手刚结束比赛，就直接瘫坐在了一旁的椅子上。覃勇真、谢德阳和李源等郑志明的几个徒弟，不但能坚持下来，而且还拿回了名次，这给团队带来了荣誉，更使他们树立了信心。更重要的是，徒弟们经过一场场大赛的洗礼后，回到工作岗位时，明显感觉到自己的快速响应能力、对机加工图纸的理解能力、调试设备的精准度等，都有了很大的提升。

有时，郑志明会回想起童年时在乡下农场跟外婆生活的情景。那时，他常常缠着外婆问："外婆，蝴蝶是什么变的呢？"

"蝴蝶是毛毛虫变的。"外婆回答时，摸了摸郑志明的小脑瓜。

"你骗人。"小志明不肯相信，那么美丽的蝴蝶，怎么会是那么丑陋的毛毛虫变的？

在郑志明 7 岁那年，父母才将他接到柳州上小学。每次在大院里看见蝴蝶，他就会思考，自己会是那只毛毛虫还是蝴蝶呢？如今，外婆已去世多年，也不知自己怎么会突然想起这久已不忆的小事。美丽的蝴蝶，正是那丑陋的毛毛虫变的，经历了一番痛苦。但即便经历了一番痛苦，毛毛虫不一定都能变成蝴蝶，也许在变成蛹的时候，没有走完自己的路，便死掉了。真正走完这路程的，又有多少呢？

事实上，每一个普通的产业工人，要成为一名高级技师或高级工程师，又何尝不是经历一番艰辛，才能攀登至机械制造之塔尖？

无疑，郑志明的徒弟中，谢评周、覃勇真、谢德阳和李源等人是何其幸运。他们赶上了我国汽车工业飞速发展的时期，初生牛犊，满腔热忱，正在慢慢从毛毛虫变成蛹，能否变成美丽的蝴蝶，尚需时间来检验。

如今，谢评周成了郑志明的得力助手，统管整个团队。覃勇真成为设计工程师兼工装改进技师，继续郑志明当年的工作。谢德阳也做了工段长，负责工装改造，处理日常事务。这样一来，郑志明就可以专注于策略和计划，不受其他琐事干扰，小事就直接交给徒弟们去处理。

而就整个团队而言，郑志明也找到了培养人才的合适方法。他一直有规划地将工作室的年轻员工培养成一个专家梯队，持续发力，在机加工、机器人控制、电气化控制、工艺装备方面培养了很多实用型人才。多年的工作相处，使他和徒弟们情同手足，逢年过节你来我往，就像自家人一样。此时，他俨然是这些工人的兄长。

一个优秀企业所承担的社会责任，还包括培养对社会有用的人才，借此树立企业的良好形象。这一点，郑志明早已意识到。人各有志，一些很有悟性和潜力的徒弟成长起来后，由于种种原因离开了广西汽车集团。有的虽然不再为广西汽车集团做贡献，但他们还是在机械制造领域里摸爬滚打，还是在为中国制造业继续做贡献。基于这一点，郑志明对他们的选择都给予足够的尊重，对每一位潜心学习的徒弟都给予真诚的指导。

谭林科也许没有想到，早年他对着郑志明钻出的三个面六个孔吹烟雾的举动，持久地影响着郑志明。即便郑志明今天已经攀升到了这样的高度，每天练习手感的习惯仍不敢丢掉，工件一到他手里，他便感觉如同接通了电源。如果不坚持练习，平庸的技艺走到这里，就再也迈不动半步了。而真正的秘籍，也要靠功力来打底，用持之以恒来实现。

第十一章

不需要 245 个小时

“不行，你们必须从现在算起，在245个小时内，按合同要求，将这条生产线设计制作完毕，按时交付我们。”一大早，一个客户在电话里毫不客气地对柳州广菱汽车技术有限公司（以下简称广菱公司）的技术员说。

“这个我可不敢保证啊，我得和日本的工程师商量一下呢。”这边，广菱公司的技术员好声好气地说。

“都什么时候了，你们还在商量？你们的上头可是五菱啊，挺厉害的五菱啊。这事还难得住你们？”

“嗯，嗯，我们会尽量想办法解决。”

电话挂断了。

客户所说的是由一条后尾门包边和发动机罩包边的生产线改造成的柔性生产120S尾门和发动机盖产品生产线。

广菱公司是广西汽车集团旗下一家响当当的合资企业。它是一家于2006年与日本合资合作成立的集制作冲压用模具、零部件及加工工装设计、生产、销售为一体的中日合资企业，也是柳州市第一家中日合资企业。

这一天，是2019年夏季的某一天，柳州的最高气温达34

摄氏度。一大清早，一阵电话铃声急促地响起了，电话里的人的火气和这高温一样。这位客户把自己定位为一名纯粹的商人，他最喜欢说的一句话就是“友谊是长存的，合同是无情的”。在需要拉关系的时候，他可以把双方的友谊说得地久天长；而在涉及利益的时候，他会翻脸不认账，能坑别人一毛钱，他绝对不会只坑九分就罢休。

“怎么办？”放下电话，广菱公司的技术员满脸愁容。

“只有再和日方工程师商量一下，看他们能不能想办法。”公司经理也很无奈地说。

“日方工程师昨天已明确表态了，说他们干不了。”技术员愤愤地说道。

“不管怎么样，有问题不能回避，得面对，得解决。通知相关人员到场，我们一起商量看有什么办法。”经理发号施令。

没过多久，中日双方工程师相继来到了生产现场。经查看，要对这条生产线进行改造，技术确实复杂，而且时间紧、任务重。日方工程师连连摆头，说这项任务不可能在这么短的时间内完成，请求客户允许推迟交货日期。

于是，广菱公司经理亲自致电客户，好话说尽。结果，客户不同意延长时间，在电话里说要按合同办事，按合同交付，否则按违约处理。

中方工程师在内心深处，也不愿意延长交货时间。要知道，120S 尾门和发动机盖这两种汽车配件的生产线改造，一旦在他们手上延迟了交货时间，就意味着客户没能正常生产，对他们来说也是致命的，因为客户上头也还有客户。广菱公司与客户未来合作的机会还多着呢，他们不愿意这样砸自己公司的牌子。再者，尽快完成一项任务算一项任务，毕竟公司的产值和经济效益也十分重要。然而，中方工程师干着急也没有用，眼下的这条生产线改造成柔性生产线所用的技术起源于日本。按照合资公司约定，该技术是由日方提供并且负责组织实施的。如今，日方工程师却说干不了，这不是让广菱公司领导陷入了两难境地吗?

“怎么办?文件明明写着这项技术由日方提供且负责组织实施的。”广菱公司领导急得脸通红，拿出相关规定文件给日方工程师看。

“不是我们不改造，而是他们给的时间太短了。”日方工程师一脸无奈。

“时间不够，也要想办法干，这可是你们的职责。”中方经理强忍住怒火，差一点就咆哮起来了。

“这个事情还得请郑志明出马！”公司领导一遇到棘手的技术难题，习惯性地第一个想到找郑志明。

于是，一个电话打到了郑志明这里。

郑志明在电话里简单了解了一些情况后，立即带着团队来到广菱公司的生产现场。在查看设备、问明情况后，他淡定地说：“这个我可以试试，我们会尽量加快速度，努力在截止日期前交付。”

听到郑志明这样说，中方工程师表示感谢的同时，也悄悄替他捏把汗："一旦完不成，你的大师工作室的招牌不是要砸了？"

也有人替郑志明这个"救火队员"鸣不平：日本人的事，凭什么由你来担风险?

当然，也有对郑志明很信任的人，当郑志明一出现，他们总算松了一口气。

"日方工程师干不了的事，你们中方工程师就能干得了？"一抹讥讽的微笑，浮上日方工程师的嘴角，"我们日方都说干不了，你郑志明却来横插一手，看你有多大能耐，可不要让我们看你们的笑话哦。"

在医疗界，人们习惯用一台手术做了多长时间来衡量这台手术的难易程度。"时间就是生命"这句话，用在手术上恰如其分，手术时间拖得越长，失败的风险也会越高。而对于机械制造业来说，抢修或者赶制一条生产线、一台工艺装备，姑且不说"时间就是金钱"，但说时间就是声誉、就是尊严，是恰如其分的。

是的，上述的这项生产线改造技术起源于日本，在 2002 年由日本工程师顺利研发并投产。这件事情发生时，这项技术已经发展了 17 年，应是一项相当成熟的制造技术了。日方工程师的不屑态度，正因为此技术起源于自己的国家，且他们都认为这个事情自己做不来，更不要说中方工程师了。然而，郑志明历来就有一种执着、专注的精神，面对工作时更像个认真、执着、心无旁骛的孩子，即便他当时已到了不惑之年。

要知道，在前两年，广菱公司曾派自己的工程师赴日本进行为期 3 个月的研修，研修的方向是工装设计及品质育成。在日本，中方工程师第一次见到冲压立体仓库，从入库到出库，完全实现自动化；第一次见到了全自动化焊接包边生产线，集合了焊接、外板抓取、清洁、涂胶、包边、引出焊、包边后补焊、铰链安装、窗框检测等功能，涵盖了除冲压外门盖生产外的全部工序内容。这条生产线实现了只由 2 人负责数线前端放件，1 人负责线尾抽检，线速节拍达到 60JPH[①]，也就意味着每分钟都有一辆整车下线。当时的日本已实现高速度、高效率、高质量造车。

眼下，要将这条生产线进行改装和完善，对日方工程师来说，技术方面应该是没有问题的。可他们不知出于什么原因，就是不愿干。难道真如他们所说，时间不够？对自己没有信心，心中又没底儿，只有梗着脖子打死也不干。细细盘算，客户给出的时间只有 245 个小时，即使不休息，也仅有 10 天时间，而人不可能 10 天不休息呀。工作效率上不去，要对这样一条生产线进行改造，对他们来说，技术真的不是问题吗？事实上，日方工程师的心里还有一个不足为外人道的小算盘，那就是先拖几天再说，届时就算包边生产线还没有修复，客户也不会再找他们的麻烦。

---

① JPH 是 Jobs Per Hour 的缩写，即小时工作量或单位时间工作量，是工业工程学科应用于加工制造业时经常涉及的一个重要变量。

但他们万万没想到，这个时候，中方派出了一个执着、认真、负责的技能大师，硬生生地替他们挡上这么一“枪”。他们搞不懂郑志明这个看上去普普通通的工人，到底能有多厉害。

郑志明来到广菱公司生产现场时，日方工程师也在场。郑志明的碎步变成了阔步，大步流星地走到日方工程师面前。他认真地查看生产线的情况，心里不断梳理近来研发的几台设备的情况，发现有相同之处。于是，他感到很有信心，要将这条生产线改成柔性的，以他的工作室的技术力量是完全可以做到的。至于时间要求，只能尽量往前赶。郑志明能有这样的信心，是因为他经手的科研项目成千上万，丰富的经验使他强大。

如果说，这时的郑志明对原先安排的时间很有把握，就显得他太“狂妄”了。要知道，大多数时候，改造设备和制造设备不可能那么顺利，几乎不可能对预定的完成日期说：“一切就绪！”

此时，当着日方工程师的面，郑志明没有把这种心情表现出来，而是保持着从容淡定的神情，给他们传递着一种“一切尽在掌握中”的自信。

然而，真正的技能大师，或者说郑志明个人，什么时候被困难吓倒过？什么时候被技术难倒过？从当年进入柳州五菱开始，他几乎每天都在搞科研，都在创新，都在和机械打交道。当看到日方工程师脸上掠过一丝轻蔑的表情，郑志明立马想到父亲常挂在嘴上的那句“不蒸馒头争口气”。

一片寂静。没有一个人出声，只有此起彼伏的呼吸声……从

广菱公司技术生产线

进门的那一刻起，郑志明的脸色一直保持着温和。

从头到尾检查一遍生产设备后，他接过广菱技术员递过来的图纸，和跟在身后的徒弟交流了几句。他随即打开随身携带的电脑，一把抓起鼠标，操作起建模软件，开始设计草图。

这时，无关的人员散去了，现场更加安静。

当天色渐渐变暗，郑志明和团队制定了一个初步的解决方案。他们与广菱工程师反复讨论，将每一个部位、每一个细节剖析得清清楚楚，并充分参考了日本的技术。郑志明即使是回家休息，躺在床上，仍在不断思考修改优化的方案。

第二天下午，一个近乎完美的方案形成了。郑志明提交给客户，在电话里与客户反复商量，确定没有异议后，立即带上团队进场，着手对设备进行拆装。

胜者为王，干机械设计和制造工程，也像打大战役一样。科学的方案，精准的操作，是郑志明作为一整套庞杂生产线技改项目的“司令员”必须具备的，而他现在最需要的是成果与时间。

时间一分一秒地过去，天黑了，又亮了。和此前做的所有大项目一样，郑志明带着团队全天泡在车间里，但仍能保证有足够时间休息。他们争分夺秒，这跟金钱无关，跟团队的业绩无关。他们想证明的只有一条：中国制造业，经过这些年的引进、吸收、融合、创新，早已实现赶超跨越了。归纳起来就是一句话：中方技术不输日方。

有道是“有志者事竟成”。当郑志明和团队对设备进行的最后一次调试完美结束后，车间响起热烈的掌声。郑志明和团队不负众望，只用了 171 个小时，就完成了整个改造项目的所有工作，比原先预计的时间缩短了将近 1/3，保障了这台设备按时顺利交付。

此时，日方工程师脸上哪还有什么不服气的神色？若是还在古代，也许他们这会儿都打算对郑志明纳头便拜了。

“郑先生，郑大师，请允许我向你们做出的具有划时代意义的成就表示祝贺。”

日方专家团中，较年长的那位以一个极其抒情的赞叹作为开头，并辅以一个 90 度的大鞠躬。那一刻，许多人看到平时冷若冰霜的日方专家的眼里，盈满了泪水。之后，他将自己的头与郑志明的头万般柔情地贴在一起。

“要求 245 个小时完成的改造项目，您只用了 171 个小时就完成了，缩短了将近 1/3 的时间。我不拜谢你，还能拜谢谁？”这是日方技术专家对郑志明说的悄悄话，但冰冷的机器听得清清楚楚。

郑志明没有在意这些溢美之词，早在 10 多年前，他对于这些赞叹就已经习以为常了。这 10 多年来，他心无旁骛地搞技术，做科研，接项目，钻研参数化建模，用电脑制作三维立体图。工装调试中很多精密垫片的锉削实践，他都是亲自动手操作，让新加入工作室的大学生、研究生感到惊叹不已。郑志明一直盯着那些还没有实现自动化或半自动化的生产线，心里常常有一种轻微波动。

团队里的其他成员，个个都是有经验的人，他们都经历过太多技改的沟沟坎坎，不会因为一个点子就马上头脑发热。不过，这次这条生产线因有日方参与的因素，郑志明在查看整条生产线后，说出自己想法的同时也有一种久违的紧张感。但与这种紧张感相伴的，是火速升起的一番浓厚兴趣。

起初，日方工程师并不相信郑志明居然能在那么短的时间里，拿出一个切实可行的改造方案。他想，看来自己真是赶不上这个中国技师了。

“其实，我也只是有一点感觉罢了。”郑志明赶紧掩饰，不想把日方工程师的脸打得太响了。他现在可以说是汽车制造装备自动化方面的专家，对于设备修改之类的东西，自然懂得更多一些。

如果是寻常时候，他也不会观察得这么细微，但因为听说日本人一直都在强调这么短的时间内不可能完成得了，他便存了一些心思，把细节观察得更透彻了。刚才，他注意到尾门和发动机盖的夹具精度最见功夫，这估计是日方工程师不敢大胆接下任务的原因所在。

众所周知，日本是个发达国家，中国只是一个发展中国家。但是中国在许多方面的技术已经领先于日本，因此日方工程师一开始就拒绝在这么短的时间内改造这样一条生产线，应当真的是在技术上有短处了。也就是说，中国工程师的技术水平是完全没有问题的，日方工程师甚至想找个理由泼脏水都办不到，才有了这种前倨后恭的表现。

更重要的是，在改造这条生产线的过程中，郑志明既负责画图纸，又负责将图纸中的工艺体现在生产线上。图纸可以设计修改，但一旦开始实施，产线便不可能返工。如果改造出来的生产线制造的产品达不到要求，同样是失败的。所幸的是，郑志明团队成功了。

俗话说，行家伸伸手，便知有没有。郑志明不用多说什么，只要用手工研磨一个垫片，将误差控制在 0.002 毫米，相当于头发丝直径的 1/40，使它跟另外一个动力头重合，便把在场的工人都给镇住了。机床调试讲究的是眼力和手法，讲究毫厘之间的分寸，工件和刀具的装夹平不平，进刀的深度准不准，走刀的速度匀不匀，都能够反映出操作者的水平。一个钳工的水平高低，一是取决于经验是否丰富，二是取决于有没有这方面的悟性。有些人做了大半辈子的钳工，研磨出来的工件表面在放大镜里看还是有着不平整的锯齿，那就属于缺乏悟性的表现了。而郑志明每时每刻的操作，都如行云流水般，人和机器几乎是水乳交融般协调，足以看出他技术水平的高超。

落后就要挨打，这是亘古不变的真理。技不如人，即便是仰视，别人给你的也是哼哼出气的鼻孔。有一句话，郑志明一直都明白，打仗胜败论英雄，科研同样也是成败论英雄。面对无数复杂的技术难题，他不敢保证次次都能做到“有志者事竟成”，但他会努力做好当下。他更看重的是自己在这个过程中的态度，至于成与不成，似乎不是自己考虑的事了。

郑志明有时也觉得自己奇怪，当要修改或者制造的设备涉及国外的品牌或人和事，他就会不断地想到“尊严”和“人格”这样的字眼。面对一种截然不同的机械文化，他认为需要做的是在接受它的同时，保持自己的传统。

郑志明像个精细的泥瓦匠，把所有可能被遮蔽的小缝都给封上了。在实施改造整条生产线的工艺设计方案时，郑志明没有去谈那些大道理，而是用准确的数据和高精度的构件摆出种种事实，展现过去十几年中引进、消化、吸收的技术成果。通过大量的数据比对，他和团队终于改造出了这条先进的柔性生产线。这让日方工程师感受到中国工艺装备的进步，也让他们感受到了，任何一种力量都无法阻碍中国制造业国产化的进程。

到了这一步，看到日方工程师一副谦逊之态，郑志明早已放下了姿态。作为中方高级技术专家，在对比中获取经验，也是一种文化——一个高级工程师或高级技师，在实践中争取迅速自我成长的文化。这也是一名大国工匠应有的胸襟与情操：不固守自己的经验，也不贬他人所长，实事求是，忠于职守，勤奋努力。

第十二章

匠心传承

毋庸置疑，20 多年来，郑志明的发明创造发生了巨大的变化。根本性的变化也许不在于从机械化到自动化再到智能化，也不在于日益精进的制造工艺，而在于支撑他把发明创造坚持做下去的动力。如果说，从最初的维修设备、改造设备到科研攻关、发明创造，是由澎湃的表现欲望、焦灼的自我进阶需求和一点点虚荣心所导引，那么，当他成为高级工程师、特级技师、大国工匠且在业内名声浩荡后，他的努力得到了相应的回报。当郑志明步入中年，一切稳定下来之后，按部就班逐渐成了他的日常状态。

中年生活已然来临，你的创新创造何以为继？你要靠什么样的内驱动力，在这条大道上自信、从容、不竭地行走下去？

在与郑志明的交流中，笔者试探性地提出这样的问题。郑志明还是保持着那云淡风轻的语调。他告诉笔者，现在的内驱动力变成了思考的习惯和为中国制造做贡献的担当。

这个内驱动力并非公司硬性下达的任务，而是出于对发展中国制造的自觉担当。任何一个在制造业摸爬滚打的从业者，都应该有这样的担当。

说得简单一些，便是一种匠心的传承。郑志明认为，企业应当将生产和教学结合起来，以培养出更多优秀的机械制造人才，不能让传承断层。

郑志明其实是个既务实又很浪漫的人。从 20 多岁成为一名钳工开始，他就深深地爱上了机械制造。如果将来我们的技术实力可以把人送到火星上去，那么汽车行业那时就应该有能力生产出毫无缺陷而且不会污染环境的汽车。自从在汽车工艺装备界成功地研制了一台台“专机”后，这几乎成了他的全部理想。

要实现理想，就需要有人才，就必须在这个领域里不断地深耕细探。所以，他对培养制造人才满怀信心。

“用最好的材料，做最好的教具；以最好的心思，培养最优秀的人才。”郑志明对自己和团队提出的要求，远超出一般特级技师和高级工程师的格局和视野。于是，在他的主导下，一套套独创的自动化焊接培训教具从无到有，从完善到精良，整齐地陈列在工作室的大厅里。一批又一批的新员工和大学里的莘莘学子，在这里感受到了机械制造工艺的魅力。

“垫片放在两法兰密封面之间，拧紧螺母后，垫片表面上的比压达到一定数值后产生变形，并填满密封面上的凹凸不平处，使连接处严密不漏……”

这天，郑志明被一群人围着。他戴着耳麦，站在一台法兰环焊教学平台面前，一边操作一边用浅显的语言给学员讲解，洪亮的声音在车间里缭绕。他的身旁还有 5 组同样的法兰环焊教学平

郑志明在传授职业技能

台，待他讲完第一节重点理论知识课后，学员将动手实操。

这一套法兰教学设备，也是郑志明第一次应用于教学中。他边教，边注意学员的反馈，然后再对教学内容进行修改和完善。他尽可能将这些理论形成文字，汇编成机加工专业学生入职前训练的辅助教材。

今天的这批学员共有 50 多人，都是来自广西汽车集团旗下各分厂的新员工，他们将在这里进行为期两周的学习。

各大职业院校也纷纷前来洽谈，希望能与郑志明国家级技能大师工作室联手开展深度的校企合作，实现产教结合。郑志明一边拓展项目领域，一边结合学校的专业设置，给大专院校开发教具，外派员工到学校授课。这 6 组法兰环焊教学平台别出心裁，是郑志明带着团队根据产教有机融合的要求开发出来的，主要用于演示“五菱宏光”迷你新能源汽车后桥壳工艺装备的设计、安装和调试。在这里，学员们可以亲眼看见一个汽车零部件是如何诞生的，也可以模拟实操一个汽车零部件从图纸、工装设计、钳工安装、装配调试到产品制造的整个流程。当一个“五菱宏光”迷你新能源汽车的零部件，在郑志明的手上制造出来，再从粗到精，大家看得一愣一愣的。原来，汽车的零部件是这样制造出来的，而制造零部件的工艺装备又是这样装配调试出来的。

“这么一个全方位的教学平台，都是谁想出来的？”现场有人问。

“当然是郑大师啊！”

这天，笔者到工作室采访，耳闻目睹了整个教学过程。听到这话时，笔者不禁回想起郑志明说过的“要有往前看的能力和想象力”。笔者曾以为，一个典型的理工男，只有跟冰冷的机械打交道的务实精神，那些想象力应是他们过不去的坎儿。没想到，郑志明却有如此丰富的想象力，不仅创造了一个又一个汽车制造业的神话，还努力地将这种技艺传承下去。

工作室挂牌成立后，郑志明认真思考过成立这样一间国家级技能大师工作室对企业的重要意义。首先，要不断创新，通过研发更多自动化、智能化制造手段来提升公司产能、降低成本、提高质量、减员增效。其次，就是大力培养高水平的技能人才。目前公司新上的项目都面临着工人培训的压力，这样一个培训平台对于缓解这方面的压力具有重要的作用。规范化的培训，能够使各企业的技术工人具有一定的通用性，有助于汽车工业未来调集不同企业的工人力量进行重点攻关。最后，培养高精尖人才，可以扩大企业和工作室的影响力。

以往，技术工人的培养不外乎两种途径：一是在工厂里通过师傅带徒弟的方法来培养，二是建立专门的技术学校来进行培养。这些年来的实践证明，这两种途径都是可行的，但也有一些不尽如人意的地方。

比如，师傅带徒弟的方法，在手工作坊的年代是可行的，但也免不了会出现一代不如一代的情况。师傅从自己的师傅那里学到的东西，恐怕就只有七八成，再教给自己的徒弟，又得打个折扣。几代传下去，最后水平就越来越低了。郑志明和谢评周师徒的例子却相反。今天的郑志明能成为集钳工、铣工、车工于一身的综合技能型人才，是因为他拜了好几个师傅，才学到这么全面的技能。郑志明从进厂时的普通技工成长为国务院政府特殊津贴专家用了 13 年，成为大国工匠用了 21 年，而他的徒弟谢评周只用了 8 年时间就成了国务院政府特殊津贴专家。原因是什么？一是谢评周学习技能的条件更好了，有了前人打下的基础；二是有了工作室这个平台，可以得到全面、综合的培养，更好更快地从实践中积累经验。这也是工作室在培养人才方面一个成功、励志的案例。这更坚定了郑志明作为国家级技能大师工作室负责人的信心，在推优选树时，他找到了一个行之有效的方向。

所以，当大工业时代呼啸而来之时，一个工人所需要掌握的知识并不仅限于一个专业，如果这时候仅仅依靠师傅来传授技艺，就更不可行了，必须由专门的、有实操条件的一个机构来延展技术学校未竟的培养工作。

要知道，当下的一些技工学校缺少一些必要的实操条件，开设的专业与企业需要的人才严重脱节，难免造成尴尬的局面。这样培养出来的学生，技能不适应制造业的发展。有的学生技艺不精，毕业又不愿意从事自己所学的专业，更愿意去做行政类工作，或者一些比较轻松的工作。这样下去，未来就会出现高级技术工人短缺、人才青黄不接的局面。

从这个角度来看，企业里的技能大师工作室，能适时地、恰如其分地对人才的培养起到补短板的作用。郑志明给工作室做出这样的定位后，很快便得到集团领导的首肯。于是，他带着团队一边担负着追踪前沿技术的重任，着手自动化装备的设计和开发，一边用项目培养人才。同时，他还抽身到有校企合作意向的高校开展项目合作，研发适合大中专院校使用的教具。郑志明还是将那句“耳听为虚，眼见为实，自己用手操作了，才能装心里”视为培养人才的信条。

眼下，各家企业严重缺乏高级技工。郑志明利用工作室这个平台，带着团队开发了一套全国独一无二的法兰教学器具。他和团队围绕企业所需的各类技能人才的需求，结合高校开设的数控机床操作、铸造、电焊、装配、热处理、探伤等课程，编制教学方案与教材。

在人才培养方面，郑志明的方法是让学员们放手去做，从小项目到大项目，使他们一步步成长。一方面，整个广西汽车集团的产能在市场消费的拉动下，需要改造提升生产线，精良的生产设备要为整个产业服务；另一方面，各种新的技术难题不断涌现出来，必须及时攻克。一个技术难题攻克下来，工作室的成员将得到锻炼。工作室先后培养了近 1500 名高级技能人才，参与完成近千项自主创新项目。值得一提的是，郑志明还把多年的工作经验悉心传授给徒弟们，先后带出 10 多名高级工、技师、高级技师、公司特聘专家等。

就这样，郑志明用火一般的热情和精湛的技艺，把产教融合操持得红红火火。这跟形式主义无关，也不是浮皮潦草的面子工程，而是一个自洽的、完满的，理论与实操相结合的，并与装备工艺美学紧密结合的传承方式。

随着郑志明在汽车工艺装备界声名鹊起，他也成为国内多家大学汽车学院及众多汽车配件厂家争相邀请前去授课的对象。他的匠心和机械制造才华，如涓涓细流般输送到了远方。他到企业、大学里宣讲党的二十大精神，谈自己如何从一名普通技校生成长为一名大国工匠，他还推进工业知识进学校、进讲堂，让社会各界特别是大学生了解我国工业发展现状。

这天，郑志明应邀来到广西科技大学。16 年前，郑志明在这所大学进修了机械工程及自动化专业。校方正期盼着郑志明的到来，他既是多种技能大赛的承办方负责人和专家团评委，又是从这里毕业的杰出校友，自然受到双份的热烈欢迎。

广西科技大学机械与汽车工程学院党委书记亲自前来迎接郑志明，将他带到了学院的“天工讲堂”。求真近道，明德致新，郑志明对这种氛围再熟悉不过——始终以工作为主，强调专业训练。郑志明还记得 10 多年前，他先在这所学校读函授专科，再由专科升本科。在求学的那 5 年里，他用周末或晚上的时间来这里上课，每次来都带着各种各样的问题。

有一次，郑志明在课堂上向老教授提问：“机床相关构件在热加工中会产生应力，这种应力会导致构件产生一定的形变，而这种形变会影响到机床的精度。怎样才能让机床释放应力，以保证精度和稳定性呢？”

治学严谨的老教授愣了一下，全班同学都在等着他的回答。显然，他是一位理论知识丰富但缺乏实践操作的学者，一时难以给出最佳答案。但这位老教授很快调整了情绪，呵呵地笑着说：“你提的这个问题，问到了点子上。机床达到一定精度，需要同样有精度的零部件，而高精度的零部件的加工，则需在应力完全释放后方能进行。但现代工业机械没办法让应力自动释放，需要人工进行干预。”

“那采取什么办法来人工干预？”郑志明穷追不舍。

教授始终保持着微笑，说：“下次我再给你回答，可以吗？”

课后，老教授还真去实验室进行了试验，将最准确的释放应力的参数测了出来。郑志明再次来听课时，老教授在课堂上给了他一个满意的答复。

出于一种职业习惯，教授希望每个在职大学生来上课时，都能带着问题来，那会使他打心底里感到快乐。

课堂不是业余者舞刀弄枪的地方，而是学真功夫的地方。这里与许多学校函授学习的方式有所不同，布置的课业任务相当繁重，要求非常严苛，学生要不断地实操。日复一日，多少个周末，多少个假期都是这样度过的……即便像郑志明这样在机械工艺装备界小有名气的在职大学生，学校的要求仍让他感到有一定的压力。

这所学校的高标准、严要求，让一些大企业十分敬重，并与该校保持密切的联系与合作。很多时候，还没等到毕业季，各企业就提前来“争抢”最出色拔尖的学生了。

“一切如故啊，”郑志明感叹道，“就像回家一样。”

此时此刻，郑志明坐在主席台居中位置，扫视着礼堂座位席上的 400 多名师生。他没有抚今追昔，而是想着尽快调整讲课的思路和内容，让这些学子们更加热爱机械制造，发挥自己的最大潜能，投身到这个火热的行业中。

“以前，像我们这些职校毕业的学生，最高的职业等级就是高级技师。现在，国家出台了新的政策，我才通过自己的努力评上了高级工程师……”

“老一辈的五菱人将一辆日本车拆解成5500多个零件，手工测绘、制模，通过普通的机床和人工敲打制造出我国第一台微型汽车。如今情况反转了，以前是我们研究别人的车，现在是别人研究我们的车。我们从引进模仿到赶超输出，是国家的培养让我们成了才，是党的好政策让我们干成了事。青年强，则国家强，当代中国青年生逢其时，施展才干的舞台无比宽广，实现梦想的前景无比光明……”

“哗！”

台下掌声雷动，所有学生的情绪都被郑志明给调动起来了。郑志明继续说道：“一个国家要成为世界强国，需要有很多方面的条件，政治、经济、科技、文化、教育、法制，这些都很重要。还有一个方面也很重要，那就是工业。先贤说过，经济基础决定了上层建筑，生产力的水平，决定了意识形态的水平。生产力是用什么来衡量的？现代工业的发展程度是一个很重要的标准，而这很大程度上取决于一个国家所拥有的高级工程师、特级技师，还有熟练的产业工人的数量……”

课堂氛围异常活跃。大学生们已然有了一种崭新的观念和眼光，来衡量、看待自己所处的时代和所学习的专业。

年轻人其实并不缺乏思考能力，只是从前没有人把这些道理告诉他们而已。郑志明亲历了中国制造业一路走过来的发展历程，他随便举几个例子，就能够让同学们身临其境般体会到技术上受制于人的痛苦和屈辱，也感受到技术发展给国家和个人带来的变化。郑志明这些年的讲学明显增多，其口才之好，在很多企业中也是出了名的。这一番在高校里进行宣讲，所到之处，郑志明都收获了无数粉丝。

郑志明将时间卡得刚好，一个半小时后理论课结束了。随后，郑志明和同学们一起来到在学校里挂牌的工作室。这间工作室，也是以他的名字命名的国家级技能大师工作室。

除了在广西汽车集团，还有几所大专院校开设了以郑志明的名字命名的工作室。此前，有些学校虽然也挂了牌，举行了隆重的挂牌仪式，拍了照，上了新闻，但也仅此而已，没有真正开展教学。仪式终归只是仪式，他一向看不上任何形式主义，他对那些只挂牌而没有开展实际教学的学校提出过异议。作为一名常年在生产一线的技能大师，他非常清楚企业需要什么样的技能人才。学校开设的课程，一旦与企业需求脱节，就失去了产教融合的意义。

所以，在实训教室，郑志明知道以什么样的方式给同学们讲课——

“拿锉刀的时候，手尽量靠近些。”

“做零件一定要考虑基准，没有基准就创造基准。”

“一个合格的零部件，误差不能超过 0.05 毫米。”当一个学生将自己加工的零部件捧到郑志明眼前时，其中微小的误差没有逃过他那双犀利的眼睛。接着，郑志明手把手地教学生如何锉削。

T 型凸件的加工课上，他详细分析了工件图和加工工艺并亲自示范，同学们立马动手进行实践。90 分钟的实训课，郑志明没来得及喝一口水，来回穿梭在机床前，手把手地教导着每一位学生。他一会儿帮忙调试打孔机器的角度，一会儿又上手处理打孔后遗留的毛刺。当发现同学们做出的工件出现共性的问题时，他会戴上耳麦，到讲台上进行统一的示范指导。

“过去我们学别人，但现在是别人学我们。我们从模仿学习到自主创新，从跟随者到开拓者，这场逆袭正是中国发展成为制造大国、加快迈向制造强国的缩影。”

“过去车间里的工人围着设备转，每天出大力、流大汗，没有什么奔头。现在基本上实现了累、苦、重的活儿都由机器人来完成，很少有靠人工做的……”

郑志明跟年轻学子们愉快地交流，营造了较为轻松的课堂氛围。有时，他的思维也会旁逸斜出，思考着自己与各大院校的关系，与这个时代的关系，与中国制造的关系。因为这些，他走进有需求的学校，面对着一群群陌生的学子们，和他们建立起了师生关系、师徒关系甚至是朋友关系。本来八竿子打不到一起的人，此时此刻，相互建立了紧密的联系。

就这样踩着时间点，郑志明习惯了，整个人像被时间之绳抽打着的陀螺，停不下来。从广西科技大学讲完课后，他次日又要飞往厦门，给厦门大学的师生们带去一堂干货满满的大国工匠思政课。

匆匆结束厦门大学的行程后，郑志明赶忙飞回柳州。次日上午，在柳州的一所大学他有一场讲座，下午还要召集团队核心成员研究一台设备的改造。接着要筹备全区的技能大赛，作为专家，他要封闭一周出题目。行程排得满满的。

当飞机在柳州白莲机场稳稳地降落时，他迫不及待地打开手机，还有半个小时就是儿子幼儿园放学的时间了。他一边走向停车场取车，一边给母亲打了个电话，接着又给妻子打了电话，告知她们，等下他顺道去幼儿园接儿子。国家全面放开二孩政策后，妻子在她 39 岁那年生了儿子。孩子见风就长，两个娃娃肯定又长高了一些。妻子是柳州本地人，也在广西汽车集团工作，尽管有母亲帮衬，操持两个孩子的生活和学习还是要费一些力的。尤其是女儿，刚上初中，处于叛逆期。儿子刚进幼儿园，逐渐顽劣，没有父亲在跟前镇着，奶奶和妈妈不由得会多宠溺几分。好在，妻子理解他的抱负和追求，他常常出差搞项目、搞科研、讲学，她完全支持。也因为妻子的体贴，郑志明只要回到家，就会极力扮演好丈夫和父亲的角色。

郑志明来到幼儿园，老师将儿子交给他时，儿子手里拿着乐高积木。老师直夸儿子玩乐高积木玩得可熟练了，幼儿园那么多小朋友，只有他儿子能用 5 分钟时间拼出完整的形状。

儿子的动手能力真是遗传了郑志明的基因啊。他能感受得到，宝贝儿子将乐高积木玩得这么熟练，一定获得小朋友们不少羡慕的眼神。看着儿子挥舞着小手乐不可支的样子，郑志明所有的疲劳都烟消云散了……

第十三章

造人民需要的

2020 年初，新冠疫情暴发。一夜之间，市面上很难再买到一个口罩了。

口罩突然成了稀缺商品。怎么不稀缺呢？14 亿人都要戴口罩，而且每天都要换一个。医护人员、社区防疫人员，可不只是一天一人一个口罩，而是一天一人七八个，因此需要的是一批又一批口罩。尤其是春节刚过，大多数企业在做好疫情防控的同时，还要尽快复工复产。

疫情就是命令，防控就是责任。

口罩，口罩，四处都在找口罩，让人突然感觉原来我们奋斗了几十年，盖了那么多高楼大厦，架了那么多大桥，修了那么多铁路，造了那么多汽车，还通了海底隧道，但我们依然缺乏某些应对公共卫生突发事件的基础物资，比如现在人人需要的口罩。

2020 年 2 月 9 日，农历正月十六，全国人民度过了一个惊心动魄的春节。曾经喧闹的大街上空无一人，无形无影的病毒暂时叫停了人世间热闹的生活。

广西汽车集团召开了新年收假后的第一次高层会议。

“我们公司共有 6000 多名员工，市面上的口罩买不到，就意味着不能安全复工。怎么办？我们的员工没有口罩，医务人员、社区工作者、政府工作人员，也都在为抗击疫情辛勤工作着，正需要大量口罩，我们的企业总不能袖手旁观吧？口罩那么紧缺，那我们为何不自己造？自己造，既可解决本公司员工的需求，也可以支持全社会的抗疫。”

“自己造”这三个字如果只是纸上谈兵，那非常容易。汽车人造汽车驾轻就熟，可自制口罩还是头一回。对于汽车研发团队来说，一台口罩生产机具体有多少个零部件，制作口罩有哪些工艺和工序，可谓两眼一抹黑。更要命的还是时间。全国人民暂时在家中隔离，等到复工复产时就需要大量的口罩，口罩生产线设计制造当然越快越好。

是啊，疫情在人间丢下了两个按键，一个是暂停键，一个是加速键。对于企业来说，固守者按下暂停键，挣扎着怎样存活下来；求变者按下加速键，思考如何绝地反击。

无论是以前的柳州拖拉机厂，或是后来的柳州五菱，还是如今的广西汽车集团，所制造的，一直都是人民需要的。“人民”这个看似抽象的词，现在却变得那么具体，具体到自己身边的亲人、同事和朋友。

大半个世纪过去了，广西汽车集团一路走来，有跌跌撞撞的时候，也有阔步向前的时候，但顺势而为的思路始终没有变，这已成为其传统。

郑志明在接到研制口罩生产机的任务时，头脑里仿佛立即出现一道光线。他没有经历过彼时“以杂养专”和由造拖拉机改造微型汽车的激情岁月，但他知道，广西汽车集团一路走来，今天的辉煌不仅是一榔头一榔头敲出来的，还是一步一步迈着坚定的步伐前进、叠加、积累起来的。那些老员工给新员工讲述的这段充满艰辛的奋斗历程，那些面目模糊甚至再也记不起的人和事——此时此刻，在火热的劳动现场，都鲜活地呈现在眼前。

“杂”是先行军，“杂”是主战场。

最初的“杂”，是放手发动职工，千方百计闯市场。厂里只发基本生活费，由各车间自己想办法多创收，补足职工工资。

柳州拖拉机厂自创业之初，恰逢大批上山下乡的知识青年回城，厂里有几百个职工子弟要安排工作，工厂的生存问题更为突出。为能养活自己，各车间真是八仙过海，各显神通。有的车间组织职工到市场卖米粉、卖冰棍、修理家电，有的车间组织职工到外面揽泥水活、打短工、蹬三轮车。最让人亮眼的要数锻造车间，揽到了烟厂的大单——建造一座仓库。开车床的师傅转个身，当起了泥水匠，硬生生地建起了一座标准的仓库，解决了几百名职工的工资问题。那些有机加工能力的车间，则改行做童车、溜冰鞋、自行车变速器，一辆童车十多元，一副溜冰鞋五六元，能赚一元是一元，保证大家碗里的粥不再稀得能看见影子。

20 世纪 80 年代初，厂里决定生产织布机，那是当时人民群众需要的，不过这机遇来得很偶然。当时一位厂领导去市里开会，意外得知眼下柳州纺织工业形势一片大好，困难就在于纺织机械要到外地采购，订货时间太长，财富会在等待中悄然溜走。厂领导机敏地捕捉到商机，回来当即开会研究制作织布机，大家都觉得这是天赐良机。大家搞制造业这么多年，很快便看出织布机结构不复杂，但是对主体铸件的精度要求比较高，大厂不愿做，小厂又做不来，而铸造和机加工正是当时柳州拖拉机厂的强项。

这下好了，真就是市场需要什么，就制造什么。厂里所有人都相信，生产拖拉机的机床，同样能生产出织布机。第一台在柳州拖拉机厂下线的织布机，是自动换梭织布机。这款织布机当时在国内比较先进，只有上海能生产。接下这个大单时，大家颇有破釜沉舟的狠劲。车间很快做出了样机，送到纺织厂试用，结果出奇的好。于是，纺织厂马上订购了一批。

1980 年国庆节刚过，厂里得到一份厚礼——柳州市政府下发正式文件，同意由柳州拖拉机厂承制各纺织厂急需的自动换梭织布机。

终于，织布机一炮打响，使全厂工人信心更足，随后马不停蹄地研发更为先进的宽幅织布机。新下线的织布机就像不愁嫁的皇帝女，江苏、浙江、广东等地的纺织厂纷纷闻讯赶来，与柳州拖拉机厂签订购销合同。不到一年时间，柳州产的织布机在全国声名大振。

织布机成功研发后，厂里又瞄准市场上紧俏的另一商品——缝纫机。当时缝纫机是凭票供应，有时有票也不一定能买到。大

柳州拖拉机厂生产的缝纫机

姑娘出嫁，能有一台缝纫机作为嫁妆是很光彩的事。上海的“蜜蜂”“蝴蝶”牌和广州的“华南”牌缝纫机，都是市场上的抢手货。缝纫机制造步骤主要也是铸件和机加工，柳州拖拉机厂完全有条件造，而且还要造出功能更多、操作更便捷的缝纫机来。于是，厂里有人辗转从台湾购回一台缝纫机，在它的基础上改进，生产出一种不但能车缝，还能锁边、绣花、钉扣眼的多功能缝纫机。1980 年底，一台取名为“万家”牌的缝纫机由柳州拖拉机厂研制成功，随即批量生产，投放市场。

市场再次被点燃，“万家”牌缝纫机当年的产量便达 3500

多台。1982 年，厂里成立了缝纫机分厂，缝纫机实现大批量生产。“万家”牌缝纫机走进了千家万户，成为很多人的集体记忆。这一年全厂扭亏为盈，当年盈利 15 万元，不但保住了工厂，而且为后来的主打产品——微型汽车的研制创造了条件。

时光如梭，如今工厂转型生产汽车已经有 30 年。30 年，似乎只在弹指一挥间。

当时间的脚步踏进 2020 年春天，郑志明和团队接到研制口罩生产机的任务。即使是时间节点衔接紧凑，各个环节配合紧密，研发一条新的口罩生产线至少也要两个月时间。但是，公司领导下达任务时，只给两个星期的时间，必须保证在 3 月 1 日前能正常生产出口罩。

领导下达的任务，本身就是“矛盾体”。工期希望越短越好，速度希望越快越好，品质却又希望越高越好。然而，这对郑志明和团队来说，没有一点可以商量的余地。没有，绝对没有。这么多年来，似乎也习惯了。

然而，“自己造”落实到每个人身上，每道工序的质量又该用什么来保证呢？问天，天无语，只有淅沥有声的细雨敲打着窗玻璃。对面道路两旁，是一棵棵高大的洋紫荆树，正蓄势待发，孕育着今春的花苞。过不了多久，这些看上去枯枝瘦弱的树干，就会迎来满树繁花。

郑志明很少有这样的焦虑。领到任务后，他几乎是小跑着来到办公室，迅速打开电脑开始查资料、画图纸。以往公司推出一款新车，需要研发新的工艺装备，他会照着零部件的图纸，不用多少时间就可以设计出适合的“煎蛋器”。研发一台口罩生产机，论复杂程度，也许没有制造汽车那么难，但这毕竟跨界了啊。

难，很难。正因为难，抗击疫情才需要举全国之力。时间紧迫，郑志明的心头开始有些紧了。他是经历过“非典”的，警惕性仍存在于心。回忆当时，2003 年春节刚过，全家正喜气洋洋地为他筹备婚事，眼看定好的日子就要来临，“非典”暴发了。婚礼不得不改期。那时的他想不到，一场“非典”不仅改变了他的婚期，还改变了当时的中国。如果那时需要设计制造一台口罩生产机，估计自己怎么熬也熬不出来。17 年的岁月仿佛一眨眼就溜过去了，除了在青丝上留下花白的痕迹，他也由一名青涩的小工人，成长为一名高级工程师、特级技师、公司首席技能专家。他明显感受到，这次疫情的凶猛程度远远超过当年的“非典”，自己的创新创造才能，在抗疫的危难时刻，更要展示出来。

郑志明突然意识到自己使命沉沉。

他在办公桌的台历上挂起了一块倒计时牌子，以此警醒自己。

这块牌子，像是一道无声的命令，又如擂起的战鼓和起航的汽笛，看到它，团队每一位成员的心中便会产生紧张感和紧迫感。从那一刻起，他和团队成了一个高速运转的机器。

从哪儿开始入手呢？汽车人造车驾轻就熟，可自制口罩还是头一回，对口罩生产机的模具和设备还有各种参数不了解。

人类同疾病较量最有力的武器是科学技术，人类战胜大灾大疫离不开科学发展和技术创新。郑志明和团队虽不是一线的医务人员，但现在要研发一台口罩生产机，却也同样离不开技术创新。

在郑志明20多年的职场生涯中，他几乎每天都在研究工艺装备，攻克技术难关。眼下要攻克的难题，是一台从来没接触过的口罩生产机。它制造出来的产品不同于金属，布料与金属还是有很大区别的。金属想要什么形状就可以出什么形状，而布料容易因拉伸而变形。

怎么办？春日的阳光像解冻的小河般慵懒地流淌。越是心急，时光越是黏稠。工厂门外的日影，由一个矩形，慢慢变成方形，口罩生产机的机构图还没有设计出来。

互联网上的资料显示，制作口罩生产机时所用的一项比较难的技术，就是高频感应焊接技术。这项技术，郑志明也在杂志上看到过，对其原理有大致的了解。但具体该怎么做，尤其是设备是什么样的，他就一无所知了。他们找了个一次性口罩，拆开进行研究，总算把口罩生产设备的原理弄清楚了。

一只N95口罩由3层布料组成。一台口罩生产机，要将2层无纺布和1层熔喷布通过热压、折叠成型、超声波焊接、废料切除、焊接等工序，才能制造出具有一定过滤性能的口罩。口罩生产机不是单台的机器，它需要多台机器的配合，以完成各种不同的工序。

弄清楚基本原理后，郑志明和团队分头在浩如烟海的资料里继续查找，观看相关视频，打电话请教劳保用品生产厂家的技术员。

经过深入了解和剖析后，郑志明回忆起曾经设计制造过的工艺装备，那些机械理论慢慢地从黑暗的深水里浮出水面。他突然感觉到有一种力量，把自己曾研究过的机械原理都一一召唤回来。这就是人们常说的“融会贯通”吧。

早些年，郑志明便能悟出一个道理：如果你在自己的研究领域没能达到融会贯通的话，那么，你研究的一个项目就是一个项目，一台设备就是一台设备。但如果你把所有项目都联系起来，这个项目就不只是这个项目，这台设备也不只是这台设备，而是其他项目和无数台设备的融会贯通。你可以举一反三，可以从这个项目看到另一个项目，从这台设备看到另一台设备。它们不是各自孤立的，相互之间会有一定的关联。

郑志明的思绪一下子畅通了，感觉胸口有一股泉水般的东西要涌出来。就像原来云层很厚的天空中，突然出现一块碧蓝。

思考到了这个层面，一台生产口罩的设备，已然在郑志明的脑子里呼之欲出了。他和同事们分头制图、出图纸，碰头讨论。当各种机械配件和材料采购回来后，郑志明和团队以最快的速度制作出支撑口罩生产机的上千个零部件。接下来，便是紧张的装配调试了。这些年来，郑志明在制造业摸爬滚打，一直在实践着

"耳听为虚，眼见为实；唯有动手做的东西，才能装进心里"这一信条。作为一名技术工人，没有动手，说什么都是空话。

事实也正是如此。三天后，一条口罩生产线在一群动手能力极强的工人手上诞生了，稳稳当当地布设在无尘车间里。无纺布、熔喷布、鼻梁条、耳带等，这些制作口罩的原料也按计划采购回来。10 多名工人在流水线上操作，很快将一堆物料变成了一只只口罩。

但高兴的劲头尚未过，一个新问题跟着来了：生产速度太慢了。生产线上的很多道工序仍需手工操作，按这样的产能，根本无法满足眼下的抗击疫情的需求。每日不断上涨的确诊人数，让郑志明和团队成员心急如焚。

郑志明蹲在生产线旁思忖，眉头拧成了少见的"川"字形。怎样才能让整条生产线快速地"跑"起来呢？这一晚，郑志明和团队的核心成员讨论得天昏地暗，大家都忘记了时间。结束时，郑志明收起手中的笔和小本子，关上电脑，很豪爽地对大伙说："今晚大家辛苦了，我请你们吃夜宵！"

"哈哈……"办公室内突然哄笑开来。

郑志明愣了，问："你们笑什么？"

有人走到窗前，一把将窗帘拉开。

"啊哈，天都亮了呀！"郑志明有些抱歉地说，"那请你们吃早餐吧！"于是他掏出手机，立即找到他常吃的那家螺蛳粉店，唰啦两声，订了 10 多份。在等待外卖员送货上门时，大家纷纷

广西汽车集团生产口罩的流水线

散去，回到各自的办公室伸个懒腰，打个哈欠。郑志明到洗漱间用冷水洗了把脸。镜子里的那个人，眼睛红红的。他埋下头，又掬起一捧冷水向脸上扑去，再抬起头，脑袋清醒了许多，镜子里的中年男人仍然表情刚毅，头发浓密，虽然已有几根白发杵在两鬓。他对着镜子咧了咧嘴，笑了一下，感觉力量重新回到体内，浑身又有了使不完的劲。

临窗望去，外面的世界仍然静默。整个工业园区没有一个行人或一辆车，但车间里却是灯火通明。自 2 月 13 日起，郑志明和团队成员就像一个个高速运转的机器，不分白天和黑夜，努力攻克难关。大家累了，在办公室的沙发上凑合休息；醒了，继续琢磨，拆拆装装。他们连轴转了一个星期，平均每天工作近 16 个小时，通宵更是常态。

新的一天又开始了。吃过螺蛳粉，他和团队着手对整条口罩生产线进行修改和调试，各种参数的复杂程度不亚于制造一辆汽车的工艺装备。与疫情抢时间，他们在 72 小时内进行了多次测试，终于在 3 天后初步掌握了设备的压力、温度、控制等参数。到了最后调试阶段，郑志明更紧张了。半夜三更，车间里仍是灯火通明，一群年轻人拿着丁字尺、锉刀、量具在辛苦地调试。整个无尘车间都散发着一种团结紧张的气息，身着无尘衣的工人这时很像做外科手术的医生。

终于，郑志明团队让第一条全自动化的口罩生产线正式投产，口罩日产量达到 20 万个以上。倒计时牌上的数字还剩 3 天，但调试工作已全部完工。

临时任务紧急做，从另一个角度看也是好事，因为它让郑志明变得更加强大，让团队强化了战胜困难的勇气与智慧，在实干中练就了过硬的本领和意志。

当第一条口罩生产线正式投产后，郑志明和团队仍不能闲下来喘口气。根据生产需要，他们要以更快的速度复制出 10 条生产线，使口罩日产量达 200 万个以上。

就这样，一批批口罩源源不断地从无尘车间里生产出来，缓解了当时口罩紧张的局面。

郑志明从车间出来之后觉得恍若隔世。外面的世界依然严阵以待，对抗新冠疫情。郑志明不知道，接下来又会有一个什么样的技术难题等着他带着团队去攻克。他只知道，用心钻研，总会“山重水复疑无路，柳暗花明又一村”。有时看似一马平川了，偏又莫名其妙地出现许多跌宕起伏的事情来。比如，自己完全脱离了行政管理岗，走上了一条苦并快乐着的技术专家路线。

几天不见人影，最为他着急的莫过于他的家人。妻子潘振红同是五菱人，她知道厂里的难，当看到熬红了眼睛的郑志明，她既生气又心疼，却又无可奈何。这些年，他出差成了常态，总是说走就走。有时为加班解决一台机床难题，通宵达旦是常有的事，有时待在车间一连几天不回家。

制造口罩生产机造出了名后，郑志明受公司的派遣，带领团队到多家兄弟企业协助设计制造多条全自动口罩生产线。

某一天清晨，郑志明又熬了一个通宵。他拖着沉重的步子回家，在电梯口与正要出门买早餐的女儿碰上了。16 岁的女儿已与他一样高，她笑嘻嘻地拍了拍郑志明说：“爸，我终于能跟你碰上面了。”郑志明听了女儿这句话，有点哭笑不得。

第十四章

走向世界

在海南岛东部的万泉河畔，有中国唯一的综合性湿热带汽车试验基地，占地约 1200 亩（约 0.8 平方千米）。这里集结了全国各地甚至是世界各地最艰难、最恶劣的道路路谱。

上汽通用五菱的新能源电动汽车——“五菱宏光”迷你，此时正在这里进行路试。它时而灵活地在宽阔的路面上行驶，时而沉稳地在坎坷的坡路上翻越。明亮的灯光照亮了试验场上宽阔的跑道，这里集结了高速跑道、直线性能跑道、卵石路、沙滩路、涉水路、盐水路、凸块路、沥青路、碎石路等。路况复杂，足以令观者心悸。只见驾驶员坐在“五菱宏光”迷你新能源汽车里，启动，加速，以时速 120 公里的速度飞驰，轻盈敏捷地穿越一个又一个障碍，真是翩若惊鸿，婉若游龙！好几次似有险情，只见驾驶员轻轻点刹，安全地绕过障碍物，车子不偏斜、不侧滑，稳稳当当地停在复杂的跑道上。

随后，它又钻进了淋雨试验室和高温试验室，进行淋雨试验、防尘试验、高温高湿试验、盐水喷雾试验、非金属试验和暴晒试验等。

历经重重考验，“五菱宏光”迷你新能源电动汽车终于拿到了国家允许批量生产的相关文件。于是，上汽通用五菱又一批国产化的纯电动汽车正式投产，产能设计 1 万辆。

此前，上汽通用五菱曾研发推出了宝骏 E100 和宝骏 E200。这两款电动汽车投放市场后，起初反响平平，五菱人顿时心凉半截。毕竟，电动汽车在当时还是新生事物，消费者对电池可不可靠、电池电量是否耐用、电池寿命长短等问题，顾虑重重。后来，柳州市实行在停车区设置专门的电动汽车充电停车位供车主免费停放，以及电动汽车可以在特定时间走公交车道等普惠政策措施，电动汽车的销售局面总算打开了。

新能源汽车的理念，是绿色、节能、环保；纯电动汽车的废气零排放，能减少污染，减少雾霾，还天空一片蔚蓝。五菱人当然不会因为宝骏 E100 和宝骏 E200 没能成为爆款，就不再往前走，他们认为必须再研发一款真正受市场喜爱的电动汽车。

“五菱宏光”迷你新能源汽车在海南汽车试验基地经过严格的路试后，终于可以批量生产了。

这 10 多年来，随着经济的发展和人民群众生活水平的提高，家用轿车以不可阻挡之势进入千家万户。只要听到汽车响，看到汽车动，不论是单独一辆，还是车来车往，汽车制造业的人都会热血沸腾。到了 2020 年，全国超过 40% 的家庭都拥有了汽车。如果使用无人机在上下班高峰期俯视各大中城市的大街小巷，可以看到一幅幅壮观的景象，那就是太阳底下或夜色中闪闪发光的一辆辆汽车在缓缓前行。但同时也正是因为这些汽车的增多，不

五菱工业第 100 万台新能源车桥下线仪式现场

可避免地加重了空气污染。因此，新能源汽车成为汽车工业的发展趋势。地处中国南方的上汽通用五菱和广西汽车集团携手，如果能先行一步，抢占市场，无疑是皆大欢喜的。

所以，当接到研发一条电驱桥生产线的任务时，郑志明和团队精神振奋。以他们现有的技术力量和设备，研发一条这样的生产线并不困难。但电动汽车的电驱桥和传统燃油汽车的燃油桥的构造，还是大相径庭的。

眼下，横亘在郑志明和团队面前的有“三座大山”——电驱桥和燃油桥的主减速器完全不同；传统工艺设备不能直接用，需要重新研发；时间仍然紧迫。

放眼望去，国内其他有实力的车企，已纷纷研发出纯电动汽车并投放市场。时间给五菱人的机会，只有这一次，一旦错失，追悔莫及！

该用什么样的电驱桥来驱动这款纯电动汽车呢？这款车能不能大受欢迎，决定着五菱品牌汽车在国内市场及即将发展的海外——印度和印度尼西亚市场的命运。经过种种努力，柳州五菱汽车科技有限公司已将这款电驱桥设计出来了，现要批量投入生产，那用什么样的工艺装备能批量生产出这款电驱桥？

当年的一个五菱发展成为两个新的五菱——广西汽车集团和上汽通用五菱，其共同的文化母体与渊源，成为两个公司的“根”和“魂”。他们共同的企业文化伸向大地深处的“根须”，让他们都拥有高远深邃的“灵魂”。共同的文化母体与渊源，就是共同的文化认知——艰苦创业、自强不息的五菱精神，也是敢为人先、勇于创新的理想信念，更是奋力拼搏、谋求发展的勇气和信心。这些文化基因让“兄弟俩”在遇到技术难题时，步调一致，携手扬帆出海，一批批产品像一支支精准的箭，射向规划中的市场版图。

广西汽车集团旗下的车桥厂，作为电驱桥的重要生产厂家，起初按 1 万台产能设计，对焊接线、机加工线进行改装，使其成为一条可以生产电驱桥的生产线。万万没想到，首批产出的 1 万台“五菱宏光”迷你纯电动汽车投放市场后，供不应求。

按公司规划，急需再迅速研发出两条电驱桥生产线，一条投放在柳州本部，另一条投放在青岛五顺基地。任务很快交给郑志明国家级技能大师工作室，公司给的时间只有 3 个月。

领导将任务布置给郑志明时，一再强调产能要达到 5 万台。5 万台！

“就是竖床板，我们也要尽快拿出来！”郑志明接到公司下达的生产任务后，对大家说。工作室的成员，谁的骨子里没有不服输、勇于挑战困难的精神？

此前的 1 万台产能，是修改装备。现在的 5 万台产能，是要重新设计制造。虽然有了样板，但还要在原来修改后的产线基础上，进一步优化，设计一款更加柔性化的工艺装备，以适应新能源汽车技术的随时变革。

事实上，作为一个汽车制造的技术人员，他们时刻处在技术变革的潮头，这也是他们所期待的理想画面。站在大变革的十字路口——新能源、智能化、网联化、共享化，新能源汽车必将取代传统的燃油车。郑志明不是设计汽车样式的设计师，而是那个为了让设计师的创意能够实现、想方设法制造出适合的工艺装备来的人。他越来越觉得自己专为汽车制造行业而生。

郑志明立即召集团队核心成员进行研究。在等待开会的这个空隙，他迅速在心里梳理出了一个方案：研发两条“五菱宏光”迷你新能源汽车电驱桥生产线，一要在保证质量的前提下适当增加机器人自动化产线；二要在加工和焊接工艺下功夫，采用一些先进的加工和焊接工艺来生产电驱桥的零部件；三要提升装配的技术和质量，把过去的液压压装更换成新一代的伺服压装系统，然后设计一些先进的装配设备和工艺。

很快，团队成员陆续来到郑志明的办公室开始讨论。一场进军新能源汽车的研发战役，在郑志明国家级技能大师工作室打响了。

聊到这里，郑志明和笔者说：“廖老师，你们搞写作，要具备的最重要的能力可能是回忆的能力，往回看时你的想象力才会被牵出来。而我们搞机械制造和工艺装备设计的人，需要的是往前看的能力，往前看的眼光加上对机械工艺的想象力，才能去粗取精、去伪存真。而这种前瞻性的想象力，需要长期的思考和摸索。”

“的确，向前看的想象力比向后看的想象力更有难度，”笔者点点头说，“你看看，你在往前看的想象空间里，无限延伸，直至成为汽车制造业的翘楚。”

“廖老师，你真会鼓励人哈。”我们都齐声笑了起来。笔者脑海里随即闪现出这一章的标题——《走向世界》，“世界”是个宏大的词。但往细微处看，在我们日常生活中，中国制造和世界已然发生了紧密的联系。这时的“世界”已不是一个抽象的词。

郑志明还小的时候，曾跟着外婆住在柳州新兴农场四方塘，那时他觉得世界的尽头就是父亲工作的棉纺厂。后来，他上了技术学校，毕业后进了工厂，经常到各地参加各种比赛，他的关注面也转向了世界汽车制造业的资讯和发展趋势，也经常与一些国外专家进行机械制造工艺方面的交流，他的想象力超过了父辈的想象力。

眼下，郑志明和团队要研发的工艺装备发展方向很明确，就是要到国外去，走向世界。

“电机＋减速器＋后桥”的组合就是业内俗称的“油改电”模式，与燃油车动力结构区别不大。而电驱桥则是一种全新的技术方案，它高度集成了电机、减速器、差速器等零部件，让车桥具备输出动力的能力。

而郑志明和团队的任务，是研制一套能制造出适合五菱电动汽车电驱桥的工艺装备。不管怎么设计，终极目标都是将分散的零部件高度集成。集成化电驱动总成可以共用部分壳体，减少传动部件，减轻系统重量，缩小系统尺寸，有效提升电驱动系统的功率密度。零部件的数量减少后，系统整体耐用度则需要提高，性能也要得到有效改善，成本也会随之降低。只有这样，整车轻量化电能驱动才能跑得更快，跑得更远。

果不其然，这样一种脱胎于想象的成果成功从图纸中走出来。很多人搞不清楚，郑志明用的是什么方法，竟能让这些庞杂的机械如此乖顺地听从他的指挥。

当任务完成后，时间已来到了秋季。这一天的清晨，既清爽宜人，又透着一丝凉意。

柳州市河西高新技术产业开发区

晨曦中，柳州市河西高新技术产业开发区正在渐渐苏醒，工人们陆续到岗了。

“昨天晚上的电视你们看了吗？”

“你是说那个《中国制造》的纪录片吧？看过了，真给力！”

“嘿嘿，我在电视上看了一遍，到网上又看了一遍，现在就等着今天晚上的第二集了。咱们国家也能造出这么厉害的装备。”

“不说其他的，就说咱们大五菱，不是我吹，咱们刚研制成功的几条新能源电驱桥生产线，也应该上央视……”

“的确，这些大型装备与人们的日常生活有一定距离，所以大多数人并不了解中国在这方面取得的成就。”

“欸，小周，听说你姐姐在电视台工作是吗？让她给中央电视台写封信，也将咱们的五菱车拍进《中国制造》里去呗。”

“哈哈……这个可以试试！”

“看看中国的运载火箭、人造卫星、量子通道、‘天眼’和高铁，无一不是通过自力更生、自主研发而走向世界的前列。”

上面是郑志明国家级技能大师工作室里发生的一段对话。

这天上午，员工们一到工作室，一边整理着办公室物品，一边聊起头天晚上中央电视台播放的纪录片《中国制造》。

这时，郑志明走了进来。大家纷纷打招呼：“师傅早！”“郑大师早！”

“早！”郑志明一一点头回应。若是从前，他肯定会停下跟着他们一起讨论，说说自己发现的新鲜有趣的东西。不过，如今他早已改掉这个习惯，对他而言，现在的时间太宝贵了，已经不舍得在早上这个黄金时间谈天说地。

昨晚他也看了这部纪录片，他注意到这部纪录片的主题是全面展现中国装备制造业的发展成就。作为一个长期在中国制造领域深耕的技能大师，他对中国制造一路走来的艰难征程深有感触。

是啊，中国制造已经今非昔比了。中国已由制造大国迈向制造强国。不说远的，就拿广西汽车集团来说，经过几十年对国外技术的引进、消化、吸收，以及在此基础上的自主创新，国产化率已达 100%。还有自主研发的新能源汽车，没有一个零部件的生产采用国外的技术，全是靠自己的力量。

郑志明微笑地看着几个小年轻，点点头后，立即换了一副表情，给几位核心成员布置了即将要投入研发的项目工作后，向自己的办公室走去。

一步两个台阶，跨上短短的两段楼梯，郑志明走进了坐落在大车间一隅的两层小楼。一抬眼，便看到蓝底白字标语牌上写着的“What did you improve yesterday？”“昨天你改进了什么？”每天都瞅上这么一眼，这块牌子好像也无声地参与着团队的建设。接下来，他的心思自然朝着如何沉浸到新一天的工作中去。在过去 20 年的大部分时间里，生产线的维修和改造、设备制造，是他心中的头等大事。上个月接手的新能源汽车电驱桥生产线的研发，让他有一种紧张感——他已经意识到，这种心理上的紧张难以摆脱。其结果是，直接影响到肠胃功能，导致肠胃不适。来到办公室，他赶紧烧一壶开水，从双肩包里掏出一包褐色粉末冲剂，倒进杯中。等待水开的同时，他打开电脑，找到昨天画的图，点开，四周旋转，放大细节，再次认真琢磨一遍。待会儿，他还要召集研发团队核心成员开会。

电磁炉上的水开了，咕嘟嘟的，把水壶盖顶得“呱嗒嗒、呱嗒嗒”地响。他才意识到刚才烧的水开了，将胃药冲泡上，待水微凉时，端起试了试，倒进嘴里一口咽下。淡淡的冬日阳光从百叶窗的缝隙斜射进来，他走到窗前，用力拉动百叶窗的绳子，索性让阳光能完全照进来。他想起最初集团到海外开拓市场的日子。他这样的身份没能轻易出国，但从郑志明国家级技能大师工作室走出去的技术员，已经在海外挑起了大梁。

2017 年 7 月 12 日，广西汽车集团首个海外基地——柳州五菱汽车印度尼西亚有限公司在印度尼西亚首都雅加达举行揭牌仪式，正式建成投产。五菱汽车终于扬帆出海，开始逐鹿国际市场。

根据横向联合的战略方针，广西汽车集团将基地建到了重庆、青岛，现又向印度尼西亚进军，接下来，还要到印度。这是集团以柳州为根据地，内联外引，扩大生产能力和企业实力，实现快速发展的具体模式。

这无疑是一张让人热血沸腾的辉煌蓝图。

其实，早在 2015 年，广西汽车集团便开始在非洲市场进行考察。随即，又在东南亚的印度尼西亚建设基地，生产汽车零部件，为上汽通用五菱进军海外市场提供强劲的零部件供给支持。

一切都在悄然进行，润物无声。

广西汽车集团对印度尼西亚的经济发展和市场状况越来越了解，信心也越来越坚定。

汽车行业的海外市场一般被分为两类：一类以整车出口营利为主，称为利润市场；一类通过产业链进行市场开发，称为战略市场。

单一国家的汽车年销售量比较大，在 100 万辆左右；有一定的汽车工业基础；有支持汽车工业发展的产业政策；能与中国现阶段发展状况相适应。这四个条件，好比四滴照片显影剂，在广西汽车集团筛选的国际战略市场的各个国家身上一“滴”，是不是目标，结果立现。

广西汽车集团的目光，最终聚焦到“一带一路”共建国家印度尼西亚。就是在这个国家身上滴了一滴“显影剂”，显示出来的是强劲的新能源汽车市场。

尤其是 2015 年，印度尼西亚政府发布了新的政策，想吸引外资来促进本国汽车工业发展。随着印度尼西亚政府出于对新能源汽车市场的大力扶持，出台减免车辆购置税的政策，广西汽车集团把握机遇，加速开拓印度尼西亚电动汽车市场。

天时、地利、人和，一切俱备，时机终于成熟了。

广西汽车集团与印度尼西亚工业发展有限公司携起手来发展。2015 年底，双方签订合资建厂意向书，成立了五菱印度尼西亚公司，在印度尼西亚建立一座年产数十万个五菱新能源汽车零部件的制造厂。

随着新能源汽车时代的到来，一直在研发燃油汽车零部件工艺装备的郑志明，早早地意识到了新能源汽车是个充满机遇的广阔领域。集团把发展目光投向了核心零部件——新能源汽车电驱桥。

郑志明起初对新能源汽车并没有太多了解，但他喜欢挑战，喜欢一切新生的事物。新能源汽车，正在逐步取代燃油车。谁能

柳州五菱汽车印度尼西亚有限公司在雅加达举行揭牌仪式

尽早地研发出电驱桥生产线，便可将新一代的产品投放市场，亦步亦趋跟上来的，怕是只能羡慕别人赚得盆满钵溢了。

然而，这一肩负开拓市场重任的车型如何确定，考验着广西汽车集团的上游客户——上汽通用五菱领导们的智慧。广西汽车集团的产品跟着上游客户走，他们的车型需要什么样的零部件，广西汽车集团就会以最快的速度研发出来。这时，郑志明及其团队设计的工艺装备就得提前进场。

印度尼西亚的国情、造价成本和市场购买力几大因素是要考虑的关键。几经研究，反复修改，不断调整，五菱人终于得出一个可行的思路。简单地说，就是把物美价廉的零部件用极易更换的方式组合到了一起，打造了一台修起来方便、价格也便宜的车。

正是在这种造车思路下，“五菱宏光”迷你新能源汽车终于得以诞生。而这种造车思路是国际大厂们很难模仿的，或者说是只适合中国国情的，国外很难复制。

任何一个行业，远远看去，就像山顶的庙宇，似乎并没有奇特之处。然而，一旦进入，那竟是一个阔大而深邃的世界。庙宇建筑风格迥异，结构布局千差万别，雕梁画栋，彩绘摹刻，奥妙无穷，博大精深。

这场电驱桥生产线研发战役打响后，郑志明和团队早出晚归，“泡”在车间里探讨和试验。一次次试验，一滴滴汗水，结出一组组数据的硕果，黑暗茫然的未知世界里，渐渐地闪烁起了星星点点的萤火。一扇扇紧闭的大门被叩开，一段段前路被照亮。

终于，最后一轮的试制，完成了焊接、装配等全系列生产线的研发，助力上汽通用五菱快速抢占市场。就这样，郑志明和团队为“五菱宏光”迷你新能源汽车占领国内、国际小型新能源汽车市场做出了巨大贡献。

“咱们造出的汽车，也不输给发达国家造的汽车。”郑志明对我们国家的汽车制造业充满了自豪和信心。

多年来，上汽通用五菱致力于进军海外市场，已开拓东南亚、南亚、中东、中南美等地区的市场。2017 年，在印度尼西亚生产的第一辆五菱汽车下线，上汽通用五菱成为首家带领汽车全产业链到达该国的中国汽车企业。来自中国广西柳州的上汽通用五菱，闯入一个被日系车“统一天下”的汽车市场，将一枚中国品牌的楔子牢牢插在海外。

上汽通用五菱与广西汽车集团携手，以让人叹为观止的速度，研发出新能源汽车，迅速占领海外市场！

郑志明国家级技能大师工作室培养出的员工，被派到印度尼西亚，成为技术骨干。郑志明也将目光从传统燃油车转向新能源车，聚焦智能装备制造领域，主攻电驱桥、混动电机发动机等。郑志明的一位徒弟在印度尼西亚接到安装一台前悬装配线的任务，这是他第一次独立安装项目，在接到任务后仔细分析图纸，分解工艺，细心地检测每个零部件的精度，对于安装的精度也是精益求精，最后得以按时、按质、按量完成项目。

“设备的精度靠的是每个零部件的精度，每一道工序、工艺都要认真做好，”郑志明对徒弟们说，“要一步一个脚印，为加快迈向制造强国贡献自己的力量！”

在印度尼西亚开辟第一个海外项目后，吸取了相关经验的广西汽车集团与上汽通用五菱抱团出海的第二个项目——柳州五菱汽车印度有限公司于 2018 年 9 月 19 日注册成立，投资建设了焊接和注塑两大生产车间，主要生产下车体、前大梁、侧围、前地板等 9 大焊接总成，以及前保、后保等 22 种注塑、装配总成，具备 10 万台套生产能力。

2019 年 4 月 29 日，印度古吉拉特邦巴罗达市，晴，气温 44 摄氏度。与热情似火的天气一样，这里的一个厂区里有一群人的内心也是万分激动。

冲压机床低沉雄厚的声音，在幽静的巴罗达市奏响了现代化大生产的强劲韵律。

此时的巴罗达市，正值开发区建设之初，到处都是建筑工地，来来往往的都是来自天南地北的建筑工人。这里虽然尘土飞扬，却透着一股蓬勃向上的朝气。广西汽车集团在海外投资建立的又一个汽车生产基地——柳州五菱汽车印度有限公司在这里揭牌成立，正式投入生产了！

中国和印度的 100 多名员工都十分兴奋，大有苦尽甘来的幸福感。

古吉拉特邦，位于印度最西部的一个邦，自古以来航海商贸活动活跃。该邦面朝阿拉伯海，那里曾是中国古代海上丝绸之路必经之处。

古吉拉特邦人口只占印度人口的 5%，工业产值却占到全印度的 16%，出口总值占全印度的 22%，每年的发展速度也远超印度平均水平。正如麦肯锡咨询公司所评价的那样，古吉拉特邦扮演着印度工业化动力的角色，就如同 20 世纪 90 年代广东省对中国的意义一样。

乘着“一带一路”共建的东风，广西汽车集团抓住机遇“走出去”，积极参与国际竞争，接受国际市场的检验。该集团不仅把零部件带到印度，也将成熟的零部件生产经验、技术服务和管理制度带到印度，形成了一条集同步研发、生产制造、对外营销于一体的完整汽车产业链，加速了中国汽车企业国际化的进程。

然而，中国企业要在印度扎根生长，面临着人文风俗、生活工作习惯、法律法规等巨大差异，想要完全适应并非易事，这需要五菱人将五菱精神和中华民族的优秀传统文化与印度民风民俗文化进行有机融合。柳州五菱汽车印度有限公司的奠基仪式上，就增加了印度传统祭祀仪式的祈祷环节。

但祈祷只能起到一种心理暗示作用，真正有用的是坚定的信念，对中国汽车工业制造成功的信念，以及对“精益求精”的信仰——这是广西汽车集团建设者们从踏上印度这块土地、开启新征程的第一天起就树立起的信仰。也正是这份信仰让工人们无论遇到多大的困难，依然坚定地向前走，直到走通每一条路为止……不然就不是五菱人！

“我们实际上已经在印度工作近两年了，感谢这两年间各位员工为了生产出高质量的产品不断努力、尽力地工作。希望以后中国员工与印度员工能相互合作，成为朋友，推进公司实现高质量发展。”集团总裁在揭牌仪式现场致辞，与中印员工共同见证这一神圣时刻，同时希望能加深中印友谊。

五菱的种子已经在海外生根发芽，也在广西汽车工业史上留下了浓墨重彩的一笔。从印度尼西亚到印度，都有五菱人镌刻下的五菱印记。从零部件到观光车、客车，五菱人拓展了无限的可能，在“一带一路”的大道上，践行“共商共建共享”的理念，步伐坚定而清晰，一步步走深走实，推动中国新能源汽车驶向世界。

日本名古屋大学山本真义教授专门买了一辆“五菱宏光”迷你新能源车，运回日本进行拆解，为的就是研究中国车企为啥能把这款车卖得这么便宜。

经过一番拆解和研究，一辆售价 3.88 万元人民币的“五菱宏光”迷你新能源车，最终估算的零部件和组装成本约为 48 万日元，在当时大约是 2.69 万元人民币。

之所以能实现这样的超低成本，这位日本教授总结了两个原因：一是极致减配，比如省掉了动能回收系统和电机等装置的水冷系统等；二是造车思路的转变，简单来说，就是五菱人把物美价廉的零部件，用极易更换的方式组合到了一起。

正是在这种造车思路下，“五菱宏光”迷你新能源车才得以诞生。而这种造车思路是国际汽车大厂们很难模仿，或者说是只适合中国国情，国外很难复制的。

所以，这种在中国大受欢迎的车型，在国外却非常少见。就算有类似的车型，价格也会比国内贵得多。

改革开放初期，柳州拖拉机厂采购了一台日本报废了的三菱汽车，拆解后仿制了第一辆微型汽车，从此走上了汽车制造道路。40 年后的今天，日本教授购置了一辆“五菱宏光”迷你新能源汽车回去拆解研究，却发现没有一个零部件是日本生产的，全是中国制造。

这很耐人寻味。

2023 年 2 月 28 日，广西汽车集团下属五菱新能源汽车有限公司向日本一家客户交付首批 G050 纯电动物流车。从“引进模仿”变成“赶超输出”，这体现出五菱人在汽车制造行业的深耕不辍，他们有一股子狠劲和韧劲，发力打造全产业链，推动产业转型升级，为企业发展注入了源源不断的新动能。

汽车轻量化已成为汽车制造行业不可逆转的发展趋势，其中给汽车零部件“减重”是关键。过去，能让零部件更轻的热气胀技术一直掌握在国外车企的手里，国内没有一条生产线应用。为突破这个“卡脖子”的难题，郑志明和团队联合多家科研单位攻关，解决材料、模具、工艺设备等诸多挑战后，在柳州市柳东乘用车零部件生产基地中建成了超高强度钢管热气胀成形生产线，并于 2020 年 12 月 22 日通过国家重大科技专项综合绩效评价。

这是国内首条热气胀成形生产线，生产节拍可达 72JPH，年产能可达 48 万件以上，填补了国内该项技术空白。如今，五菱人在一条生产线上集成了充液成形、热气胀、热成形三种核心工艺，可柔性化生产超高强钢的管类、梁类等封闭结构零部件及热成形类车身钣金件等产品，让汽车在变轻的同时更具安全性。

这一段描述看似简单，但其实整个电驱桥生产线的研制极其复杂。它既需要电装学、工程学、结构学、物理学、数学等方面的综合理论知识，也需要极精细的动手操作功夫。郑志明和团队，为生产电驱桥的工艺装备研究制定了 5 套技术方案。

无论是国际还是国内，汽车制造界历来是专家云集的地方。每个人都有自己擅长的领域，或是电气自动化研发方面，或是大型装备调试方面，或是工艺设计方面，这些都偏重于技术。像郑志明这样可以称得上是技术型和技能型的复合型人才的，并不多见。

当一台又一台工艺成熟的大型工艺装备，从郑志明主导设计的图纸中走了出来，调试完毕，被运到异国他乡，顺利生产出标着“中国制造”的一个个零部件，郑志明皱了多日的眉头终于舒展开了。

要知道，在过去不到 20 年的时间里，上汽通用五菱倾尽全力开发多款五菱车型，并保持着耐用、低价位、低油耗的优点，大有一番在世界汽车制造业一展宏图之势。曾经，在国际汽车界中，五菱的车型和技术都处于低端，根本无法与其他国家的汽车相提并论。然而，20 年过去了，上汽通用五菱自主研发的新能源汽车，像一匹黑马，可以在国际市场与大品牌汽车一比高低了。

于是，便如本书《序章一》中，习近平总书记在和郑志明的那场对话中发出的感慨——“曾几何时”。

是啊，曾几何时。一路走来的中国制造，在高铁、核电、火电、水电、特高压输变电、风电、冶金、机床、造船、汽车、新能源等装备研制领域取得丰硕成果，中国制造的拳头产品，已具备与国际装备巨头同台竞技的能力。国产化的进程，离不开十几亿中国人的共同努力。国家一步步走向强大，每个普通人也通过打拼奋斗实现了人生价值——如此精彩纷呈的故事，难道不震撼人心吗？在中国制造业发展的这条滔滔江河中，“郑志明们”不仅仅是造“神车”，也培养输送了一大批机械制造人才。他们还能制造各式各样的发动机、特种车等各种工艺装备，他们生产出的零部件盘活了一大批大大小小的相关企业，促进了就业。经过了换血重生，他们自身已然具备将技术输出海外，在世界制造界与别国一比高低的能力。

无论中国还是世界，现代化建设的经历既有相同之处，又有不同之处。大至整个国家，小至一家企业、一户人家，都有特别的故事。郑志明的故事也是中国工业发展的一个缩影。他已不是传统意义上的产业工人，而是具有高科技知识的产业领跑者。在柳州，有这样一批企业家和工人，从无到有，倔强地奋斗着，他们是中国制造业的中流砥柱——这不是赞美出来的，也不是虚构出来的，是实打实存在于我们身边的。